아동문학의 현실과 꿈

|김제곤 평론집|

아동문학의 현실과 꿈

창비

책머리에

아동문학으로의 첫걸음을 내디디며

근래 들어 아동문학에 대한 관심이 부쩍 높아졌다. 이것이 무엇에 기인하는가는 또다른 탐색이 뒤따라야 하겠지만, 어쨌든 고무적인 일인 것만은 틀림없는 사실이 아닌가 싶다. 그러나 이런 분주함 뒤에 가려진 우리 아동문학의 논의는 아직도 많은 과제를 안고 있다.

우선 지적할 수 있는 것이 동시론의 부재다. 동시라는 장르가 엄연히 존재해왔고 존재하고 있음에도 지금 동시에 대한 논의는 그리 활발하지 않은 실정이다. 또하나, 우리 아동문학의 자연스러운 '진화'를 가로막고 있는 요인으로 지목할 수 있는 것은 초등학교 문학교육이 안고 있는 문제인데, 이 문제 또한 아동문학 논의에서 잘 다루어지지 않고 있다. 아울러 아동문학 작품 속에 나타난 동심에 대한 탐색과 일제 식민지와 분단이라는 굴절된 역사를 지나며 형성된 우리 아동문학의 특질에 대한 균형 잡힌 접근이 아직은 소상하게 이루어지지 못하고 있는 실정이다.

언제부터인가 이런 몇가지 문제는 아동문학에 대한 소박한 관심에서 출발한 나의 발목을 잡아당겼다. 부끄러움을 무릅쓰고 말한다면 나는 이런 문제에 대한 갈증을 조금이나마 해소해보고 싶은 욕심에서 어쭙잖은 글쓰기를 시작했다. 이 책은 그런 고민의 소산이다.

1부에서는 거칠게나마 일제시대부터 오늘까지 우리 동시가 걸어온 길을 살폈다. 2부는 초등 국어교과서와 시 교육의 문제점을 짚은 글들이다. 3부에서는 동시의 침체 현상 가운데서도 여전히 빛을 내고 있는 몇몇 동시인들의 세계와 오늘의 동시 모습을 진단하는 글을 모았다. 4부는 주로 동화론과 관계된 글들이다.

이 책은 말하자면 세상으로 내딛는 나의 첫걸음일 텐데, 스스로 대견한 생각이 드는 것이 솔직한 심경이긴 해도 한편으로 두려운 마음을 숨길 수 없다. 무엇보다 아동문학 공부를 시작한 발걸음이 짧다는 것과 체계적인 논리를 세워 글을 쓰는 자세를 제대로 익히지 못한 것이 마음에 걸린다. 또한 서툰 글들을 비슷한 것끼리 묶어 놓고 보니 '지금 여기'에 해당하는 현장비평이 아주 드물다. 무엇보다 분주해진 아동문학판이 요구하는 것은 당면한 오늘의 문제에 대한 진단일 터, 그 시급한 질문에 대한 답변에 소홀한 점은 이 책이 지니는 명백한 한계라 하겠다. 이런 한계를 넘어서기 위해서 앞으로 꾸준한 발걸음을 계속할 것을 감히 약속드린다.

이 책이 나오기까지 많은 분들의 도움과 격려가 있었다. 우선 아동문학에 눈을 뜨도록 해준 이오덕 선생에게 감사드린다. 내가 아동문학에 발을 들이고 이만큼이나 발걸음을 하게 된 데는 선생의 삶과 문학이 무엇보다 큰 지침이 되었다. 소중한 문학적 만남을 지속하며 늘 따뜻한 격려를 아끼지 않는 이재복 원종찬 두 선생에게도 감사드린다. 아울러 겨레아동문학연구회, 교육문예창작회, 한국글쓰기연구회, 어린이도서연구회 회원들에게 이 자리를 빌려 고맙다는 인사를 드리고 싶다. 여물지 못한 글을 다듬어 한 권의 책으로 만들어주신 창작과비평사 식구들, 특히 어린이책출판부 여러분에게 감사드린다. 멀리서 아들의 건강을 걱정해주시는 부모님, 옆에서 묵묵히 힘이 되어주는 아내 최용은에게도 미안함과 고마움의 인사를 전하고 싶다.

2003년 3월

김제곤

제4부

- 우리 동시가 걸어온 길
- 분단시대를 살아온 동심의 모습
- 우리 동시에 대한 단상

우리 동시가 걸어온 길

일제시대 동요·동시를 중심으로

동시란 무엇인가

동시라 하면 우선은 어른이 어린이에게 주는 시라는 생각을 하게 된다. 어린이에게 주는 시라면 그것은 어린이가 읽어 충분히 느낄 수 있는 세계를 지니고 있어야 하겠다. 동시를 다른 말로 아동의 감정과 생각이 나타나 있는 시라고도 한다. 이 말 역시 동시란 어린이가 마음속으로 충분히 공감할 만한 시이어야 한다는 뜻을 품고 있다. 아무리 훌륭한 시가 있더라도 그것이 어린이 마음에 선뜻 다가가지 못한다면 일단 동시로서의 자격을 갖추지 못한 시가 된다. 다시 말해 어린이 마음 즉 동심을 움직일 수 있는 시, 이것이 바로 동시다.

그렇다면 이 동시란 것은 언제 생겨났고 어떻게 발전해왔을까? 어른이 아이들에게 주는 시, 곧 동시가 생겨난 것은 아무래도 1923년 방정환의 『어린이』지 출현 이후라고 보아야 옳을 것이다. 이른바 "학대받고, 짓밟히고, 차고, 어두운 속에서 자라는 어린 영들을"(방정환 「머리말」, 『사랑의 선물』, 개벽사 1922) 위한 근대아동문학이 태동하기 시작한 무렵이다.

그럼 근대아동문학이 생겨나기 전에는 아이들을 위한 '시'는 없었을까? 물론 어른들이 '주는' 아이들을 '위한' 시는 없었다. 그렇지만 아이들 사이에서 자연발생적으로 생겨나 불리던 '노래'는 있었다. 그 속에는 방정환 이후 동시를 쓰는 시인들이 의식적으로 지니고 있던 '아동 애호적인 사상'도 담겨 있지 않았고, '예술적인 표현에 대한 자각' 또한 없었음이 분명하다. 그렇지만 그 속에는 일과 놀이 속에서 자라나는 어린이 마음을 움직이는 힘이 숨어 있었다. 그러나 아이들의 노래는 식민지시대라는 역사적 굴절을 거치며 사라지고 만다. 아이들의 노래가 사라지던 시기는 근대적 아동관에 입각한 어린이를 '위한' 시가 어른에 의해 씌어지기 시작한 시기이기도 하였는데, 이때 나오기 시작한 시들은 당시의 시대적 제약조건에서 자유로울 수 없었다.

이 자리에서는 식민지시대라는 특수한 조건 속에서 형성되고 발전되어온 우리 동시의 발자취를 간략하게 더듬어보려 한다.

동시의 기원

흔히 동요·동시를 말할 때 나오는 것이 1920년대를 기점으로 시작된 우리 근대아동문학 작품이다. 동요는 20년대에 비로소 7·5조로 된 창작동요가 나오기 시작했고, 동시는 그보다 훨씬 뒤인 30년대

정착이 된 것으로 흔히 알려져 있다. 그 기점보다 조금 더 앞에 놓인 작품이 기껏해야 최남선이 『소년』지에 발표한 「해(海)에게서 소년에게」(1908) 정도이다. 이것은 우리 아동문학의 역사를 이른바 '근대'라는 틀에 맞추어놓고 볼 때 나오는 이야기인데, 나는 이것이 우리 아동문학 전통이나 유산을 지나치게 얕고 좁게 보는 경향 때문이 아닌가 생각한다. 우리 아동문학의 역사를 제대로 살피려 한다면 적어도 '입말문학이 살아있던 시기'의 문학을 그냥 지나쳐서는 안된다고 본다. 근대아동문학을 살피기에 앞서 우리는 '우리의 입말문학이라는 것이 어떤 모습을 하고 있었고, 이것이 글말문학으로 어떻게 정착되고 발전되었는가' 하는 문제를 먼저 살펴보아야 한다.

흔히 구전동요 하면 고리타분한 것으로 여기는 이가 많다. 더러는 재미는 있지만 요즘 아이들 생활이나 정서에 잘 맞지 않는 경향이 있다고 말하기도 한다. 이른바 '예술로서의 아동문학'을 이야기하는 자리에서도 구전동요는 근대문학과 같은 위치에 놓일 수 없는 것이라는 생각이 아주 흔하다. 그러나 나는 구전동요야말로 동시를 공부하는 사람들이 꼭 연구해야 할 가치있는 노래라는 생각을 한다. 구전동요야말로 무엇보다 동심을 제대로 그려낸 시에 가깝다는 생각 때문이다.

구전동요를 가만히 살펴보면 우선은 자연과 어린이(동심)가 하나가 된 것을 볼 수 있다. 우리가 잘 아는 「해」라는 동요를 한번 보자.

해야 해야 붉은 해야
김치물에 밥 말아먹고
장고 치고 나오너라

—「해」 전문, 함경북도 구전동요[1)]

해가 구름에 가려졌을 때 아이들은 하늘을 쳐다보면서 이런 동요를 불렀다. "해야 해야" 하고 소리칠 때 거기에는 털끝만한 거리감도 없다. 자연과 아이가 완전히 하나가 된다. 어른들에게는 해가 신앙이나 우러름의 대상이 될지는 모르겠지만 아이들에게는 그런 높고 먼 대상이란 것이 따로 없다. 높고 먼 대상이 없는 아이들은 작고 하찮은 생명들도 모두 다 한가지 동무로 여긴다.

방갑아
방아 잘도 찧는다
벼 한 섬 보리 한 섬
어서어서 찧어라
우리 떡방아도 찧어라

—「방갑이」 전문, 평안남도 구전동요

'자연을 사랑하고 자연을 보호한다'는 것이 요즘 우리들의 표어지만, 옛날에는 그런 구호를 외치지 않아도 산과 들에 사는 온갖 짐승이며 공중을 나는 온갖 새들이 모두 사람과 가까운 동무였다. 나비니 잠자리니 기러기니 부엉이니 심지어는 개똥벌레 한마리까지 모두 같은 삶의 울타리 안에서 말동무가 되고 우스갯소리의 대상이 되는 허물없는 한패거리였다.

구전동요에는 이런 모습만 있던 것은 아니다. 가난한 생활을 하면서도 꿋꿋함을 잃지 않고 일하는 모습을 건강하게 드러내고 있었다.

1) 이 글에서 인용한 구전동요는 김소운이 펴낸 『언문 조선구전민요집』(동경 제일서방 1933)의 영인본 『한국민요자료총서』 4(계명문화사 1991)에 따랐다. 최대한 원문을 살리되, 사어(死語)와 띄어쓰기는 가독성을 고려하여 일부 수정하였다.

앞산아 땡겨라
뒷산아 밀어라
오금아 힘써라
오— 애

—「오금」 전문, 경상남도 구전동요

위 노래는 경상도에서 불리던 구전동요로 어린 나무꾼들이 나뭇짐을 지고 일어설 때 부르던 노래다. 일하는 아이들의 건강한 목소리가 생생하게 살아있으면서 한편으로는 강한 함축과 여운이 담겨 있다. 구전동요에는 또 이런 노래들도 있다.

양반은 가죽신
쌍놈은 메투리
어른은 짚신
아희들은 맨발

—「양반 쌍놈」 전문, 경상남도 구전동요

순사나리 개나리
나리 중의 개나린
봄동산에 피었는데
순사나리 궁둥이엔
개가 왕왕 짖누나

—「나으리」 전문, 황해도 지방 구전동요

표현은 비록 치졸하고 투박스러울지 모르나 구전동요에는 이렇듯 솔직한 아이들의 마음이 들어 있었다. 이런저런 눈치 다 보고 이런

저런 속셈을 다 감추는 그런 모습은 찾아보려야 찾아볼 수가 없다.

이런 미덕과 아울러 구전동요가 지니고 있는 또하나의 미덕은 말과 리듬의 자연스러운 사용이다. 입에서 입으로 불려지던 까닭에 그 형식은 짧고 단순한 것이 대부분이다. 그렇지만 단순한 형식 속에 숨어 있는 다채로운 노랫말과 자연스러운 리듬은 구전동요의 빼놓을 수 없는 매력이라 하겠다.

그러나 우리나라에서는 이런 입말문학이 글말문학으로 넘어오는 과정이 결코 자연스럽지 않았다. 입말문학이 지니고 있던 풍부한 유산이 잘 정리되고 발전되어서 자연스럽게 글말문학으로 넘어온 것이 아니라 식민지시대라는 이른바 '역사적인 굴절'을 통해 바뀌게 된다.

일본 창가의 유입과 창작동요의 탄생

을사보호조약으로 통감부가 설치되자 통감부에서는 창가의 성격 자체를 변질시키기 위한 치밀하고 조직적인 작업을 벌이게 된다. 특히 통감부의 지도와 감독 아래 대한제국 학부에서 편찬한 『보통교육창가집』(1910)은 창가의 계몽적 의도를 희석화시키거나 왜곡하여 관념적인 자연예찬이나 목표가 불분명한 향학열을 고취하는 등 민중들의 반일감정을 희석화시키려고 했던 일제의 의도가 강력하게 반영된 창가들을 싣고 있다. (김재용 외 「개화가사와 창가의 애국계몽사상」, 『한국근대민족문학사』, 한길사 1933, 153면)

위 글에 나오는 창가(唱歌)란 개화기에 나왔던 일종의 시가양식이다. 창가는 1900년대에 주로 활발하게 씌어지는데, 이는 민요가 담고 있던 전통적인 시가양식을 바탕으로 거기에 기독교 찬미가로부터 받은 영향이 결합되어 만들어진 노래 가사였다. 당시 이들 창가는 자주독립이나 문명개화 같은 계몽주의 이상을 전파하는 내용을 많이 담고 있었다. 1907년에 경향신문에 실린 「탄식가」라는 노래를 보자.

> 모군이나 서자 하나 일인 모군 적지 않네
> 말군이나 서자 하나 남북철도 인물 싣네
> 원산 가서 살 수 없어 바다흐로 가서 살세
> 어부 노릇 하자 하나 동서남북 바다 위에
> 희끗희끗 거뭇거뭇 일인 어선 늘어났네

그러나 일제에게 주권을 빼앗기기 시작하던 1910년부터 이런 애국적인 내용을 담은 창가들이 자취를 감추기 시작했다. 차츰 그 자리를 차지한 것은 일본 창가의 율격을 딴 창가들이었다. 이들 창가는 계몽적인 색깔을 다 잃어버린 채 일본적인 정서, 통속적인 감상 따위를 표현하는 도구로 곧 전락하고 말았다. 인용한 앞 글에 나오는 『보통교육창가집』은 요즈음으로 말하면 초등학생들이 배우는 음악책 정도가 되겠는데, 이 책에 실린 노래들이 바로 그런 구부러진 모습을 하고 있었다. 아이들은 학교에서 제 삶과는 인연이 없는 그런 노래들을 따라 배우며 차츰 제 삶 속에 살아있던 구전동요의 세계를 잃어버리게 된 것이다. 이런 안타까운 모습은 일제에 주권을 완전히 빼앗긴 1920년대 초까지 계속된다.

그런데 1923년, 이런 우리 아이들에게 '새로운 노래'를 찾아주어야 하겠다고 나선 이가 있었다. 그는 바로 우리가 잘 아는 방정환이다. 방정환은 잡지 『어린이』를 통해 부지런히 새로운 동요를 실으려고 노력하였다. 이때 나온 동요들이 방정환의 「늙은 잠자리」, 윤극영의 「반달」, 유지영의 「고드름」 같은 동요들이다. 그러나 이 동요들은 엄격히 말해 우리 구전동요가 지니고 있던 율격과 내용을 새롭게 이어받은 것이라기보다, '애상조'와 '7·5조'를 특징으로 하는 일본 동요 쪽에 더 가까운 모습을 하고 있었다. 이때 나온 동요들을 보면 대개 막연한 안타까움이나 슬픔을 노래한 것들이 많고, 삶의 뿌리가 드러나지 않는 것들이 많다.[2)]

이것은 힘든 삶을 견디면서도 넉넉한 동심을 건강하게 드러냈던 구전동요의 세계와는 분명 그 모습이 다른 것이었다. 이런 모습을 짐작하게 하는 것이 바로 1928년 나온 『조선동요선집』(고장환 편, 박문출판사)이다. 이 책은 1920년대 발표된 동요작품 가운데서 가려 뽑아 엮은 것인데, 이곳에 실린 대부분의 작품들이 작가를 구별할 필요도 없이 한결같이 처량하고 애상적인 모습을 보여준다.

바람불고비오는 바다가운데
어미일흔갈맥이 어미차즈러

---

2) 우리 동시문학의 출발점은 아무래도 감상주의와 관련되어 있다고 보는 것이 타당하지 않을까 한다. 동요의 황금시대라고 일컬어지는 1920년대에 씌어진 동요에 붙여진 곡의 대부분이 처량한 곡조로 되어 있는 것은 구전동요가 지니고 있던 건강한 정서를 이어받은 것이라 보기 어렵다. 그것을 전적으로 3·1운동의 실패가 가져다준 절망적 분위기에서 나온 민족 감정의 표출이라고 보는 것 또한 지나친 해석이라 할 것이다. 뒤에서 살펴보겠지만, 20년대 중반 이후 나오기 시작한 프롤레타리아 동요 또한 그 내면에는 감상주의적 요소를 진하게 풍기고 있었다. 이는 무엇보다 일본에서 유입된 7·5조 동요의 영향 때문이 아니었나 싶다. 다른 한편으로 20년대 동요의 특징으로 손꼽을 수 있는 것은 아마추어적인 요소다. 엄밀히 말해 20년대 창작동요는 시인의 개성이 드러나는 장르로 완전히 정착되지 못한 한계를 지니고 있었다. 특히 창작동요가 나타나기 시작한 20년대 초반부터 중반까지는 창작동요와 번안동요의 경계가 명확하지 않은 시대였다. 한정동 동요 「소금쟁이」와 관련한 일련의 표절 논쟁은 이 시기 정착되지 못한 동요의 모습을 상징적으로 보여주는 보기이다.

바람부는비속에 헤매댑니다

두날개는비마저 힘업시젓고
갈맥갈맥목쉬게 우는소리는
멀이멀이한울로 떠단입니다

—「갈맥이」 전문

밤이면 별은별은 눈뜨는애기
서리찬 달나라의 길을가노라
기럭이 끼럭끼럭 설게울어서
한잠도 못일우는 은구슬애기

—「별」 부분

이곳에 실린 작품 가운데 그래도 돋보이는 것은 바로 정지용의 작품이다. 정지용은 애상적인 7·5조 일색의 다른 동요들과는 다르게 한결 자유스러운 형식을 취한 동시를 이곳에 선보이고 있다. 정지용 동시는 구전동요가 담고 있던 살아있는 동심의 세계, 정조 같은 것을 자연스럽게 이어받고 있으면서 그 구전동요를 '시적인 위치'로 한단계 발전시킨 감이 없지 않다.[3)]

---

3) 우리 동시의 역사에서 정지용의 동시가 지니는 위치는 특기할 만하다. 그는 동시를 오래도록 쓰지는 않았지만, 1930년대 이후 등장한 여러 동요시인들에게 깊은 영향을 끼쳤다. 주지하는 바와 같이 청록파의 한 사람으로 성인시에서 일가를 이룬 박영종(박목월)은 정지용의 동시 경향과 닮은 동시들을 발표했다. 강소천과 윤복진, 윤동주 또한 정지용의 특징을 어느정도 모방한 시인들이다.이들이 모두 30년대 유수한 동시인들이라는 점에서 정지용의 문학사적 위치는 높이 평가되어야 한다. 참고로 원종찬은 「한일 아동문학의 기원과 성격 비교」(『아동문학과 비평정

바람.
바람.
바람.

늬는 내 귀가 조흐냐?
늬는 내 코가 조흐냐?
늬는 내 손이 조흐냐?
내사 왼통 빨애졌네.

내사 아므치도 안타
호. 호. 치워라. 구보로!

—「바람」 전문

중. 중. 때때 중.
우리 애기 까까머리.

질나라비 훨 훨.
제비새끼 훨 훨.

—「삼월 삼질날」 부분

그러나 앞서 말한 것처럼 1920년대 나온 창작동요들은 대부분 정지용 동시가 지닌 이런 미덕을 갖추지 못했다. 이러한 동요의 모습은 20년대 후반에 이르면서 『별나라』 『신소년』지를 중심으로 나타난

신』, 창작과비평사 2001)에서 '정지용의 동시가 많은 동시인들에게 영향을 끼쳤고, 무엇보다 동요를 동시로 전환시키는 데 큰 기여를 한 시인'이라고 평가한 바 있다.

프롤레타리아 동요에 의해 그 자리를 내주게 되었다.

프롤레타리아 동요의 공과

알다시피 프롤레타리아 아동문학은 1925년 결성된 카프(KAPF) 운동의 영향 아래 놓여 있던 문학이었다. 이 문학운동을 전개한 이들은 아동문학에 가난하고 천대받는 아동들의 괴롭고, 분하고, 슬픈 여러 가지 생활을 숨김없이 드러내야 한다는 생각에 골몰해 있었다. 이전 동요들처럼 아동의 현실과는 별 인연이 없는 몽환의 세계, 뿌리를 알 수 없는 애상의 세계를 다루고 있는 것에서 벗어나 아이들이 겪는 삶의 고통을 반영해야 한다는 생각을 한 것이다. 그래서 그들이 쓴 동요에는 대부분 야학하는 가난한 소년이나 어린 나무장수, 공장일 하는 아버지나 누이를 둔 어린이들이 시적 화자로 등장한다. 그러나 안타깝게도 이들 시적 화자들은 작품 속에서 참된 동심으로 나타나기보다 노골적인 계급 적대의식을 지닌 어른의 모습으로 나타나는 경우가 많았다.

논두렁에 혼자 안저
꼴을 베다가
개고리를 한 마리
찔러보고는
미운 놈의 목아지를
생각하얏다

—손풍산 「낫」 1연(『별나라』 1930년 7월호)

위 작품에서 알 수 있는 것처럼 1930년을 전후해서 나온 프롤레타리아 동요들은 참된 동심과는 차원이 다른 계급주의적이고 이분법적인 도식에 빠져 있는 경우가 많았다. 이런 도식이야말로 진정한 동심의 세계가 아니라 어른의 눈으로 본 좁은 세계, 즉 관념의 세계에 지나지 않는 것이다. 또하나, 가난하고 천대받는 아동들의 괴롭고 분하고 슬픈 여러 가지 생활을 숨김없이 드러내야 한다는 이들의 생각은 진정한 현실주의를 지향하였기보다 1920년대 7·5조의 애상적 동요의 세계(감상주의 굴레)를 크게 벗어나지 못했다. 가난한 아이들을 시적 소재로 가져왔을 뿐, 시상의 전개나 시적 진술은 탄식이나 넋두리로 일관하였기 때문이다. 그러나 이들 작품들에도 식민지 현실을 동심의 입장에서 노래하는 작품들이 아주 없지는 않았다. 이를테면 정상규의 「옵바 떠나는 밤」(1933)에는 혹독한 식민지 현실 속에서 간도로 쫓겨가는 오빠를 전송하는 동심이 아주 또렷하게 나타나 있다. 이동규는 「부헝」(1933) 같은 작품에서 구전동요의 형식을 빌려 식민지 현실을 재미있는 풍자로 노래하기도 하였다. 식민지 현실을 밝은 어린이의 놀이에 넣어 노래한 김우철의 「화차」 또한 그런 미덕을 지닌 귀한 작품이라 할 만하다.

꽥엑!— 다 왓세요
여긔가 조선땅 서울이애요
나릴 손님 나린 뒤
올라 타세요

차표를 보이세요 나무닙 차표요—
중국땅에 갈 이는 한닙 주세요
아라사에 갈 손님은 두닙 주세요

〔一節略〕

꽤엑! 떠납니다

'준비는 다 됏니? 준비는 다 됏다!'

쿨, 쿨, 챙, 챙,

쿨, 쿨, 챙, 챙—,

—부분(『별나라』 1933년 12월호)

계급적인 적대의식에서 출발했던 프롤레타리아 동요는 위 작품에서 보듯이 차츰 새로운 모습으로 탈바꿈해간다. 더구나 7·5조라는 답답한 형식에서 벗어나 형식 또한 점차 자유로운 모습을 보여주게 된다. 그러나 1935년에 이르러 카프가 강제 해산되면서 이런 모습이 더이상 발전하지는 못한다. 하지만 프롤레타리아 동요는 1930년대를 전후로 우리 동요·동시의 역사에 적잖은 발자취를 남겼다. 그 발자취란 크게 나누어 두 가지다. 우선은 아동의 현실을 아이들이 부르는 노래 속에 담아내려고 했다는 점(현실주의적인 동시의 발견)과 또 하나는 7·5조 동요의 형식을 허물고 자연스럽게 새로운 동시의 형식을 만들어냈다는 점(자유시로서의 동시의 발견)이다.[4)]

비록 아동문학을 계급투쟁의 한 수단으로 여겼던 한계는 있었지만 이들 프롤레타리아 문학운동은 한편으로 우리 아동문학사에 나

4) 이 문제와 관련하여 심명숙은 「한국 근대아동문학론 연구」란 논문에서 1930년을 전후로 제기된 동요와 동시의 내용·형식 논쟁에 주목한 바 있다. 심명숙은 이 글에서 프롤레타리아 아동문학을 주도한 "신고송이 「동심으로부터—기성 동요의 착오점」(조선일보 1929년 10월 20일~30일자) 「새해의 동요운동—동심 순화와 작가 유도」(조선일보 1930년 1월 1일~3일자)에서 20년대 동요가 어른의 짙은 감상으로 흐르거나 구체 실감 없는 개념으로 흐른 것, 또한 정형률에 갇혀 자유로운 시상을 표현하지 못한 현실에 대해 뚜렷하게 문제 제기를 하면서 자유로운 율격의 동시를 제창했"고, 그 이후 "동요·동시의 정의·종류·내용·형식에 대한 다양한 논의와 동심의 계급성에 대한 많은 논쟁이 이루어졌다"고 밝히고 있다.

름대로 이렇듯 큰 기여를 했던 것이다.

1930년대 동시 개관

앞서 살펴본바, 1930년을 전후로 한 시기는 프롤레타리아 동요가 그 중심에 서 있던 시기였다. 당시 어린이문학 잡지들을 살펴보면 수많은 프롤레타리아 동요들이 실려 있는 것을 볼 수 있는데, 그 속에서 개성있는 작품을 찾아내기란 여간 어렵지 않다. 이것은 1920년대 『조선동요선집』에서 개성있는 작품을 골라내기가 쉽지 않은 것과 같다. 그런데 1920년대 천편일률적인 애상적 동요와 1930년을 전후로 한 프롤레타리아 동요의 범람 가운데서 유독 우리의 눈길을 끄는 시인들이 있으니, 바로 중외일보에 작품을 발표한 김오월, 박고경, 김석전이다.[5]

우리 아동문학사에서 한번도 다루어진 적이 없던 이들 시인들의 작품은 그러나 당시 유행했던 동요들과는 격이 다른 미덕을 갖추고 있다.

쟁기질
소가

5) 아쉽게도 이 시인들에 대한 구체적인 연보는 아직 정확하게 밝혀져 있지 않다. 김오월은 경상북도 김천에 살면서 20년대 후반부터 중외일보에 글을 많이 발표한 정도로만 알려져 있고, 박고경 또한 20년대 후반부터 중외일보와 『신소년』에 글을 발표했으며 1936년 조선중앙일보 신춘문예에 동화 「게산이」가 당선되어 활동하다가 1937년 3월 10일 늑막염으로 사망했다는 사실밖에 알려진 것이 없다. 김석전은 아예 알려진 것이 없다. 겨레아동문학선집 9권 『엄마야 누나야』, 보리 1999, 171면 참조.

욱— 욱— 가네.

땅이
푹푹
푹 푹 파지네.

—김오월 「논갈이」 전문(중외일보 1930년 4월 13일)

땅바닥을
텅!
내려 디디면

물숙하니
들어가는
힘나는 첫봄.

—박고경 「첫봄」 전문(중외일보 1930년 3월 8일)

비가 그쳤네
햇빛이 반짝어리네
세수한 산과 들이
수군거리오
"어어 시원하구려"
"어어 시원하구려"

—김석전 「봄비」 전문(중외일보 1930년 3월 19일)

이들 시에서는 군더더기 없는 말의 쓰임이 돋보인다. 이른바 7·5 조의 답답한 정형률에 구속받지 않고서 경쾌한 리듬과 단순성을 잘 살려낸 시들이다. 박고경의 「첫봄」에 나오는 "텅!"과 "물숙하니"라는 시어, 김오월의 시에 나오는 "욱—욱—"과 "폭폭"이라는 시늉말은 자릿값을 톡톡히 하는 시어로서 첫봄과 논갈이라는 각각의 제재를 선명하게 드러내고 있다. 이들 세 시인의 작품에서는 이른바 애상적 동요의 흔적이나 계급 적대의식은 엿보이지 않는다. 대신 활달하고 건강한 생활 모습과 정신이 느껴진다. 애상적 동요와 프롤레타리아 동요만이 유행하던 시절에 더구나 자꾸만 암담해져가는 식민지 현실 속에서 이런 시들이 나왔다는 것은 그 자체로 축복이 아닐 수 없는데, 그러나 이 시들은 1930년대를 이끄는 작품으로 더 발전하지는 못한다.

그러나 이들 시인들의 모습에서 엿보듯 1930년대는 처음으로 개성을 지닌 시인들이 등장한 시기였다. 30년대 윤석중의 등장은 특기할 만하다. 그는 이원수·신고송 등과 더불어 『어린이』지를 통해 등단한 '소년문사(文士)' 출신의 동요시인이다. 30년대를 전후해 카프의 영향을 받은 작품을 발표하기도 하지만, 그의 특기는 발랄한 어린이상을 그려낸 데 있다. 20년대가 애상적 동요의 시대였다는 것을 감안한다면 그가 지닌 개성은 역시 높이 평가할 만한 것이다. 윤석중은 그의 자전적인 에쎄이라 할 수 있는 『어린이와 한평생』(범양사 1985)에서 이렇게 적고 있다.

> "한숨과 슬픔을 동요에서 몰아내자!" 어린 나는 결심하였다. 어른들의 구성지고 처량한 노래들이 그들 자신의 넋두리나 푸념이나 신세타령은 될지언정 우리까지 따라 불러야 할 필요를 느끼지 않았던 것이다. (…) "내 어머니 가신 나라 달 돋는 나라"가 다 아이들까지 시름에 잠겨 눈물짓게 해주었지마는, 그래서 턱을 괴고 앉아 생각에 잠기는 어린이를 만들어주었지마는 그것은 풀이 죽게 하는 것이나 다름없었다. 같은 '비애'

에도 가난과 억눌림과 시달림에서 우러나는 눈물이 있어서 때로는 이것이 역사와 현실을 똑바로 내다볼 수 있는 바른 눈을 길러주는 수도 없지 않아 있었으나, 하루 스물네 시간을 나라 근심, 겨레 걱정에 잠기게 한다는 것은 어린 사람들에게 너무나 가혹한 일이 아닐 수 없었다. (94~95면)

그는 이 글에서 '한숨과 눈물'로 비유되는 1920년대 동요의 감상주의 경향을 비판하고 있다. 아이들이 늘 슬픔에 잠겨 있거나, 겨레의 앞날만을 걱정하고 앉아 있을 수는 없다는 그의 항변은 일견 아주 타당하게 들린다. 그의 말대로 아이들은 슬픔이나 현실을 잊고 사는 존재이기도 한 것이다. 그러나 이런 관점은 또하나의 오류를 범하고 만다. 그가 슬픔과 현실 걱정에 대한 대안으로 찾아낸 웃음은 아이들이 지닌 생동감에서 자연스레 발화한 웃음이라기보다 의도된 웃음이기 때문이었다. 윤석중의 동요에서 비판할 것은 시 속에 등장하는 아이의 모습이 주체적인 아이의 모습이 아니라 어른의 관점으로 본 아이의 모습이라는 데 있다.

윤석중과 더불어 1930년대 개성있는 시인으로 꼽을 수 있는 시인은 바로 이원수다. 그는 일제시대 현실을 살아가는 아이의 모습을 아주 구체적으로 잡아낸 시인이다. 그는 가난한 식민지 현실을 아이들의 관점에서 정직히 바라보고 있어 주목되는데, 그의 이런 미덕은 감상주의와 계급주의적 관점을 넘어서 이른바 현실주의의 토대를 쌓은 시인으로 높이 평가되는 근거가 된다. 그의 작품 「찔레꽃」「보—야 넨네요」는 그 좋은 보기다.

1930년대 빼놓을 수 없는 동요시인으로 우리는 윤복진을 들 수 있다. 윤복진은 정형률의 테두리를 벗어나지 않는 동요 형식에 천진한 동심성과 토속적 해학성을 주로 담아내었다.[6] 그의 대표작 「파내보

6) 원종찬 「동요시인 윤복진의 작품 세계」, 『아동문학과 비평정신』 참조.

지요」「바닷가에서」는 아이들의 심성을 잘 붙잡고 있다.

박영종·강소천·김영일은 이른바 동시 형식의 발전을 꾀했던 시인들이다. 이들 대부분은 앞에서도 언급한 것처럼 정지용의 영향을 받았고, 나름대로 감각적인 새로움을 추구한 시인들로 손꼽을 수 있다. 그렇지만 이들은 모두 20년대 동시단에서 정지용이 그랬던 것만큼 참신한 시세계를 구축하지는 못한 듯 보인다. 그들이 발견한 형식상의 새로움은 현실에 기반한 내용을 함께 담보하고 있지 못해서 얼마 뒤 소소한 아동 일상의 탐구나 자연 관조라는 '관습' 쪽으로 퇴행하고 말았다.

1930년대 두 시인—윤석중과 이원수

다시 말하거니와 1930년대는 감상주의적인 내용에다 천편일률적인 형식을 띤 20년대 동요와는 달리 다양한 모습을 지닌 동요·동시들이 나타난 시기였다. 즉 20년대가 어린이문화운동가의 창작동요 보급운동이나 소년문예운동가의 아마추어적인 작품 발표가 주를 이루던 시대라면 30년대는 자기 시세계를 확보한 시인들이 등장한 시기였던 것이다. 이 시기에 등장한 시인들은 대개 방정환의 『어린이』지를 중심으로 하여 일찍부터 소년문사로서 이름을 떨친 이들이 적지 않은데, 이들 가운데 30년대에 자기 시세계를 꾸준히 확보해간 대표 시인으로 손꼽을 수 있는 것은 윤석중·이원수가 아닐까 한다.

우리는 흔히 윤석중을 언어의 재간으로 유쾌한 소재만을 다루는 시인으로 알고 있지만 프롤레타리아 아동문학이 그 중심에 서 있던 1931년에 그도 이런 작품을 발표한 적이 있다.

허수아비야 허수아비야
여기 쌓였던 곡식을 누가 다 날라가디?
순이 아버지, 순이 아저씨, 순이 오빠 들이
온 여름내 그 애를 써 만든 곡식을
가져간다는 말 한 마디 없이
누가 다 날라 가디?
그리고 저, 순이네 식구들이
간밤에 울며 어떤 길로 가디?
—이 길은 간도 가는 길, —이 길은 대판 가는 길
허수아비야 허수아비야
넌 다 알 텐데 왜 말이 없니?
넌 다 알 텐데 왜 말이 없니?

—「허수아비야」 전문(『윤석중동요집』, 신구서림 1932)

윤석중은 불우한 처지에 놓여 있는 이땅의 아이들 현실을 작품 속에 이렇게 그려내었다. 그러나 이런 모습이 곧 윤석중 문학의 본령이었다고 말하기는 어렵다. 그는 불우한 처지에 놓인 아이들과 함께 울어주는 문학을 추구하기보다 웃음을 통해 울음을 이겨내는 문학을 추구했다. 그래서 무엇보다 윤석중의 동요에는 재미있고, 명랑하고 쾌활한 세계(밝은 세계)가 드러난다.

아버지는 나귀 타고 장에 가시고
할머니는 건너 마을 아저씨 댁에.
  고추 먹고 맴 맴
  담배 먹고 맴 맴

—「'집보는 아기' 노래」 부분(『어린이』 1928년 12월호)

담모퉁일 돌아가다가
수남이하고 이쁜이하고 마주쳤습니다.
쾅!
이마를 맞부딪고 눈물이 핑……

울 줄 알았더니 하 하 하.
얼굴을 가리고 하 하 하.
울상이 되어서 하 하 하.

—「담모퉁이」 전문(『잃어버린 댕기』, 계수나무회 1933)

난 밤낮 울 언니 입고 난
헌톨뱅이 찌께기 옷만 입는답니다.

아, 이, 쬐끼두 그러쵸,
아, 이, 바지도 그러쵸.
그리구, 이 책두 언니 다 배구 난 책이죠,
이 모자두 언니가, 작아 못 쓰게 된 모자죠.

어떻게 언니의 언니가 될 순 없나요?

—「언니의 언니」 전문(『어린이』 1933년 5월호)

앞서 살펴본 것처럼 20년대 창작동요가 간과한 것은 아이들이 지니고 있던 발랄함이었다. 윤석중 동요에는 20년대 감상주의 동요들이 간과한 아이들의 발랄함이 들어 있다. 이들 작품에서 보는 것처럼 웃음으로 울음을 이기겠다는 시인의 의도는 애상적 동요가 안고 있던 감상주의를 떨치고 나름의 영역을 확보한 듯 보인다. 그러나 윤석중의 동요는 감상주의를 극복했을지언정 끝내 현실을 이겨내는 힘을 갖추지는 못하였다. 위 시에서와 같이 윤석중 동요에는 어른의 관점으로 본 아이의 귀엽고 천진한 모습이 드러나 있을 뿐, 스스로 주체가 된 생동감있는 아이의 모습은 보이지 않는다. 어른의 관점에서 그려낸 즐겁고 명랑하기만 한 이런 아기들의 세계는 식민지 억압을 견뎌내는 상상력으로 뻗어나가지 못하는 한계를 드러내며 현실과 싸워 이긴 문학이 아니라 현실과 유리된 문학으로 전락하고 만다. 현실의 삶을 노래하는 자세를 버리고 즐거운 것, 아름다운 것을 펼쳐 보여주는 이른바 동심천사주의 문학으로 나아가게 되는 것이다. 이런 동요는 이후 수많은 아류작을 낳아 우리 동시를 상식적이고 피상적인 아동생활의 일상을 명랑한 웃음으로 미화시키는 동시로 몰고 가는 그릇된 결과를 불러오기도 한다. 이오덕은 「시정신과 유희정신」(『시정신과 유희정신』, 창작과비평사 1977)이란 글에서 이렇게 적고 있다.

> 윤석중 동요의 동심세계는 우리 동요문학의 주류를 형성해왔으니, 박목월의 환상적인 꿈의 세계가 그렇고, 강소천의 명랑한 표정을 조립해 보인 소년시가 그렇고, 서민적인 생활을 표현할 듯하다가 결국 감각적인 것에서 더 나아가지 못하고 만 김영일의 단시(短詩)가 그러하다. 그리고 이런 동심의 망령은 오늘날 대부분의 아동작가들의 작품세계를 완고하게 지배하고 있는 것이다. (182면)

우리는 이쯤에서 윤석중과 더불어 20년대 『어린이』지를 통해 나온 이원수를 이야기하지 않을 수 없다. 앞서 지적한 대로 20년대 동요를 돌아볼 때 가장 안타까운 생각이 드는 것은 '구체적인 슬픔(눈물)'이 없다는 것이었다. 20년대 동요는 울음은 나오는데, 도무지 무엇 때문에 울게 되는지 모르는 참으로 허망하고 대책 없는 감상주의에 갇혀 있는 작품이 많았던 것이다. 본디 뜻이야 어쨌든 이는 동심을 따스하게 어루만지려는 정신과는 먼 것이었다.

이원수 역시 「고향의 봄」(1926)을 발표하던 때만 해도 막연한 그리움, 막연한 슬픔을 노래하는 정도에 머무르고 있었다. "마른 잎이 바수수 떨어지는 가을밤/파란 달도 가만히 한숨집니다"는 「가을밤」(1926)이나 "비누풍선을 고히 고히 불어/달나라로 가라고/꿈나라로 가라고" 비는 「비누풍선」(1927)의 세계에 머물러 있었다. 하지만 1930년을 기점으로 해서 이런 막연한 슬픔의 노래는 차츰 구체적인 슬픔의 노래로 옮아간다.

수남아,
순아야,
잘—가거라.

아빠 따라 북간도
가는 동무야.

멀—리 가다 가다
돌아다 보고

"잘 있거라—" 손짓하며
우는 순아야!

이제 가면 언제 오나

눈물이 나서
아른아른 고갯길도
안 보이누나.

뻐꾹새 슬피 우는
산길 넘어서

수남아,
순아야,
잘— 가거라.

—「잘 가거라」 전문(『어린이』 1930년 8월호)

위 시에서 보듯 '떠나는 친구가 불쌍하다, 슬프다'는 진술은 이전의 막연한 슬픔에 머물러 있는 것이 아니라, 구체적인 삶의 모습을 나타내는 지명 '북간도'에 바짝 붙어 있다. 막연히 어디론가 떠나는 동무를 배웅하는 것이 아니라 식민지 백성의 고통을 견디다 못해 먼 북간도로 떠나는, 구체적인 삶의 고통에 내몰린 친구를 애달파하고 있는 것이다. 막연한 슬픔과 구체적인 슬픔은 그것이 아무리 같은 종류의 슬픔을 노래하는 것일지라도 읽는 이에게 질적으로 크게 다른 울림을 주게 된다. 이 「잘 가거라」가 발표되기 한 해 전(1929)에 동아일보에 실은 「헌 모자」를 통해 우리는 구체적인 슬픔에 촉수를 대기 시작한 이원수의 모습을 이미 볼 수 있거니와, 1930년을 앞뒤로 해서 이원수는 현실주의 동시의 참된 길에 첫발을 들여놓기 시작한다. 이원수는 1930년 한 해에만 15편이 넘는(현재 발굴된 것만 보아도) 동시를 발표했는데, 그 가운데 일반에게 비교적 널리 알려진 작품이 바로 「찔레꽃」이란 동시다.

찔레꽃이 하얗게
피었다오.
언니 일 가는 광산 길에
피었다오.
찔레꽃 이파리는
맛도 있지.
배고픈 날 따 먹는
꽃이라오.

광산에서 돌 깨는
언니 보려고
해가 저문 산 길에
나왔다가
찔레꽃 한 잎 두 잎
따 먹었다오.
저녁 굶고 찔레꽃을
따 먹었다오.

—「찔레꽃」 전문(『신소년』 1930년 11월호)

이재철은 『한국현대아동문학사』(일지사 1978)에서 이원수 초기의 동요·동시들의 가장 두드러진 경향을 '감상적이나 현실 직시의 태도'로 요약한 뒤, 초기의 그러한 태도가 뒤에 적극적인 것으로 지양되지는 못했으며, "단순한 감상 속에서 자신을 위로하는 소극적 테두리 속에 머무르고 만 경우"(230면)가 있었다고 비판하고 있다.

위 시 「찔레꽃」도 얼핏 보자면 그런 비판의 울타리에 넣을 수가 있을 것이다. 그러나 위 시를 찬찬히 살펴보자. 시의 화자는 어린이다. 광산에 나가 돌 깨는 일을 하는 언니를 둔 어린 소년이다. 시적 화자가 어린이를 측은하게 바라보는 어른이거나 어린이 흉내를 내는 어른의 모습이 아니다. 어린이가 어린이의 눈으로 자신을 둘러싼 세계를 보고 자신의 말로 그 세계를, 삶을 노래하고 있는 시다. 이것은 꼭 「찔레꽃」에서만 그런 것이 아니고 1930년대 이원수 동시에서 특징적으로 나타나는 것이다.

이 시의 화자는 비록 언니처럼 노동일을 할 만한 처지에 있지는 못하지만, 언니가 하는 노동일이 얼마나 힘들고 어려운 것인가는 잘 알고 있었을 것이다. 소년이 그 점을 몰랐다면 굳이 언니를 마중 나가지 않았을 것이다. 그러나 소년은 찔레꽃이나 따 먹으며 저물도록 언니를 기다린다. 다른 적극적인 행동으로 나아가지 못하고 기껏 이렇게 소극적인 태도를 보이는 소년의 모습은 얼핏 보면 단순한 감상의 태도처럼 여겨질 수도 있겠다. 그렇지만 나는 그렇게 보지 않는다. 소년의 이런 모습이야말로 식민지라는 고단한 삶의 한복판에 내던져진 채 안간힘을 다해 몸부림을 치는 현실적인 어린이의 모습이 아니었을까 생각하기 때문이다. 이 시적 화자가 마주친 슬픔은 까닭 없이 이는 단순한 감상이나 뿌리 없는 막연한 슬픔이 아니라 구체적인 삶의 모습에서 엄연히 우러나오는 참된 슬픔이다. 이런 슬픔을 노래하는 일이야말로 당시 어린이들의 삶의 모습을 정직하게 반영하는 길이 아니었을까.

이원수가 '현실주의 시정신'이라는 참된 불씨를 자신의 작품 속에 담고 있던 1930년 전후는 앞서 이야기한 대로 프롤레타리아 아동문학이 성행하던 시기이기도 했다. 우리는 이 시기 이원수 동시에서도 비교적 프롤레타리아 아동문학의 성향을 강하게 지닌 두 편의 작품을 만나게 되는데, 그것은 바로 「눈 오는 저녁」(『신소년』 1934년 2월호)과 「벌소제」(『어린이』 1932년 8월호)라는 작품이다.

福順아 너이 엄마 우리 엄마
모두 공장에서 밤이 되도 안 나오고

눈은 펄펄 밤은 깜깜
우리 엄마들 익여라
우리 엄마들 익여라

—「눈오는 저녁」 4, 5연

유리창에 비 넘치는 컴컴한 저녁에
오늘도 벌소제다 나흘째나 벌소제
우리들은 날마다 꾸중 듣는 놈
월사금 못 냈다고 벌만 서는 놈

오— 우리 가슴에 우리 가슴에
끓어넘는 마음을 타는 마음을
입술을 악물고 둘러앉아서
×××× 약속하는 굳센 얼굴들……

—「벌소제」 3, 10연

위에서처럼 이 두 편의 시의 일부분을 따로 떼어놓고 보면 이 시들이 풍기는 분위기는 「찔레꽃」 등에서 볼 수 있는 일반적인 이원수 동시의 어조와 조금 다른 점이 있다. 다른 작품들이 삶의 고통을 차분하게 삭이고 있는 어조인 데 반해 더 직설적이고 톤이 높은 모습을 하고 있는 것이다. 그러나 이 작품들을 전체로 놓고 보자면 우리는 가난한 삶 속에서 고통을 당하고 있는, 그러나 한편으로 건강함을 잃지 않은 동심들을 만나거니와, 앞에서 살펴본 프롤레타리아 동요들이 어른의 입장에서 어른의 '관념'을 노래하고 있는 데 반해 이 시들은 순전히 어린이의 입장에서 어린이의 '삶'을 구체적으로 노래하고 있음을 알 수 있다. 이런 보기에서 드러나듯 1930년대 이원수 동시에서 보이는 특징 중의 하나는 고통받는 어린이의 삶을 어떤 경우에서든 '구체적으로 보여준다'는 것이다.

이 추운 날도
언니는 지게 지고 나무 가셨다.
호오호오 손 불면서
나무 가셨다.

—「나무 간 언니」 1연(『소년』 1940년 10월호)

저녁이면 성뚝에 애기 업고 나와서
"보— 야, 넨네요." "보— 야, 넨네요."

잔등에 업은 애기 칭얼칭얼 우냄이.
해질녘엔 여기 와서 "보— 야, 넨네요."

귀남아,
귀남아,
너이 집은
어디냐?
저 산 너머 말이냐?
엄마 아빠 다 있니?

나무 나무 늘어선
서산 머리는
새빨간 새빨간 저녁놀빛
귀남아 네 눈에도 저녁놀빛

—「보—야 넨네요」 전문(『소년』 1938년 10월호)

위에 소개한 시들을 자세히 보면 그것이 모두 어린이의 말로 되어 있는 것을 알 수 있다. 또 시 속에 나타난 동심이 멀리 떠난 아버지를 애타게 그리워하고, 자기 주변의 가까운 언니, 남의 집 애를 보는 동무의 고통과 슬픔을 오롯이 자기 것으로 하려고 하는 것을 알 수 있다. 이런 동심의 모습이야말로 1930년대 식민지를 살아가던 우리 겨레의 모습이요, 그 겨레의 삶을 바라보던 동심의 참모습이 아니었을까. 이런 동심이 가진 눈이야말로 자신의 삶을 억누르는 현실을 똑바로 보는 "역사를 살아가는 동심"(이오덕 「역사를 살아가는 동심」, 『어린이를 지키는 문학』, 백산서당 1984)이었던 것이다. 이런 이원수 동시의 특징은 1930년대를 통틀어 보더라도 다른 동시인에게서는 쉽게 발견할 수 없는 독특한 세계가 아닐 수 없었다.

그렇다면 이원수 동시가 지니는 한계는 아주 없을까? 물론 그렇지는 않다고 본다. 무엇보다 문제가 되는 것은 시적 화자와 시적 대상 사이에 놓이는 거리감일 것이다. 이원수 동시의 시적 화자의 말은 대부분 직접 겪은 고통에 대한 토로가 아니라 그 고통을 바라보는 시인의 말로 이루어져 있다. 물론 그 시인의 말은 어른의 말이 아니라 그 또래 아이의 말이지만, 이 아이가 관찰자의 자리를 쉽게 벗어나지 못하는 탓에 자칫 아이들이 가진 생동감이 간과된 측면이 엿보인다. 또 한가지 짚고 넘어갈 문제는 그의 친일행적에 관한 것이다.

1930년대 후반까지 현실주의 시정신을 견지했던 이원수가 태평양전쟁 시기에 친일시를 발표했던 것이 얼마 전 밝혀져 많은 이들에게 충격을 주었다. 이 점에 대해서는 이원수가 친일시를 발표하게 된 전후맥락을 면밀히 살피는 작업이 필요하다. 이원수말고도 일제말기에는 많은 아동문학작가들이 친일의 길을 걸었다. 친일 아동문학 작품과 작가 들에 대해서는 앞으로 꼼꼼한 검증을 거쳐 깊이있고 성실한 논의가 이루어져야 한다고 본다.

해방기 동요시인──권태응

해방공간은 외세에 의한 분단과 이념의 대립으로 혼란스러운 시기이긴 하였지만 다른 한편으로 식민지에서 놓여난 해방의 기쁨을 잠시나마 누린 시기였고, 또한 정부수립 전까지 비교적 이념의 자유가 허용되던 시기이기도 하였다. 그러나 우리 아동문학사에서 이 시기는 장르 우위의 교체로 동화·소년소설에 견주어 "동요문학의 양적 위축 현상"(이재철 『한국현대아동문학사』 375면)이 생겨난 시기이기도 했다는 점에서 주목을 요한다. 질적인 면에서도 해방기는 정형률을 중심으로 한 창가조의 표현방법을 답습하거나 언어의 유희가 곧 동시의 창작방법이라는 안이한 태도로 시를 쓴 동요시인이 많던 시기이기도 하였다. 그러나 다른 한편으로 해방기는 일제시대부터 현실주의 동시의 모습을 갖춘 이원수 시가 좀더 발전된 면모를 보이던 시기라 할 수 있고, 특히 농촌에서 살아가는 아이들의 세계를 참다운 동심의 눈으로 잡아낸 탁월한 시인 권태응이 배출된 시기이기도 하였다. 권태응의 동요는 누가 뭐라 해도 해방기 우리 아동문학의 커다란 성과라 하지 않을 수 없다.

권태응의 동요에는 우선 특징적으로 농촌 어린이와 가까운 짐승과 풀, 나무 들이 많이 등장한다. 그때는 도시보다 농촌에 사람이 훨씬 많을 때이고 농촌의 삶이란 것이 또 모두 그런 것들과 이런저런 관계를 맺을 수밖에 없긴 하였지만 이 짐승과 풀, 나무 들은 그저 대상으로 멀리 떨어져 있지 않고 시적 화자와 합일된 모습으로 그려진다.

혼자서 떠 헤매는
고추잠자리.
어디서 서리 찬 밤
잠을 잤느냐?

빨갛게 익어 버린
구기자 열매
한 개만 따 먹고서
동무 찾아라.

—「고추잠자리」 전문(『소학생』 1947년 10월호)

위 시에서 시적 대상인 고추잠자리와 그것을 바라보는 어린이의 심정은 하나로 되어 있다. 시적 화자와 시적 대상의 합일은 구전동요가 지니고 있는 미덕의 하나이기도 한데, 권태응의 동요는 그런 미덕을 자연스럽게 이어받고 있는 것이다.

권태응 동요의 미덕으로 또하나 손꼽을 수 있는 것은 농촌을 그리되 다만 한가한 풍경으로 그리지 않았다는 것이다.

구름들아 햇볕 좀
가려라 가려라.

죽도록 일해도 고생 많은
땀 철철 농군들 더워 먹겠네.

바람들아 자꾸 좀
불어라 불어라

—「더위 먹겠네」 부분(『감자꽃』, 글벗집 1948)

또 우리가 권태응의 동요에서 눈여겨볼 것은 어른이 주는 말을 하고 있지 않고 거의 아이들이 하는 말로 되어 있다는 것이다. 그러나 그 말이 또 혀짤배기 소리는 아니다.

율무를 떱니다.
오돌돌돌.
동네 아기 모입니다.
마당 그뜩.

—「율무」 부분(같은 책)

이젠 장맛비
개었습니다.
잠자리도 좋아서
날라댑니다.
우리들은 고기잡이
개울 갑니다.

—「장맛비 개인 날」 부분(『소학생』 1948년 7월호)

이 시들을 보면 농촌 어린이들이 자연과 한덩어리가 되어 노는 모습이 눈에 선하다. 권태응은 짤막하고 소박한 노랫말로 살아있는 아이들의 목소리를 그려내었다. 이것은 감각적 기교에서 얻어지는 '언어의 유희'와는 차원이 다른 것으로 어른이 애써 머릿속으로 요리조리 꾸며댄다고 해서 쉽게 얻을 수 없는, 생명력을 지닌 목소리 바로 그것이다.

그러나 정부수립 이후 분단이 가속화되면서 그리고 6·25전쟁이 일어나 분단이 더욱 공고해지면서 일제시대부터 애써 가꾸어왔던 이런 시의 모습은 빠른 속도로 퇴보하기 시작한다. 아이들 처지에서 겪어야 했던 분단현실은 식민지 못지않은 고통을 주기에 충분하였지만, 그런 현실을 동시로 나타내려 하는 이는 점점 드물어만 갔다. 시정신과 거리가 먼 '짝짜꿍'과 '떽데굴' 동요만이 주류 노릇을 하게 되는 시대, 시정신의 퇴보 현상이 가속화하는 시대로 접어들게 된 것이다.

시정신의 회복을 기다리며

동시는 어른이 써서 어린이에게 주는 시다. 그런 까닭에 동시는 생겨나기 시작한 싯점부터 두 마리 토끼를 쫓아야 하는(시가 지녀야 할 품격과 어린이가 마음속으로 충분히 공감할 만한 영역을 확보해야 하는) 숙명을 안게 되었다. 거칠게 말해서 성인시를 쓰는 시인들이 시적 진실만을 고민해왔다면 동시를 쓰는 시인들은 시적 진실과 동심의 경계를 동시에 고민해야 하는 이중고(二重苦)를 겪어왔던 것이다. 이런 이중고와 더불어 시인들은 또하나의 고통을 짊어져야 했으니, 그것은 바로 식민지라는 질곡이었다.

앞에서 살펴본 것처럼 우리 동시의 역사는 식민지 역사와 함께 형성되고 전개되어왔다. 1920년대 동요들을 감상주의적 동요라고 비판했지만, 사실 그런 작품이 나온 이면에는 굴절된 식민지 역사가 가로놓여 있던 것이다. 1930년대 개성있는 시인으로 손꼽을 수 있는 두 시인, 윤석중과 이원수는 그런 시대의 한계를 극복하기 위해 노력한 시인들이었다. 식민지 슬픔을 이겨내기 위한 방법으로 생기있는 웃음의 발견(윤석중)과 서민 아동의 구체적 현실에 대한 발견(이원수)은 우리 동시가 이룬 귀중한 성과라 할 수 있다. 그러나 이런 노력 역시 1930년대 후반으로 갈수록 점차 퇴색하기 시작한다. 그 주된 이유는 무엇보다 일제에 의한 파시즘의 강화에 기인한다. 1930년대 후반 동시의 발전을 주도한 박목월·강소천·김영일 들의 작품이 식민지 현실과 무관한 동심주의 경향의 작품에 머문 것 역시 당시 시대상황과 밀접한 연관이 있다고 볼 것이다.

해방 이후 우리 동시는 권태응이라는 걸출한 동요시인을 배출하기도 하지만, 분단과 전쟁을 거치며 차츰 그때까지 이루어왔던 시정신을 잃어버리기 시작한다. 이를테면 동심을 어른의 관점으로 너무 편협하게 해석하여 어린 아기의 세계를 귀엽게만 그리는 데 치중한다거나, 시가 지녀야 할 품격을 너무 확대해석하여 어린이가 공감할 수 없는 어른의 감각적 세계, 관념 세계를 그리는 데 치중하였다. 이런 시들에서 공통적으로 발견할 수 있는 것은 동심의 열린 눈으로 바라다볼 수 있는 넓은 세계가 아니라 답답하게 닫혀 있는 어른들의 좁은 세계다. 이른바 현실을 살아가는 아이들의 생활감정과 생각에 전혀 맥락이 닿지 않는 감상주의 시, 유치한 말재주를 앞세우는 동심주의 시, 어른들의 감각으로도 잘 이해되지 않는 기교주의 시, 생동감있는 동심의 현실과 상관없는 교훈주의 시들이 많은 수를 차지하게 된 것이다. 누구나 인정하는 바와 같이 지금은 동시가 한없이 쪼그라든 시대다. 이런 결과는 식민지와 분단이라는 시대적인 제약에 기인한 바가 적지 않지만, 다른 한편으로 그런 시대적 제약을 극복하기 위한 치열한 시정신의 부재 때문이 아니겠는가를 우리는 또한 곰곰이 생각해야 할 것이다.

물론 여러 가지 제약조건에도 불구하고 우리 시인들이 어렵게 가꾸어냈던 시의 전통은 따로 높이 평가해야 마땅하다. 굴절된 근대로의 이행으로 잃어버린 우리 구전동요의 미덕과 아울러 일제시대 어려운 현실과 대응하여 일구어낸 시정신, 그리고 내용과 형식의 새로움을 찾고자 했던 노력들은 지금 우리 동시가 새삼 새겨보아야 할 귀한 전통이다. 이 전통을 제대로 이어받고 발전시키는 것이 아직도 우리 앞에 놓여 있는 과제가 되고 있다.

분단시대를 살아온 동심의 모습

분단이 시작되던 때

해방이 되었을 때, 우리 겨레는 누구나 좋아라 종살이에서 놓여나는 기쁨의 만세를 불렀다. 그렇지만 종살이에서 놓여났어도 삶의 조건은 이내 쉽게 좋아지지 않았다. 오히려 그 조건은 이른바 '분단'이라는 새로운 질곡과 맞물려 더욱 쓸쓸해졌다. 아이들은 책가방 대신 양사탕, 양담배 상자를 메고 거리를 헤매거나, 징용 가신 아버지를 애태우며 기다리던 언덕에서 이번에는 삼팔선 너머 어디론가 멀리 떠나간 언니를 기다리는 처지가 되기도 하였다. 그러나 분단이 빚어낸 이런 삶의 질곡도 순정한 동심까지를 어쩌지는 못하였다.

북쪽 동무들아

어찌 지내니?
겨울도 한 발 먼저
찾아왔겠지.

먹고 입는 걱정들은
하지 않니?
즐겁게 공부하고
잘들 노니?

너희들도 우리가
궁금할 테지.
삼팔선 그놈 땜에
갑갑하구나.

—「북쪽 동무들」 전문

이 작품은 해방기의 시인 권태응이 남긴 동요이다. 이 작품을 가만히 읽어보면 해방기를 살던 때만 해도 우리 동심에게 분단이라는 것은 그리 커다란 장애물이 아니었음을 느끼게 된다. 이 시 속에 등장하는 동심은 삼팔선 너머에 살고 있는 북쪽 동무를 절대 어떤 우월의식이나 미움, 어설픈 동정심 따위로 대하고 있지 않다. 다만 이 시 속의 동심은 북쪽 동무들을 진정으로 살갑고 따뜻한 마음으로 끌어안고 있다. 이런 마음은 두말할 것도 없이 그 당시를 살아가던 동심들의 보편적인 모습이었음이 틀림없다. 이 시가 실린 곳은 1948년 나온 그의 동시집 『감자꽃』(글벗집)이었는데, 1948년이라면 이미 남과 북이 분단된 지 햇수로 네 해가 되어가던 싯점이다. 겉으로는 이미 이념이 서로 다른 정부가 들어서서 남과 북으로 나뉜 우리 겨레를 서로 다른 길로 내몰던 때였다. 그렇지만 그런 구부러진 역사 속을 걸어가던 동심은 그 역사가 만들어내는 '이념' 따위에 고개를 숙이는 모습을 보여주지 않는다. 오히려 티끌 없는 마음에서 우러나온 진정성으로 소식을 알 수 없는 북쪽 동무를 애타게 그리워하고 있을 뿐이었다.

전쟁에 쫓겨다닌 동심

그러나 분단의 역사는 이런 동심의 순정한 마음을 그냥 놓아두지 않았다. 기어코 이념을 앞세운 전쟁을 불러와서는 그 동심들에 돌이킬 수 없는 상처를 안겨준다.

6·25전쟁중 발간된 어린이 잡지에 『소년세계』란 것이 있다. 이 잡지는 1952년 7월 피난지 대구에서 처음 발행된 어린이문예 잡지이다. 이 잡지의 8월호 독자란에는 다음과 같은 어린이 시가 실려 있다.

내 고향 뒤에 두고 피난 올 때는
찬바람 몰아치는 겨울이었다.

정든 물건 정든 집 고대로 두고
눈물로 피난 길을 떠나왔었다.

밤낮을 가리잖고 걸어만 가는
끝없고 괴로운 낯설은 길을
밝은 달이 화안히 비춰주었다.

—「피난길」 전문

위 시는 서울에서 피난을 내려와 대구연합중학교에 다니던 마종기(아마 마해송의 자제로 뒤에 시인이 된 마종기가 아닐까 추측된다)라는 소년 독자가 전쟁으로 쫓길 때의 심정을 담담히 노래한 것이다. 6·25는 순정한 우리 동심들을 이렇게 쓸쓸한 피난길로 내몰거나 심지어는 그들을 죽음의 구렁텅이로 밀어넣어 목숨마저 빼앗아갔다.

『소년세계』의 편집을 맡은 이는 6·25전쟁의 와중에서 생사의 갈림길에 선 적이 있던 이원수였다. 알다시피 이원수는 인공치하이던 서울에서 경기공업학교 서무일에 관계했다는 이유로 부역자 혐의를 쓰고 꼼짝없이 분단의 희생양이 될 뻔했다. 그는 그런 처지를 벗어나기 위해 한때 북쪽으로 피난을 가기도 하고 신분을 감춘 채 영국군 부대에 들어가 잠시 노무자일을 하기도 하는데, 더이상의 도피를 이어갈 수 없어 피난지였던 대구에 내려가 자수를 하고 만다. 그때 그의 뒤에서 신원보증을 서준 사람들은 널리 알려진 대로 대구에 있던 김팔봉, 김영일 같은 문인들이었다. 전쟁의 틈바구니에서 어이없는 죽음을 맞이할 뻔하였던 이원수는 그렇게 자유의 몸이 된 얼마 뒤 잡지 『소년세계』에 관여하게 되는데, 그가 이 잡지에 발표한 동시 하나를 보자.

단풍 든 산을 끼고 차디찬 강물
언덕 위 외딴 집에 어린 나그네

등잔 불도 없이 밤이 깊어서
누워서 듣습니다
여울 물소리

"잘 가거라 잘 가거라
언제나 만나 보니?"
"혼자 가니 너 혼자
어디 가니 어디 가니?……"

목 메인 어머니의 소리도 같이
원망하는 누이의 소리도 같이

싸늘한 차운 밤 어린 길손을
여울물이 울며 가네
부르며 가네

—「여울」 전문(1952년 11월호)

위에서 말한 '시인의 고초'를 생각할 때, 이 시는 우선 시인이 전쟁 중 겪어야 했던 자신의 체험을 그대로 그려낸 시처럼 읽힌다. 위 시 속에 나오는 '등잔불도 없이 누운 외딴 집'은 그가 부역자라는 낙인이 찍힌 채 북쪽으로 피난을 가던 시절에 체험한 실재 공간이었을 가능성이 없지 않다. 그리고 이 시에 나오는 '어린 나그네'는 앞날을 한치도 내다볼 수 없는 절망의 피난길을 떠나는 시인 자신이라고 보아도 틀린 해석이 아닐 것이다. 그는 이 시에서처럼 정처 없는 피난 도중에 어느 외딴집에 잠시 몸을 누인 적이 있을지 모르거니와, 그때 내면으로부터 "어디 가니 어디 가니?" 자꾸만 애절하게 부르는 누이와 어머니의 음성을 들었을지도 모른다.

그러나 이 시가 품고 있는 것은 그뿐만이 아니다. 알다시피 그는 전쟁으로 사랑하던 자식을 한꺼번에 둘씩이나 잃어버렸다. 그런 겹 고통을 더해서 본다면 이 시의 화자는 그가 아니라 그가 잃어버린

'용화와 상옥'—더 나아가서는 전쟁으로 부모와 헤어지거나 목숨을 잃은 이땅의 모든 아이들—으로 비쳐지기도 한다. 그는 『소년세계』에 동화 「꼬마 옥이」(1954)와 동시 「소쩍새」(1954) 등을 통해 이런 고통을 계속 그려내는데, 위 시 또한 그와 같은 견지에서 본다면 단순히 시인 자신의 괴로운 체험을 그려낸 시라기보다 전쟁으로 부모와 목숨을 잃어버린 이땅의 불행한 동심을 상징하는 시라고 보는 것이 더 타당하리라는 생각이 든다. 이 시에서 우리는 이른바 '이념이 인간을 지배했던 시기'에 비극적인 상황에 몰린 한 동심(전쟁중 부모를 잃고 외딴 곳에서 홀로 숨이 끊어진 채 싸늘히 누워 있을지도 모를)의 면모를 안타깝게 읽게 되거니와, 이념을 앞세운 6·25전쟁은 이렇듯 '여리기만 한 어린' 길손들을 죽음의 구렁텅이로 자꾸만 몰아넣었다.

동심을 지배하던 이념의 시대

동심을 죽음의 구렁텅이로 몰아넣던 전쟁은 3년 만에 끝이 났다. 그러나 그 전쟁이 얻은 것은 아무것도 없었다. 전쟁 이후로 우리 동심은 더욱 쓸쓸하고 고단한 삶을 살게 되었다. 그렇다면 전쟁 뒤의 그런 동심을 우리 동시인들은 어떻게 그려내었는가. 안타깝게도 우리 동시의 모습은 '시대 현실'에 꿋꿋하게 맞서서 쓸쓸하고 고단한 동심을 그리기보다 그 현실을 외면하거나 굴복하는 쪽으로 나아갔다.

말할 것도 없이 6·25전쟁기는 우리 겨레의 동심들이 일제시대나 해방기에도 느껴보지 못한 고통을 온몸으로 받았던 비참한 시기였다. 따라서 그 시기는 아이들을 위한 문학을 하는 어른들이 그 어느 때보다 아이들을 위해 할 일이 참으로 많은 시기이기도 했다. 그러나 그 많은 일을 맡아서 제대로 해낸 동시인이 우리에게는 많지 않았다. 전쟁의 고통 속에서 부모를 잃고 굶주리거나 아예 목숨까지 빼앗기던 헐벗은 동심을 옆에 두고서도 그 동심을 제대로 껴안지 못했던 것이 당시 아동문학인들의 사정이었다.

6·25전쟁 이후를 돌이켜보면 우리 동시 작품에서 전쟁의 참상을 고발하고, 그 참상 속에서 죽어간 어린 영혼을 위로하는 진혼가로서의 울림을 전해주는 시는 별반 보이지 않는다. 또한 부모를 잃고 포화가 할퀴고 간 상처에 울부짖는 동심을 따뜻하게 위로하는 시, 그 동심들이 힘을 얻고 꿋꿋하게 살아가는 모습을 그린 시를 보려야 볼 수가 없다. 우리 동심은 전쟁 이전보다 더욱 굴절된 이념의 시대를 경험하며 자꾸만 거칠어져갔고 황폐해져갔다.

승호네 반에서는 반공 포스터 그리기를 하였읍니다. 경일이는 총을 들고 있는 공산군들에게 우리 국군이 비행기에서 총을 쏘는 그림을 그렸읍니다. 희숙이는 무서운 간첩을 그렸읍니다.

그런데 희숙이가 그린 간첩은 손톱과 발톱이 나 있어서, 꼭 짐승 같았읍니다.

포스터 그리기를 마친 다음, 저마다 그림을 칠판 위와 교실 앞벽에 내다 붙였읍니다.

선생님께서 그림을 차례로 돌아보셨읍니다.

"간첩은 어떻게 생겼는가 말해 봐요."

선생님 말씀에

"짐승같이 생겼어요."

"무섭게 생겼어요."

저마다 한 마디씩 하였읍니다.

어린이들의 말을 들으신 선생님께서는

"간첩도 우리와 같은 사람이어요. 더구나 우리 나라에 들어오는 간첩은 거의 모두가 우리 나라 사람이고, 우리와 똑같이 하고 다녀요."

〔중략〕

"상호가 한 말대로 우리들은 언제나 말조심을 해야겠어요. 그리고, 희숙이의 그림은 간첩이 짐승만도 못하다는 것을 그린 것 같아요. 잘 그렸어요."

선생님께서 칭찬하시자, 희숙이는 얼굴에 웃음이 활짝 피었읍니다.

끝날 때에는 우리들은 '유신으로 뭉치자'의 노래를 모두 씩씩하게 불렀읍니다. (『바른 생활』 2-2, 79~83면)

1973년만 해도 우리 동심들은 이런 교과서를 읽고 자랐다. 1973년이라면 6·25전쟁이 끝난 지 꼭 스무 해가 되던 해이다. 겉으로는 전쟁의 상처가 많이 아물고, '잘살아보자'는 구호 아래 경제개발이 한창 이루어지던 시점이었다. 그러나 그런 속에서도 분단이 빚어낸 이념은 우리 동심들에게 이렇듯 여전히 전쟁에 대한 공포를 심어주고 있었고, 그들의 순정한 동심과 어울리지 않는 증오심과 적개심을 길러주는 일에 게으르지 않았다. 위에서 스스럼없이 '간첩이 짐승 같다'고 말하는 동심의 모습을 보라. 이것은 동심 스스로가 할 수 있는 말이 아니다. 분단이, 어른이 만들어낸 눈먼 이데올로기가 그들로 하여금 그런 말을 하도록 시킨 것이다. 더 기막힌 것은 어른이 아이들과 '말조심 입조심'을 다짐하는 마지막 대목이다. 분단은 어린 동심의 입조차 막고 그 입으로 '유신으로 뭉치자'는 노래를 씩씩하게 부르도록 만들었다. 이런 구부러진 이념의 시대를 살아가는 동심을 위해 우리 동시인들은 어떤 일을 해야 했을까? 교과서에 나오는 것처럼 간첩도 생긴 것은 우리와 똑같은 사람이라는 새삼스러운 가르침을 주어야 했을까? 이 교과서의 가르침처럼 '말조심 입조심'이나 하며 '유신으로 뭉치자'는 구호에 고개를 끄덕여야 했을까? 오히려 동시인은 그런 분단이념이 지니고 있는 허구가 무엇인지를 냉철히 밝히는 자리에 서 있어야 옳았다. 동심이 어른들이 꾸며낸 이데올로기에 갇혀 살고서는 겨레의 분단은 결코 극복될 수 없는 문제라는 것을 노래로 시로 또렷하게 밝혀야 했다.

그런데 분단을 동시로 쓰면서도 동시인들이 보여준 자세는 그런 쪽에 쉽게 다가가지 못했다.

달리기만 배운 기차

가는 덴
서울
오는 덴
부산

—꽥꽥—
큰 소리만 칠 줄 알지
바보 같은 기찬
빵빵이만 친다.

"이번엔 마음먹고
신의주까지 달려 보아라."

—「기차」 전문(이진호 『꽃잔치』, 동민문화사 1972)

이것은 가벼운 말의 유희다. 이 동시 속에 분단을 살아가는 우리 동심의 모습이 진지하게 엿보이는가. 분단이 뿜어내는 독이 동심의 삶에 어떤 어려움을 주고 있는가 하는 것이 나타나고 있는가. 이 시에서 찾아볼 수 있는 것은 분단을 가로막고 있는 것이 다만 휴전선의 철조망이라는 안이한 발상뿐이다. 이 시가 아이들에게 주는 것이 있다면 그 철조망이 언젠가는 걷혀서 남북이 자유롭게 오갈 수 있으리라는 막연한 기대뿐이다. 이런 상투적인 진술은 굳이 동시인이 아니더라도 교과서나 정치가가 나서서 입버릇처럼 해주는 말이 아니었던가.

사람들에게만 남은 통일

위에서 살펴본 1970년대식 교과서의 이념교육은 80년대와 90년대를 지나오면서 시대 분위기의 변화에 따라 차츰 통일 지향으로 그 내용이 바뀐다. 그러나 이 통일 지향의 내용은 해방기 '북쪽 동무들'을 그리워하던 순정한 동심에 뿌리를 둔 것이 아니라, 어른들이 만들어낸 비뚤어진 우월의식과 어설픈 동정심, 감상주의 같은 것에 뿌리를 둔 것이어서 문제가 있었다. 성급한 어른들은 동심들에게 통일을 진정 열린 가슴으로 받아들이기보다 자신들이 가르쳐준 관념으로 받아들이도록 강요한다.

> 엄마는 돈 벌러 서울 가서 이태째 소식 없고
> 아빠도 엄마 찾아 집 나간 지 여러 달포
> 이제 보름만 더 있다 온다는
> 어쩌다 전화로 듣는 아빠 목소리는 늘 취해 있다
> 두 동생 아침밥 먹여 학교 보내고
> 열두살 난 언니 하루 안 거르고 정거장에 나와 서지만
> 진종일 서울 땅장수만 차를 오르내리고

다 저녁때 지쳐 돌아오면
저희들끼리 끓여 먹은 라면 냄비 팽개쳐둔 채
두 동생 텔레비전 만화에 넋을 잃었다
다시 밥 대신 라면으로 저녁을 끓이고
열두살 난 언니는 일기에 쓴다 전화도
텔레비전도 없는 북한 어린이들이 가엾다고
가난한 북한 어린이들이 불쌍하다고
엄마 아빠 돈 벌어 돌아올 날을 믿으면서

—「가난한 북한 어린이」 전문

위 시는 신경림 시집 『길』(창작과비평사 1990)에 실린 성인시이거니와, 분단을 직접 소재로 한 시가 아니면서도 저도 모르게 분단의 굴레를 지고 살아가는 90년대 초반 구부러진 우리 동심의 처지를 그 어떤 동시보다 또렷하게 보여주고 있다. 이 시의 화자는 남해안의 어촌에서 살아가는 소녀 가장이다. 집 나간 엄마와 그 엄마를 찾으러 또 집을 나간 아빠 대신 두 동생을 돌보며 밥 대신 라면으로 끼니를 때우는 불쌍한 처지의 어린 가장이다. 그런데 이 아이는 일기를 쓸 때 자신의 불행한 삶을 돌아보는 내용을 쓰지 않는다. 그런 자신의 삶을 돌아보기는커녕 한번 가본 적도 없는 북한의 어린이들이 그저 불쌍하다고만 쓰고 있다. 아이는 북한 어린이들이 "전화도/텔레비전도 없는" 가난한 현실에서 살아간다는 것이 무척 불쌍하다고 썼다.

이 어린 가장의 일기글에 적힌 이 "불쌍하다"는 말을 우리는 어떻게 받아들여야 할까. 과연 해방기의 「북쪽 동무들」에 나오는 순정한 동심을 그대로 이어받은 모습이라 말할 수 있을까. 나는 그렇게는 볼 수 없다고 본다. 왜냐하면 그 말이 건강한 삶에서 저절로 우러나온 동심의 말이라기보다 교과서가 또는 어른이 가르친 관념의 말(어른에 의해서 강제로 주어진 숙제)이라는 생각이 들기 때문이다. 이 아이가 놓여 있는 처지에서 본다면 '불쌍한 북한 어린이'의 삶을 걱정하는 것은 왠지 격에 맞지 않고 부자연스럽다. 누구는 자신의 슬픈 처지를 비관하기는커녕 오히려 저보다 못한 '북쪽 동무'를 생각할 줄 아는 마음이 얼마나 고운 것이냐고 반문할지 모르지만, 알다시피 그런 마음은 자신의 삶을 제대로 살피고 추스른 뒤에 나오는 것이어야 비로소 힘이 있는 것이 되고 진실한 것이 된다. 따라서 위 시에 나오는 아이의 일기는 북한 어린이를 진정으로 생각하고 위로하는 글이 되기보다 자신조차 위로할 수 없는 병든 글(비뚤어진 우월감을 확인하는 글)이 되기 십상일 터이다.

오랫동안 우리 어른들은 겨레의 동심에게 분단의 고통을 전해주었다. 그리고 그 고통에 헤매던 동심을 제대로 따뜻하게 감싸준 적이 없이 오랜 시간을 흘려보냈다. 그리고 이제 새삼 우리 동심에게 통일을 말하려 한다. 그러나 통일을 말하면서도 우리 동시인들은 어쩐 일인지 분단의 굴레를 지고 살아가는 실제 동심의 모습은 제대로 어루만지려 하지 않는 것 같다. 반세기 넘는 오랜 기간 동안 분단의 고통 속을 헤쳐나온 어린 피해자들이 어떤 삶을 살고 있는가, 그런 삶을 보듬고 감싸는 일은 어떻게 가능한가에 대해서는 오히려 두 눈을 감고 있는 경우가 더 많다. 이런 뜻에서 위 신경림의 시는 우리에게 시사하는 바가 적지 않다. 위 시는 분단을 살아가는 동심에게 필요한 것은 거창한 통일구호가 아니라 동심으로 하여금 스스로가 먼저 자기 삶을 추스르는 힘을 갖게 하는 것임을 은연중 보여준다. 우리는 아이들 앞에서 통일만이 살 길이라는 관념을 노래하기에 앞서 자기 앞에 놓여 있는 동심들의 삶이 어떤 모습인지를 먼저 살펴야 할 것이다. 그래서 분단을 살아온 동심이 자신의 삶을 넉넉하게 이겨내고 극복하게 되었을 때, 비로소 '북쪽 동무들'을 생각하는 마음을 전해주는 것이 옳은 순서라고 본다.

되었다 통일
무엇이? 새들이
팔도강산 구경을
마음대로 다닌다.

통일이 통일이
우리만 남았다.
사람만 남았다.
—「되었다 통일」 부분(윤석중 『윤석중전집』 26권, 웅진 1988)

그렇다. 통일은 이제 우리 사람들에게만 남았다. 그러나 사람만이 남은 그 통일을 정말 사람답게 이루기 위해 우리 동시인들이 걸어야 할 길은 아직 멀고도 험하다. 그러나 그 길이 험하다고 해서 우리가 다시 쉬운 길을 찾아 에돌아갈 수는 없지 않겠는가. 그 길은 분단으로 멍들고 병이 든 동심을 살려내는 일을 게을리 한 우리 자신을 반성하는 길이겠기에, 또 그 길은 우리가 짊어져야 할 숙명의 길이겠기에 마땅히 더 힘들고 고단한 길이어야 할 것이다. 그 고단하고 쓸쓸한 길을 꿋꿋하게 걸어갈 동시인이 우리 앞에 있다면 그것은 우리 동심에게 반가운 일일뿐더러 우리 겨레에게조차 축복된 일이 아닐까 한다.

〈『어린이문학』 1999년 6월호〉

우리 동시에 대한 단상

1

우리 동시의 흐름을 파악하기 위해 이재철의 『한국현대아동문학사』(일지사 1978)에 기댈 때가 많다. 기댈 때마다 갖는 생각이지만 이 책에서 우리들이 빚져야 할 것이 아직 많구나 하는 생각이다. 그러나 한편으로 우리 아동문학사를 올바른 관점에서 자리매김하고 있는지에 의문을 가지는 것도 사실이다. 우리 아동문학사의 본격적인 기술로는 최초라 할 이 책이 그 구부러진 관점으로 고개를 갸웃거리게 하는 대목을 이곳저곳에서 보여주고 있기 때문이다.

우선 걸리는 것은 최남선에 대한 평가다. 이재철은 최남선이 발간한 『소년』지를 두고 "최초의 근대적 종합 교양지자 아동잡지의 효시"(44면)라고 전제한 뒤 그곳에 실린 「해(海)에게서 소년에게」

(1908)를 "선구적인 정형동시"(49면)로 높이 평가한다. 이재철이 「해에게서 소년에게」를 높이 평가하는 까닭은 세 가지다. 즉 새 시대의 주인공인 소년을 대상으로 삼았다는 점, 고가사(古歌辭)에 비해 구어체에 가깝다는 점, 새로운 율조를 보이고 있다는 점들이다. 이런 평가에서 살필 수 있는 것은 이재철의 관점이 시가 나오게 된 배경과 시의 내용에 대한 세밀한 고찰보다 겉으로 드러난 시의 형식에 치중하고 있다는 점이다. 이재철의 언급처럼 가령 이 시가 나오던 당시 시대는 과연 '새 시대'라 할 만한 시기였는가, 「해에게서 소년에게」는 구어체 형식과 율조의 새로움이라는 관점에서만 높이 평가되어야 할 시인가를 우리는 곰곰이 되짚어볼 필요가 있다.

가령 『한국근대민족문학사』(김재용 외, 한길사 1993)를 볼 것 같으면, 「해에게서 소년에게」의 미덕과 한계가 함께 거론되고 있다. 이곳에서 거론되는 미덕이란 이재철이 지적한 대로 시 형식이 갖는 새로움을 의미한다. 이 시에서는 각 연 각 행의 글자수가 동일하게 되풀이되는데 이것은 내용의 효과적 표현을 위해 고안된 형식이란 점에서 창가(唱歌)의 정형성과 구별된다는 것이다. 또하나는 표현기법에서 과감한 의성어와 구체어가 사용되고 있으며 상징적이고 비유적인 기법 활용은 역시 이전의 창가와 구별되어 형식과 율격에서 일정한 발전 양상을 보이고 있다는 것이다. 그렇다면 이 시가 지니는 한계란 뭘까? 그것은 내용과 주제, 세계관의 기초에 있어서 이 시가 부르주아 계몽주의(문명개화주의)를 벗어나지 못했다는 점이다. 이전의 창가는 비록 추상적이긴 해도 자주독립의 문제에 대한 분명한 전망을 보여주고 있었는데, 이 시에서는 전혀 그런 점이 보이지 않는다는 것이다. 정리하자면 「해에게서 소년에게」는 형식면에서 이전의 창가들보다 진보한 측면이 있지만 내용면에서는 오히려 한계를 지니고 있다는 것이고, 이런 이유에서 이 작품을 근대적인 자유시의 모태로 보는 것은 위험하다는 결론이다.

이보다 훨씬 전에 나온 김현·김윤식의 『한국문학사』(민음사 1973)는 이 시에 대해 좀더 가혹한 평가를 내리고 있다. 이 책에서는 우선 최남선이 시도한 율문 형식을 세 가지—신시, 창가, 시조—로 보고, 최남선의 신시(신체시)는 일본의 영향을 받았으며 이때 창작조건은 시나 예술의 차원에 속하는 것이 아니라 신지식 수입의 차원에 속하는 것이었다고 평가하고 있다. 신체시의 창작방법이 번안이든 아니든 그것은 '논설'을 율문화한 것에 불과하다는 것이다. 어쨌든 이것은 이내 그 형식마저 폐기되는데, 신체시 자리를 대신 메운 것은 7·5조 창가였다. 최남선은 창가에다 여러 계몽적인 지식을 담아 보급하려 했지만, 이것 역시 벽에 부딪쳐서 결국 시조에 매달리게 되었다는 것이 최남선이 시도한 율문 형식에 대한 개략적인 설명이다. 그리하여 그것들이 모두 실패한 실험이었음을 지적한 뒤 "한 개인이 시대나 민중과 동떨어진 자리에서는 불쑥 새 장르를 개척할 수 없다"(114면)고 적고 있다. 정리하자면 최남선의 「해에게서 소년에게」는 신체시라는 외래(이식)적인 시의 형태(그릇)에 당시 민족 현실과 동떨어진 이상을 담아낸 시라 할 수 있다. 형식과 율격 면에서는 종래 창가보다 일정한 발전의 양상을 보이고 있지만, 당시 우리 겨레가 처한 억압구조를 냉철하게 인식하고 또한 그것을 극복하고자 하는 내용까지 담보한 시는 아니었던 것이다. 현실을 겉넘는 상상력만을 발휘한 탓에 신체시는 우리 동시의 전통으로 자리잡지 못하고 이내 소멸되었다.

최남선의 「해에게서 소년에게」에 대한 이야기를 서두에 이토록 장황하게 꺼내는 것은 다름이 아니라 시인들이 억압구조에 대한 발견을 도외시하고 형식에만 매달릴 때, 그것이 어떤 한계를 가져오는가 하는 문제를 고민해보기 위해서다. 이런 예는 우리 동시의 역사를 살펴볼 때 곳곳에서 찾을 수 있다.

2

일제시대 근대아동문학의 씨앗을 뿌린 방정환의 적자(嫡子)로 우리는 윤석중과 이원수를 들 수 있다. 둘은 방정환이라는 아버지에게서 문학적 토양을 이어받았으되 그것을 계승한 모습은 판이하게 달랐다. 단순하게 말해서 이원수는 식민지 현실에 고통받는 아동과 같이 울어주는 문학을, 윤석중은 울기보다 웃음을 주는 문학(웃음을 통해 울고 싶은 상황을 잊게 해주는 문학)을 추구했다. 윤석중은 식민지의 어두운 현실이란 억압구조를 웃음으로 극복하기 위해 이전 애상적 동요의 세계와 구별되는 명랑 쾌활한 세계, 밝은 세계를 재미있는 동요 형식에 그려내었다. 애상적 세계에서 명랑 쾌활한 세계로의 이행은 나름대로 우리 동요 발전에 기여한 바가 있다. 그것은 20년대 애상적 동요의 범람에 일종의 충격파를 던져준 '발상의 전환'이었던 것이다. 그러나 문제는 이 발상의 전환이 현실을 이겨내는 힘으로 작용하지 못하고 제자리걸음을 했다는 데 있었다. 식민지라는 억압구조에 대한 날카로운 관찰이 없이 윤석중은 현실과 유리된 어린 아기의 세계를 그리는 데 치중하였다. 감상주의를 벗어나기 위해 그가 택했던 웃음의 세계가 사실은 식민지 현실에 순응하는 동심주의로 귀착이 된 것이다. 그가 도달한 동심주의는 식민지를 거쳐 분단 이후 강화된 억압구조를 견뎌내는 상상력으로 뻗어가지 못한 채 역시 빛을 잃고 만다.

60년대 동요의 정형적인 틀을 버리고 한결 자유스러운 시형식을 추구하기 위해 벌인 자유시 운동이나 아동을 위한 문학을 떠나 어른을 위한 동시를 쓰자고까지 주장했던 70년대 기교주의 시운동 또한 당시 아동이 놓여 있던 현실에 대한 관심은 아주 소홀했음을 우리는 알고 있다. 6, 70년대의 젊은 시인들의 노력이 또다른 발상의 전환(동시란 이런 것일 수도 있다는 형식적인 측면에서 동시의 새로운 발견을 모색한 것)을 꾀했다는 것은 인정할 만하지만 이 발상의 전환이란 것은 결국 최남선의 신체시의 실패를 재현하고 있다는 느낌이다. 현실에 토대를 두지 않는 시형식에 대한 고민은 진정한 시를 불러올 수 없었던 것이다. 그것은 오히려 현실 속의 독자와 유리되는 난해성이라는 문제를 불러오게 되었으며, 이오덕은 『시정신과 유희정신』(창작과비평사 1977)에서 이 문제를 신랄하게 비판한 바 있다.

3

이오덕의 『시정신과 유희정신』에서 우선 주목하게 되는 것은 이곳에 묶여진 글들이 불과 3년 사이(1974~76년)에 발표되었다는 것이다. 글이 발표된 시기와 씌어진 시기가 반드시 일치한다고 볼 수 없겠지만, 글이 표방하고 있는 내용을 살펴볼 때 거의 같은 시기(70년대 중반을 전후로 한 시기)에 집중적으로 씌어진 글들이란 것을 짐작할 수 있다. 글들이 비교적 단기간에 그것도 오래전에 씌어진 것을 감안한다면 이곳에 실린 글들이 지니는 생명력은 아주 놀라운 것이라 할 만하다. 주지하다시피 『시정신과 유희정신』은 아직도 아동문학비평 분야에 있어 기대야 할 문학적 전범으로서 위치를 굳건히 지키고 있기 때문이다. 더구나 이곳에 실린 글들 대부분은 빈약한 우리 아동문학이론 가운데 더욱 빈약한 동시론을 본격적으로 언급한 것들이어서 동시 논의를 전개할 때 여전히 필요한 지침을 제공하고 있다.

그러나 이런 영향력에도 정작 이 책이 나온 이후 전개된 80년대 우리 동시의 모습은 현실 속의 독자를 망각하고 무시하는 왜곡된 걸음을 쉽게 거두지는 못한 듯 보인다. 우리 사회의 특수한 상황에 비추어볼 때, 이오덕의 정직한 견해 표명은 아동문단의 주류로 자리잡기보다 한동안 아웃사이더 역할을 하는 데 머물러야 했던 것으로 짐작되기 때문이다. 그런 짐작을 가능하게 하는 자료는 바로 국정교과서에 실린 동시 작품들의 경향[1]과 일부 언론매체를 통해 표출된 아동문단의 반응이다.

> 현재 시중에 나돌고 있는 일부 유아동화나 유년동화 및 동시집 중에는 지나치게 빈부의 격차 등 계층간의 갈등을 과장 부각시키거나 투쟁, 대립의식을 고취하고 심지어 정치체제 문제까지 취급한 내용이 들어 있어 그 부작용에 대한 우려가 대두되고 있다.

이것은 1986년 1월 11일자 한 언론의 보도문인데, 이 글에 나오는 대로 우려를 주고 있는 동시집으로 거론된 것은 공교롭게도 이오덕의 동시집 『개구리 울던 마을』(창작과비평사 1981)과 이오덕이 이종욱과 함께 엮은 『꽃 속에 묻힌 집』(창작과비평사 1979)이었다. 이 보

1) 국정교과서가 지니는 이데올로기에 대한 비판이 대두된 것은 80년대 후반을 전후로 한 시기였다. 이때 초등 국어교과서에 실린 시작품에 대한 비판을 보면, 70년대 이오덕이 『시정신과 유희정신』에서 제시한 우리 동시들의 문제점이 그대로 반복되고 있는 것을 볼 수 있다.(문학교육연구회 「국민학교 교과서 시교육에 문제 있다」, 『삶을 위한 문학교육』, 연구사 1987, 41~59면 참조) 이것은 동심주의와 기교주의로 대표되는 교과서 정전의 계보가 당시에도 조금도 변화하거나 후퇴하지 않고 있었음을 의미한다. 심지어 90년대 중반 이후에 나온 6차 교육과정 시기의 국어교과서를 보더라도 70년대 이오덕이 『시정신과 유희정신』에서 비판의 대상으로 삼았던 시인들의 작품이 계속해서 주류의 자리를 점유하고 있는 것을 볼 수 있다.

도문은 이 시집들에 실린 「닭」 「쉬는 시간」 「동화」의 일부분을 인용한 뒤 당시 도서잡지·주간신문윤리위원장이었던 정원식과 아동문학가 이영희의 말을 빌려 "아동들을 상대로 (…) 사회계층을 양분화해서 계층간의 갈등을 부각시키는 내용의 작품은 결코 아동문학으로 볼 수 없기 때문에 이는 마땅히 배격되어야 한다"는 점을 강조하고 있다.[2] 인용된 세 편의 동시 가운데 특히 「쉬는 시간」은 "적개심과 대립의식을 고취"하는 작품으로, 「동화」는 "빈부간의 대립을 묘사"한 작품으로 소개되어 있다. 그러나 이것은 작품의 일부 구절을 의도적으로 확대 해석하거나 왜곡한 것에 불과하다. 실제 인용된 시가 담고 있는 내용은 공부에 억눌린 아이들의 마음을 풀어주고 가난한 서민에 대한 연민의 정을 북돋우는 것이었기 때문이다. 이는 결국 동심의 순수성과 아동문학이 지니는 교육성을 빙자하여 아동문학을 또하나의 지배이데올로기에 묶어놓으려는 의도에서 어용언론이 조작한 기사에 지나지 않았다. 그런데 이런 기사가 분단 이후 우리 아동문단의 주류를 이루던 동심주의와 기교주의 시인들의 발언과 닮아 있는 것은 어쩐 일이었을까.

주지하는 바와 같이 이오덕의 『시정신과 유희정신』에 실린 글들은 그것이 발표되던 당시 아동문단의 주류를 이루던 동심주의와 기교주의 시인들의 공격을 받은 바 있다. 이오덕의 동시론에 대한 반론을 적극적으로 전개한 이는 이상현이었다. 그는 「동시의 기능분화」(『문학사상』 1975년 6월호)와 「네가티브적 시론을 추방한다」(『한국문학』 1975년 10월호)에서 이오덕의 동시론에 대해 반론을 제기한다. 그

2) 이오덕은 자신의 글 「박해당하는 어린이와 아동문학」에서 이런 '중상(中傷)'에 가까운 보도가 1986년 1월 11일 연합통신을 통해 처음 기사화되었고, 이어 텔레비전과 경향신문, 부산일보, 경남일보 등 신문에서 그 비슷한 내용의 기사가 났다고 밝히고 있다. 『삶·문학·교육』, 종로서적 1987, 139~43면 참조.

는 이오덕이 제기한 동시의 난해성 문제, 동시가 독자를 잃고 있는 문제, 서민성 문제에 대응하여 문학작품의 의미 내용보다 기법을 강조하는 논리를 전개하고 있다. 특히 서민성 문제에 대한 언급에서 이상현은 "동시에서 '정치적 강연'이나 '구호'가 있어서는 안된다. 아동에게도 '시대고(時代苦)'는 있지만 그런 것을 쓰면 문학이고 예술이고 될 수 없다"고 주장한다. 60년대 자유시 운동의 기수로서 감각적 기교주의를 대표하는 박경용 또한 「제거되어야 할 부정적 요인」(한국일보 1976년 5월 5일자)에서 이오덕의 「동심의 승리」라는 논문에 대하여 인신공격에 가까운 어조로 비판을 하는데, 여기에서 더욱 주목되는 것은 이오덕이 제기한 서민성 문제를 "의도가 순수하지 않는 한 '서민아동문학'은 오늘의 상황에서 프롤레타리아 문학으로 전락할 가능성을 지닌 적신호(赤信號)가 아닐 수 없다"고 지적한 대목이다. 이것은 위에 인용한 '일부 아동도서가 계층간 갈등·대결 의식을 고취한다'는 언론의 시각과 맥락을 같이하는 것이어서 주목을 요한다. 이오덕의 평론은 그것이 산출된 70년대 중반은 물론이고 그보다 10년을 뒤로 한 80년대 중반까지도 아동문단에서 보편적인 이론으로 받아들여지기보다 '제거되거나 추방되어야 할' 이론으로 곡해되거나 불온시되고 있었던 것이다.

4

그러나 우리가 주목할 것은 이오덕의 동시론이 80년대 들어 또다른 일부 시인들에게서는 공감을 얻기 시작했다는 것이다. 그의 평론은 이들 일부 시인들에게 기교주의 시인 진영에 대해 비판적인 안목을 갖게 했을뿐더러, 아동이 겪고 있는 억압구조에 대한 발견을 촉

구하는 계기를 마련해 주었다. 1983년 12월 발간된 무크지 『살아있는 아동문학』(인간사)에는 「오늘의 아동문학, 무엇이 문제인가」라는 특별좌담이 실렸는데, 이오덕의 사회로 진행된 이 좌담에서 참석자들은 동시가 안고 있는 문제를 다음과 같이 토로한다.

김녹촌: 동시는 근본적으로 어른이 어린이들에게 주는 시입니다. 그런데 이 어린이라는 대상을 옳게 못 알고, 연구하지 않는 데서 문제가 생겨납니다. 다시 말하면, 어린이가 누구냐 하는, 오늘의 어린이가 갖고 있는 현실을 모르고서 동시를 쓴다 그 말입니다. (…) 그러니까 아이들이 안 읽지요. 자기들의 얘기가 아니니까요.

〔중략〕

이준연: 동시에 사용되는 용어 등 표현방법이 어려워요. 문학을 전문으로 하는 우리가 봐도 무슨 뜻인지 잘 모르는데 아이들이야 더욱 모르지요. 어떤 동시는 이것이 동시인지 성인시인지 구분조차 하기 어렵습니다. 그리고 아무 내용도 없는 평범한 산문을 행만 바꾸어 나열해놓고는 동시라고 내놓는 경우도 있지요.

〔중략〕

손춘익: 제 생각으로는 동시의 난해성을 극복하고 많이 읽히는 방법으로서 좋은 동요를 많이 써내는 일이 중요하다고 생각합니다.

〔중략〕

최춘해: 동시가 어려워지는 데는 이런 일면도 있습니다. 동시를 쓰는 사람들 스스로 동시는 성인시보다 격이 떨어진다, 즉 차원이 낮다고 생각하는 겁니다. 이러니 동시를 될 수 있으면 성인시에 가깝도록 써서 인정을 받으려고 하지요. 이로 인해 더욱더 동시가 어려워지는 폐단이 생깁니다.

위 좌담에서 참석자들이 지적하고 있는 것은 '아동 현실을 무시한 동시' '난해한 동시' 문제다. 이것은 『시정신과 유희정신』에서 이오덕이 제기한 문제와 거의 일치하는 것으로서 비록 일부 아동문인들에게나마 이오덕 동시론이 확고한 공감을 획득하고 있었음을 보여준다.

사실 『시정신과 유희정신』에서 이오덕이 동심주의 문학관과 기교주의의 대안이 될 만한 시인으로 거론한 이는 방정환과 이원수에 불과하다. 물론 「시정신과 유희정신」(1974)이란 글에서 기대를 보여주는 작품으로 손동인·김종상·신현득·김녹촌·이무일·차보현 등의 작품이 거론되긴 하지만, 이들 가운데 신현득·이무일은 1년 뒤에 씌어진 「부정의 동시」(1975)에서 오히려 극복되어야 할 시인으로 비판되고 나머지 시인들도 더이상 구체적으로 언급되지 않는다. 이오덕의 두번째 평론집 『어린이를 지키는 문학』(백산서당 1984)은 『시정신과 유희정신』에 견주어 동화론을 주로 다루고 있는 책인데, 여기서 이오덕은 두 편에 불과한 동시론을 모두 이원수 동시를 조명하는 데 할애하고 있다. 이 책에서 다른 동시작품이 거론된 것은 합동 작품집 『황소 아저씨』에 실린 신창호·윤동재·오승강·권정생 들의 작품인데, 이는 서평 형식으로 언급된 작품들로서 그의 동시론을 본격적으로 뒷받침하는 작품으로 보기에 무리가 있다. 결국은 80년대 중반까지 이오덕이 표방하고 있는 현실주의 시정신을 대표하는 것은 이원수 동시가 유일한 작품이 아니었나 싶다. 이런 실정에서 80년대 중반을 전후해 이오덕의 동시론에 공감하고 나아가서 이원수의 현실주의 시의 계보를 잇는 시인들이 등장하게 된 것은 고무적인 일이었다.

이들은 아동 현실에 기반하지 않은 시형식에 대한 고민을 하기보다 아동 현실에 기반한 시의 내용에 좀더 심혈을 기울였다. 이들은 이른바 민중에 대한 관심, 사회문제에 대한 비판적인 의식이 팽배해 있던 80년대의 시대적인 자장(磁場) 안에 놓여 있으면서, 이미 70년대 중반 이오덕이 제기한 현실주의 시정신의 영향을 받아 가난한 약자인 아동의 삶에 집중적인 관심을 표명하였다. 윤동재의 『재운이』(인간사 1984), 권정생의 『어머니 사시는 그 나라에는』(지식산업사 1988), 임길택의 『탄광마을 아이들』(실천문학사 1990)은 이 시기에 나온 대표적인 시집들이다. 아동이 겪는 억압구조에 대한 관심은 이후 90년대 중반에 등장한 김은영·남호섭·서정홍 들로 이어진다.

이 가운데 특히 주목을 요하는 시인은 임길택과 김은영이다. 우선 임길택은 탄광마을 아동들, 농촌에서 일하는 부모들 밑에서 살아가는 아동들 세계를 노래했는데, 그가 사용한 시적 기교나 표현방법은 70년대 기교주의 시인들의 그것과 견주었을 때 또렷한 차별성이 느껴진다. 임길택의 시는 풍경 묘사와 감각적 기교주의에 매몰되지 않고 질박한 언어와 절제된 감성으로 고단한 아동의 현실을 사실적으로 그려냈기 때문이다. 임길택 시가 지닌, 내용과 형식의 어울림 속에 울려나오는 감동은 분명 차원 높은 것이었다. 90년대 중반 농촌의 삶을 시로 그려낸 김은영 또한 시적 수련이 매우 탄탄한 시인으로서 말을 다루는 솜씨, 표현 기술은 단순한 생활 미화를 넘어서 있고 더구나 그가 그려낸 농촌의 현실은 체험을 바탕으로 하고 있어 생생한 실감을 주기에 충분했다.

5

앞에서 살펴보았듯이 80년대는 현실에 터잡지 않은 난해동시를 극복하고, 아동이 겪는 현실을 동시로 그려내려는 시인들이 등장한 시기였다. 이들 시인들은 일제시대부터 서민 아동의 현실을 그려낸 이원수의 시정신을 이어받으면서 8, 90년대 우리 아동문학에 현실주의 시 전통을 세웠다. 그러나 이들이 이룩한 시세계 또한 한계가 없는 것은 아니다.

주지하다시피 8, 90년대는 70년대 이오덕의 『시정신과 유희정신』에 버금갈 만한 동시론이 산출되지 못한 시대이다. 원종찬은 80년대 이후 이오덕의 평론활동에 대해 다음과 같이 평하고 있다.

> 더욱이 아동문학에 관한 한 1980년대 이후의 비평활동이 1970년대의 것보다 발전했다고는 말할 수 없다. (…) 이오덕은 모두 큰 테두리와 관련해서 몇가지 이론적 해명이 요청되는 시기의 활동이었기 때문에, 실제 비평에서도 '주전선'이 밖으로 선명하게 드러나야 할 필요성이 있었고, 또 그런 경우에 쓴 글들이 대부분이었다. 이 말은 '진영' 내부를 향해서는 비평정신이 충분하지 못했음을 지적하는 것이다. 동심주의를 비판하는 작품평, 또는 동심주의와의 대비 효과를 강조한 작품평, 그것도 아니라면 작품집 해설 자리에서 아동한테 주는 공감 위주의 글들이 많았다. 현실주의의 견지에서 아동문학의 이론을 계속 발전시켜가는 데에는 이처럼 상황의 문제가 뒤따랐던 것이다. 그런데 그런 문제가 오늘에까지 이르고 있으니, 결국 현실주의 아동문학 전반의 정체와 위축으로 이어지고 말았다.(「아동문학과 비평정신」, 『아동문학과 비평정신』 170~74면)

원종찬의 글은 이오덕 평론이 지닌 한계를 지적하고 있는 글이긴 하지만 이는 어떤 의미에서 동심주의와 기교주의를 극복하기 위해 형성된 현실주의 진영 내부를 비판하는 글이기도 하다. 이 글에서 우리가 뼈저리게 확인하는 것은 오늘까지 이어진 현실주의 동시론이 『시정신과 유희정신』에서 제기된 것에서 한발짝도 나아가지 못한 채 동어반복의 논리를 계속하고 있다는 점이다.

현실주의 계열 시인들에게 있어 『시정신과 유희정신』에서 제기된 두 가지 문제—동시의 난해성과 아동 소외 문제—는 극복해야 할 지상과제였다. 이것은 곧 자신들의 정체성을 확인하는 문제였기 때문이다. 그들은 동심주의나 기교주의 계열 시인들과 차별성을 갖는 기준으로서 아동 현실을 바로 보는 문제와 아동에게 쉽게 다가가는 문제에 대해 고민했다. 그러나 이런 고민은 역으로 동시가 지녀야 할 기품을 한 곳에 고정시켜두는 결과를 초래한다. 이들이 그리는 동심상(童心像)과 소재, 시의 형식이 개성적인 양식으로 심화 확대되기보다 하나의 고정된 양식으로 굳어져 협소화하는 문제로 드러났기 때문이다.

> 일러라 찔러라
> 늬 할애비 코꾸먹
> 바늘로 콕콕 찔러라
>
> —「일러라」 전문, 전라북도 구전동요[3)]

가령 8, 90년대 현실주의 진영에서 산출한 동시에서 그려낸 동심에는 특히 이런 생기가 잘 엿보이지 않는다. 이들이 그려낸 동시에는 주로 '고단하고 어려운 삶을 살면서도 착한 심성을 잃지 않는 아동'이 자주 등장하기 때문이다. 이는 종종 현실을 살아가는 생생한 아동의 모습을 그려낸 것이라기보다 어른의 관념이 작용한 결과라는 인상을 줄 때가 있다.

이들 동시들의 대부분은 또한 농촌이나 산촌 아이들의 세계를 주

3) 김소운 편 『언문 조선구전민요집』(동경 제일서방 1933)의 영인본, 김선풍 편 『한국민요자료총서』 4(계명문화사 1991)에서 재인용.

로 그리고 있다. 물론 이 시들은 70년대 동심주의와 기교주의 계열의 시인들이 그려낸 농촌 미화와 차원이 다른 모습을 보여주고 있지만, 이것은 80년대 이후 폭발적으로 증가한 도시 아이들 삶의 문제에 그만큼 소홀했다는 반증이 되기도 한다.

현실주의 계열의 동시들은 소년시가 우세하다. 이는 아동 현실을 그려내는 형식으로 소년시 형식이 가장 적합한 때문이었는지 모른다. 그러나 상대적으로 유년동시가 지니는 노래성의 회복은 자연히 소홀히 취급된 측면이 있다. 다시 말해 동심주의 계열의 짝짜꿍 동요와 구별되는 유년동시의 형식과 내용을 새롭게 창조할 것이 요구되는 것이다. 아무래도 이런 전통은 해방기 동요시인 권태응에서 이어받는 것이 옳지 않을까. 80년대 이문구가 선보인 『개구쟁이 산복이』(창작과비평사 1988)에 실린 작품들 또한 동심주의 동요들과 구별해 새롭게 보는 안목이 필요하다고 본다.

봄이 왔다고
상순이 아버지가 열어 놓은
봇도랑에 첫 물이 흐른다.

겨우내 바람들이 쌓아 두었던
흙먼지, 나무 조각, 종이 부스러기들
봄이 왔다고
랄라라 나들이 간다.

올해는 누구네 논으로 들어가 나락을 키울까
랄라라 노래하며.

—「산골아이 32 · 첫 봇도랑 물」 전문(『산골 아이』, 보리 2002)

수건 쓴 아줌마 지나갔나?

그러면서

쇠뜨기는 다시 올라와요.

—「봄, 쇠뜨기」 전문(같은 책)

위 두 시는 80년대 후반부터 현실주의 진영에서 훌륭한 시를 써낸 임길택이 남긴 유고시다. 그는 가난한 탄광마을과 농촌마을 아이들이 겪고 있는 억압구조에 대한 발견에 누구보다 충실한 시인이었다. 위 시들은 이른바 '억압적인 현실을 이겨내는 상상력'이 충만한 시다. 이를테면 현실주의 시들은 바로 이런 '발상의 전환'을 필요로 하고 있는 것은 아닐까. 아동 현실과의 정직한 대면을 넘어서 그 현실을 이겨내는 상상력을 발견하는 지혜, 이것이 오늘의 시인들 앞에 놓인 과제다.

- 교과서와 아동문학
- 시와 교육

교과서와 아동문학

초등 국어교과서와 문학교육의 문제

들어가며

2000년에 초등 1, 2학년부터 교육과정이 새로 바뀌면서 교과서도 바뀌었다. 해방 이후 교육과정이 바뀐 게 이제 일곱번째다. 새롭게 바뀐 교육과정에 따라 다시 바뀌게 된 교과서—이 가운데 초등 국어교과서—의 문학 제재는 과연 어떤 모습을 하고 있을까? 그 문학 제재는 바람직한 문학교육을 위해 과연 의미있는 모습을 하고 있는가?

누구나 인정하는 바와 같이 교과서는 한때 '성서'의 위치에 버금갈 만한 권력을 누린 적이 있다. 이 성서의 권위에 대해 누구든 이러쿵저러쿵 말한다는 것은 일종의 금기에 속하는 일이었다. 그러나 사회 분위기가 변화하면서 교과서는 성서의 자리에서 차츰 분석되고 재고되어야 할 책으로 자리매김되었다. 이를테면 교과서가 지닌 보수적이고 폐쇄적인 틀과 내용에 대해 꾸준한 비판이 이어져오면서 교과서는 이전 신성불가침의 성격을 조금씩 잃어버리기 시작한 것이다.

이번에 새로 교육과정이 바뀌면서 교과서의 위치는 한단계 더 전락한 감이 없지 않다. 이제 교과서는 위대한 성서이기는커녕 다루어도 좋고 안 다루어도 그만인 한낱 학습자료에 지나지 않게 된 것이다. 교과서에 있는 것만을 가르치라고 주문하던 국가권력은 이제 간데없고, 교과서 정책을 주도하는 이들은 교과서를 재구성하거나 학습자료의 하나쯤으로 취급하는 일을 당연하게 여기도록 주문한다.[1] 그 이전 교과서가 국가권력이란 배후에 의해 성서로까지 추어올려지던 때를 생각하면 참으로 격세지감이 느껴지는 대목이 아닐 수 없다.

교과서를 성서가 아니라 그저 하나의 학습 보조자료쯤으로 보도록 하는 현상은 얼핏 대단히 반갑고 놀라운 일처럼 여겨진다. 교과서에 실린 제재 대신에 교사가 임의대로 재구성하거나 선정한 대체 작품을 수업시간에 활용할 수 있도록 하겠다는 이런 발상은 자못 신선하기까지 하지 않은가. 그러기에 이 문제를 깊게 보지 못하는 이들은 이 대목에서 이제 더이상 교과서에 실린 작품을 두고 왈가왈부할 필요가 없겠다고 박수를 칠는지도 모르겠다. 왜냐하면 가르치는

1) 새 지도서에는 '교과서의 효율적인 활용방안'이라는 제목 아래 다음과 같은 말이 나온다. "교과서는 성전이 아니라 많은 교수-학습 자료 중 가장 전범이 되는 자료라는 관점에서 단원 학습 목표중심의 학습 활동이 전개되도록 활용할 필요가 있다. 즉, 목표 달성을 위해서는 교과서 이외의 자료 사용도 가능하다는 열린 교과서관을 가질 필요가 있다. 따라서 학습자의 특징에 따라서는 단원학습을 위해 제시한 학습 자료 활동을 재구성하여 활용할 필요도 있을 것이다."(『초등학교 교사용 지도서 국어』 51면)

교사에게는 교과서에 실린 제재가 마음에 들지 않을 경우 그것을 다른 자료로 바꿀 수 있는 재량권이 주어진 듯 보이기 때문이다. 교사는 그전처럼 교과서에 나온 제재가 마음에 들지 않는다고 불평할 것이 없다. 자기 판단대로 자료를 대체하면 된다.

그러나 이것은 말처럼 그렇게 간단한 일이 아니다. 교사에게는 이제 더이상 교과서에 대해 이러쿵저러쿵 불평할 일이 남아 있지 않다고 보는 것은 교과서 정책의 겉모습만을 읽은 성급한 착각에 불과하다. 실제 새로운 교과서를 받고 교실현장에서 아이들을 가르치는 교사 처지에서 보면 새로 바뀐 이 교육과정과 교과서체제야말로 이전과는 또다른 갑갑증을 불러일으키기에 충분하다. 과연 무엇이 그러하다는 말인가?

언어기능주의에 포위된 문학교육

교과서를 본격적으로 살피기에 앞서 우리는 우선 새 초등 국어교육과정이 담고 있는 전체적인 목표를 참조할 필요가 있다. 『교사용 지도서』에 보면 '제7차 교육과정에 제시한 국어과의 교육목표'(초등학교 1학년부터 고등학교 1학년까지 십 년 동안 국어를 학습한 결과로 학습자가 도달하기를 기대하는 국어과의 교육목표)는 다음과 같이 제시되어 있다.

> 언어활동과 언어와 문학의 본질을 총체적으로 이해하고, 언어활동의 맥락과 목적과 대상과 내용을 종합적으로 고려하면서 국어를 정확하고 효과적으로 사용하며, 국어 문화를 바르게 이해하고, 국어의 발전과 민족의 언어문화 창달에 이바지할 수 있는 능력과 태도를 기른다.

가. 언어활동과 언어와 문학에 대한 기본적인 지식을 익혀, 이를 다양한 국어 사용 상황에서 활용하는 능력을 기른다.

나. 정확하고 효과적인 국어 사용의 원리와 작용 양상을 익혀, 다양한 유형의 국어 자료를 비판적으로 이해하고 사상과 정서를 창의적으로 표현하는 능력을 기른다.

다. 국어 세계에 흥미를 가지고 언어 현상을 계속적으로 탐구하여, 국어의 발전과 국어 문화 창조에 이바지하려는 태도를 기른다. (19면)

위에 제시된 국어과교육의 목표는 명확하고 구체적인 진술이기보다 두루뭉술하고 다분히 관념적인 진술임에도 대체로 지향해야 할 바를 바람직하게 가리키고 있는 듯 보인다. 그러나 좀더 꼼꼼하게 뜯어 읽어보면 새로 만들어진 이번 교육과정은 다분히 언어기능의 신장이라는 목표에 집중하는 경향을 보이고 있다. 지도서의 표현을 꼭 빌리지 않더라도 새 교육과정은 이전보다 학습자의 '국어 사용능력 향상'이라는 목표를 상당히 강조하고 있는 것이다.

이는 제6차 교육과정의 목표와 견주어보았을 때 문학교육을 상대적으로 홀대한다는 인상을 주기에 충분하다. 이를테면 제6차 교육과정에서는 언어기능, 언어, 문학의 세 영역을 비교적 또렷하게 나누어 각각의 독립된 목표를 설정하고 있음에 비하여 새로운 교육과정에서는 이런 구분이 상당히 모호해진 감이 없지 않다.

새 교육과정에서 제시하고 있는 국어과교육의 목표는 국어를 가르치는 교사로 하여금 문학교육이 국어과교육 속에서 과연 어떤 위치를 점하고 있어야 하는가 하는 의문을 갖게 한다. 국어 사용능력의 향상이 강조되는 것은 국어과교육을 단순히 기능 교과라는 범주 안에 넣는 것을 의미하는가? 그렇다면 문학교육은 이런 국어과교육의 하위영역에 놓여 과연 어떤 역할을 수행할 수 있겠는가? 가령 문학적인 지식을 얻거나 문학작품을 이해하고 감상하는 일 혹은 문학작품에 대한 나름의 흥미나 습관을 기르는 일은 모두 국어 사용능력을 기르는 데만 궁극적인 목적을 두어야 할 성질의 것인가? 오히려 문학교육은 국어 사용능력을 기른다는 목표를 넘어서 자기 삶과 자기 삶을 둘러싼 세계에 대한 인식을 하도록 하는 것이 더욱 바람직하지 않은가. 국어 사용능력을 기른다는 명제는 굳이 문학영역을 동원하지 않더라도 충분히 해결될 영역들이 있지 않겠는가? 이를테면 듣기, 말하기, 읽기, 쓰기, 국어지식 영역만으로도 충분히 해결 가능하지 않겠는가? 그런데 굳이 문학까지 이런 목표에 동원하려는 까닭은 무엇인가? 이런 의문들이 꼬리에 꼬리를 문다.

그러나 교육과정이나 교과서에는 문학교육의 정체성 문제가 새삼 재고되고 존중된 흔적은 엿보이지 않는다. 알다시피 초등학교에는 그전부터 문학교과서란 것이 따로 없어서 문학교육은 『말하기 · 듣기』『읽기』『쓰기』 등의 국어교과서 속에서 옹색한 살림을 꾸리고 있는 형편이었는데, 새로 교육과정이 바뀌면서 문학이 차지하는 영역이 더욱 축소되었거나 이른바 언어기능의 신장이라는 목표 아래 더욱 종속된 것처럼 보인다. 즉 교과서 단원에 실린 시나 소설은 문학교육을 위해 존재하는 텍스트라기보다 언어기능 신장을 위한 학습자료에 불과한 것임이 더욱 여실히 드러나 있는 것이다.

교과서 문학 제재와 학습 내용의 문제점

따라서 국어교과서에 실린 문학 제재가 우리가 바라는 문학성에 턱없이 미달한다고 말하는 것은 부질없는 말이 되기 십상이다. 국어교과서에 실린 제재는 '국어 사용능력'을 길러주기 위해 마련된 제재이지, 온전한 문학작품을 감상하도록 하기 위해 실린 것은 아니기 때문이다.

선생님은 우리보고
병아리래요.
초롱초롱 맑은 눈이
참 예쁘대요.

선생님은 우리보고
병아리래요.
삐악삐악 재잘재잘
참 시끄럽대요.

—「병아리 교실」 전문(『말하기 · 듣기』 1—1, 29면)

위에 제시된 짧은 형태의 글이 과연 시인가 하는 물음에 대한 반응은 독자마다 각기 다를 것이다. 이 작품을 시라고 보는 이들 또한 의견이 하나로 모아지지는 않을 것이다. 이 작품을 충분히 문학작품으로 인정하겠다는 이들이 있을 수 있는 반면에 단순하고 치졸한 작품이라는 반응도 얼마든지 있을 수 있겠다. 그러나 엄밀히 말해서 국어교과서에 실린 이 제재를 한 편의 문학작품으로 보고 이러쿵저러쿵한다는 것은 새 교육과정이 도달하려는 목표를 도외시한 발언이기 십상이다. 교육과정이 표방한 창의적인 국어 사용능력을 기르려는 목적이라면 이 글은 문제가 많은 글이라기보다 오히려 적절한 자료 쪽에 가까운 것처럼 보이기 때문이다. 다시 말해 『말하기·듣기』 교과서에 실린 이 언어자료는 교육과정이 내세우는 목표에 아주 잘 어울리는 요소를 지니고 있다.

이 '언어자료'를 제재로 삼아서 도달해야 할 수업목표는 무엇인가? 그것은 다름이 아니라 "흉내 내는 말이 주는 느낌을 말할 수 있다"(『초등학교 교사용 지도서 국어』 1-1, 142면)이다. 즉 교사가 읽어주는 이 제재를 듣고, 아이들은 ①흉내 내는 말 찾아보기 ②새롭게 흉내 내는 말 넣어보기 ③흉내 내는 말이 주는 느낌 말하기를 하여 교육과정이 표방하고 있는 이른바 국어 사용능력을 기르는 학습을 하면 된다. 이 언어자료는 흉내 내는 말이 주는 느낌을 맛보기에 여러 가지 수월한 점이 발견된다. 우선 좋은 점은 아이들이 듣거나 말하기 좋게 적당한 운율을 가지고 있다는 점이고, 둘째로는 이 언어자료를 구성하고 있는 낱말들 속에 이른바 흉내 내는 말이 들어 있다는 것이며, 다음으로 학생들이 그 흉내 내는 말을 창의적으로 바꾸어도 이 언어자료의 전체 구도는 크게 흔들리지 않는다는 점이다. 즉, 아이들은 "초롱초롱"이라는 모양을 흉내 내는 말과 "삐악삐악 재잘재잘"이라는 소리를 흉내 내는 말을 다른 말로 적절하게 바꾸어 그 느낌을 나누기만 하면 되기 때문에 이 언어자료는 그런 의미에서 아주 적절한 자료가 되는 것이다.

문제는 이런 의미에서의 언어자료가 과연 문학의 이해와 감상을 거쳐 인간을 탐구하게 하는 문학교육 본래의 목적과 얼마나 친근한가 하는 점에 있다. 과연 이 언어자료는 문학교육의 본래 의도와 부합하는 면이 조금이라도 있는가.

신규야 부르면,
코부터 발름발름
대답하지요.

신규야 부르면,

눈부터 생글생글
대답하지요.

—「아기의 대답」 전문(『읽기』 1—1, 56면)

이 시는 박목월의 「아기의 대답」이다. 교과서가 이런 시를 놓고 아이들에게 요구하는 것은 무엇인가. 역시나 "흉내 내는 말이 주는 느낌을 살려 읽어보자"(『초등학교 교사용 지도서 국어』 1-1, 170~71면)는 것이다. 물론 이 시를 놓고 "아기의 어떤 모습을 나타낸 시인가?" 생각해보자는 학습문제가 없는 것은 아니지만 이 시에서 주된 학습목표는 아무래도 "발름발름"이나 "생글생글" 같은 흉내 내는 말 찾기다. 여기서 다시 문제가 되는 것은 시 수업에 있어서 왜 하필 흉내 내는 말 찾기가 주된 학습내용이 되어야 하는가 하는 점이다. 위 시는 나름대로 의성어나 의태어가 적절하게 배치된 작품이긴 하지만, 이 시에서 더 눈여겨볼 것은 시인이 얻은 독특한 심상의 세계가 아닐까 한다. 이 작품에서 우리가 발견하게 되는 것은 귀여운 아기의 모습을 흐뭇하게 바라보는 어버이의 시선이다. 시적 화자인 어버이는 아직 말을 하지 못하는 아기가 부모를 알아보고 벙긋이 웃는 모습에서 행복한 전율을 느낀다. 이를테면 이 시는 그런 전율을 표현한 시다. 따라서 이 시에서 강조할 것은 귀여운 아기의 모습을 보는 어버이의 흐뭇한 심정이다. 우리들은 이 시에서 표현되는 흉내 내는 말에 강조점을 두기보다 귀여운 아기의 모습을 들여다볼 때의 심정이 과연 어떠했나를 아이들에게 우선 물어야 한다. 우리는 아이들에게 시인이 느낀 전율에 충분히 공감할 만큼 비슷한 체험이 있는지를 묻고 그 반응을 존중해주어야 한다. 그것이 이 시를 온전하게 대하는 자세일 것이다.

그러나 교과서는 이런 과정을 고려하지 않는다. 교과서가 바라보는 시각은 이 시가 아이들에게 공감이 되느냐 안되느냐 하는 문제를 멀리 떠나 있다. 교과서가 주목하는 것은 다만 "발름발름"과 "생글생글"이라는 말이 아기의 모습을 나타내는 데 적절하고 재미있는 말이 될 수 있다는 것, 이것 대신 '오물조물' '삐쭉삐쭉'이라는 낱말을 통해서도 아기의 모습을 얼마든지 나타낼 수 있을 것이라는 가르침이다. 이런 태도에서 시를 바라보면 시인이 시를 쓰기 전에 아기에 대해 가졌던 사랑스러운 감정은 모두 사라지고 만다. 아이들은 언제나 빈 칸에 아기의 모습을 표현하는 말을 다르게 골라 쓸 수 있으면 그뿐이다.

이렇게 교과서에 실린 문학 제재들은 삶의 체험과 따뜻한 인간의 시선을 느끼게 하는 영역에서 벗어나 말을 이리저리 재미있게 꾸미는 문제의 본보기로만 기능한다. 교과서 집필자의 시각으로 보자면 위에 예로 든 시들은 새로운 깨달음을 주는 문학(참다운 재미와 인간다운 따스함을 느끼게 하는 문학)이기보다 한낱 흉내 내는 말을 지도하기 위한 보기글에 지나지 않는다. 위 시들은 작품 자체가 지니고 있는 문학성으로 독자에게 다가가는 것이 아니라 다만 흉내 내는 말을 보여주기 위한 자료로 다가갈 뿐이다. 교과서에 실린 문학 제재들 혹은 이 제재를 다루는 학습방식이 안고 있는 문제점은 바로 이렇게 문학을 문학답게 가르치는 일이 어렵게 되어 있다는 점에 있다.

이번 새로 바뀐 교과서에 실린 문학 제재들에서 얼른 눈에 띄는 것은 그동안 국어교과서에 실리지 못했던 새로운 작가들의 작품이다. 새 교과서에는 그동안 소외되었던 현실주의 계열 작가들의 작품과 요즘 아이들에게서 환영받고 있는 최근 작가들의 작품이 여럿 눈에 띄어 사뭇 반가운 느낌이 든다. 그러나 막상 교과서의 제재들로 실린 이 작품들을 읽어보면 반갑던 마음이 슬그머니 사라진다. 모처럼 교과서에 실린 이 작품들이 모두 온전한 형태로 실리지 못하고 한결같이 개작과 축약의 형태로 실려 있기 때문이다. 예를 하나 들어보자.

> 영대는 아주 조용했어요. 공부를 할 때도 조용하고 쉬는 시간에도 조용했어요. 그 애는 행동도 조용조용했어요. 천천히 소리가 안 나게 걸어 다녔어요. 그래서 그런지 굉장히 느렸어요. 글씨 쓰는 것도 느리고 밥 먹는 것도 느렸어요.(「내 짝꿍 최영대」, 『말하기·듣기·쓰기』 5-1, 70면)

채인선 글과 정순희 그림이 어우러진 『내 짝꿍 최영대』(재미마주 1997)를 재미있게 본 이들이라면 교과서에 『내 짝꿍 최영대』가 실렸다는 사실 하나만으로도 감회가 새로울 것이다. 이 사실 하나만 놓고서도 이제야말로 교과서가 제 길을 가고 있구나 생각할는지도 모른다. 그러나 이것은 교과서 사정을 잘 모르고 하는 이야기이다. 엄밀히 말한다면 교과서 속에는 아이들이 읽고 감동할 만한 『내 짝꿍 최영대』는 없다. 교과서에 실려 있는 『내 짝꿍 최영대』는 위에 인용한 여섯 개의 문장이 전부일 뿐이다. 이 여섯 개의 문장으로 『내 짝꿍 최영대』가 지니고 있는 만만치 않은 소재—집단 따돌림 문제—가 주는 매력이나 문제를 풀어가는 과정에서 느껴지는 문학적인 감동이나 아름다움을 느낀다는 것은 어불성설에 불과할 것이다.

그렇다면 교과서는 왜 이런 글을 가져다놓은 것일까. 그것은 학습문제를 풀이하는 데 필요한 하나의 지문 노릇을 하라는 의도에서다. 어떤 학습문제를 말함인가? 바로 "설명하고 있는 인물의 성격을 짐작해보자"(『말하기·듣기·쓰기』 5-1, 70면)는 학습문제다. 다시 말해 인물의 성격을 말이나 행동 따위로 묘사하지 않고 직접 설명을 통해 제시하는 이 글을 읽고 글 속에 나오는 인물의 성격이 어떤지 파악해보자는 것이다. 이것은 5학년 아이들이 풀기에 너무나 단순한 문제가 아닐까? 과연 아이들은 이런 문제를 놓고 어떤 대답들을 할까? '조용하다, 느린 성격이다' 하는 범주의 대답밖에 더이상 나올 대답이 떠오르지 않는다.

문학교육의 본령은 과연 무엇일까? 무엇보다 온전한 문학작품을 아이들에게 주고, 이를 통해 아이들이 지닌 문학적 감성이나 상상력을 심화시켜주거나 확대시켜주는 일이 아닐까. 이런 관점으로 보았을 때 위에 소개된 예는 그야말로 고개가 갸웃거려지지 않을 수 없다. 아이들이 읽으면 자기 삶과 아주 밀접한 관련이 있다고 느낄 법한 원작을 이렇게 토막글로 잘라놓고 던지는 물음이 고작 이토록 단순하다면 이는 문학교육의 본령과는 너무 동떨어진 모습이 아니겠는가. 문학작품에 대한 이해나 감상은 말할 것도 없이 문학작품을 온전히 읽고 난 뒤에야 이룰 수 있다. 이런 견지에서 본다면 작품이 가지고 있는 미묘한 결들에 대한 지난한 살핌의 과정도 없이 그저 겉으로 드러나는 언어 현상만을 가지고 단순한 문제를 해결하도록 하는 이런 교과서의 모습은 커다란 문제를 안고 있다고 할 수 있지 않을까.

이렇듯 교과서에 나오는 동화와 소년소설은 대부분 학습문제를 해결하는 지문의 일부분으로 기능할 뿐이지 한 편의 완전한 원전으로 소개되어 있는 경우가 거의 없다. 얼핏 보아서는 원전에 가깝게 줄거리를 살려 소개해놓은 작품들도 사실은 모두 교과서의 집필자들에 의해 개작이 되어 있는 형편이다. 물론 교과서의 부피를 생각한 고육책이란 생각이 안 드는 것은 아니지만 아무리 그렇더라도 원작이 지니는 생명력을 훼손하면서까지 손질을 한다는 것은 분명 문제가 많다고 본다. 이런 경우의 대표적인 보기가 이미 아이들에게 베스트셀러가 되어 있는 권정생의 『강아지똥』이 아닐까 한다. 알다시피 『강아지똥』은 본디 동화 형태로 되어 있던 것을 유아나 저학년 어린이들을 위해 작가 자신이 직접 그림책 글로 개작한 작품이다. 새로 바뀐 1학년 2학기 『읽기』 교과서를 보니 이 『강아지똥』이 실렸는데, 작가가 그림책으로 개작한 작품이 아니라 교과서 집필자의 손질이 가해진 '개작의 개작'이다. 원작과 그림책으로 개작한 글, 그리고 교과서에 나온 개작 전문을 서로 견주어보면 어떤 문제점이 있는지가 더욱 확연히 드러나겠지만, 여기서는 지면 사정도 있고 하니 그 첫 부분만을 떼어 한번 비교해보기로 하겠다.

돌이네 흰둥이가 누고 간 똥입니다. 흰둥이는 아직 어린 강아지였기 때문에 강아지똥이 되겠습니다. 골목길 담 밑 구석자리였습니다. 바로 앞으로 소달구지 바퀴 자국이 나 있습니다.(원작)

돌이네 흰둥이가 똥을 눴어요. 골목길 담 밑 구석 쪽이에요. 흰둥이는 조그만 강아지니까 강아지똥이에요.(작가가 개작한 그림책 글)

추운 겨울이었습니다. 흰둥이 강아지가 길가에 똥을 누었습니다.(『읽기』 1-2 교과서에서 개작한 글)

누구나 아는 바와 같이 문체는 문장의 단순한 총합이라기보다 작가의 사상이나 세계관 혹은 개성이 투영되는, 작품에 있어서 가장 중요한 요소다. 그런데 위 예문들을 견주어 살펴보면 교과서에 실린 개작의 문체가 얼마나 무미건조하고 앙상한지가 금방 드러난다. 이런 문장들로 이루어진 교과서의 개작을 끝까지 읽어보면 본디 원작이 지니고 있던 재미나 생명력을 어느 구석에서고 찾으려야 찾을 수가 없다. 작품 속에 등장하는 주인공 강아지똥이나 주변 인물들의 행태는 너무 단순하게 묘사되어 있으며, 글 전체가 지니고 있는 분위기 또한 앙상한 줄거리를 전달하는 데 급급하고 있다는 인상을 줄 뿐이다.

결국 여기서 확인하게 되는 것은 어설픈 개작은 문학작품이 본래 지니고 있던 미덕을 빼앗는 것밖에 아무 이점도 없다는 사실이다. 교과서에 실린 이런 문학 제재들을 놓고 의미있는 문학교육을 하기란 여간 어려운 일이 아니다. 이런 제재를 놓고 교사가 아이들에게 작품 속에 등장하는 인물이 되어 발표를 해보게 하거나 느낀 점을 말하게 하는 것은 서로간에 얼마나 고통스러운 일이 될 것인가. 나아가서 이런 문제는 교과서 동화를 모든 아동문학 작품의 전범으로 받아들이는 아이들에게 자칫 문학은 시시하고 재미없는 이야기일 뿐이라는 편견을 갖게 할 위험이 크다. 따라서 원작을 훼손하는 일은 지극히 삼가고 삼갈 일이다.

거듭 말하거니와 작품의 원전을 원전 그대로 아이들에게 주는 일은 초등 국어교과서 속의 문학 제재가 해결해야 할 가장 시급하고도 중요한 문제다. 그러나 안타깝게도 이런 문제는 초등 국어교과서 집필자들, 초등 국어교과서 정책을 주도하는 이들에게는 여전히 심각한 문제로 다가서지 못하는 것 같다. 예를 들어 신경림의 시나 황순원의 소설 작품을 중등 교과서에 싣는다고 가정해보자. 만약 이런 작품을 초등 국어교과서에서처럼 교과서 집필자 의도대로 고쳐 실었다면 사회적 파장이 얼마나 클 것인가는 충분히 짐작하고도 남음이 있다. 그러나 초등 국어교과서에는 앞서 지적한 바와 같이 이러한 문제가 진지하게 고려되는 법이 없다. 그것은 언제든 손질할 수 있는 만만한 글쯤으로 받아들여지고 있을 뿐이다. 아동문학에 대한 이런 홀대는 교과서 집필자를 비롯한 교과서 정책을 주도하는 이들의 아동문학에 대한 몰이해와 무지에서 비롯되었으며, 결과적으로 초등 국어교육이 안고 있는 문학교육의 부재를 보여주고 있다.

새로운 문학교과서를 기다리며

지금까지 나는 이 글에서 교과서에 실린 제재와 이것을 교실 수업에 적용했을 때의 문제점들에 대해서 간략하게 살펴보았다. 이런 문제점들과 아울러 교실에서 아이들에게 문학 제재를 가르치며 겪은 개인적인 경험이 떠올라 여기에 한가지 덧붙일 말이 있다. 아이들은 시 제재에 있어서 어른이 쓴 동시보다 자기 또래 아이들이 쓴 어린이시를 더 좋아한다는 것이다. 또한 동화나 소년소설의 경우 아이들은 무엇보다 자신의 삶과 밀접한 관련이 있는 작품들을 더 선호한다는 것이다. 자기 또래 동무들이 쓴 어린이시와 자신의 삶과 관련있는 동화작품들을 교과서 대신 들려주었을 때 아이들의 반응은 훨씬 풍부하고 다양하게 나온다.

이번 새 교육과정이 특히 강조하는 것은 "작품을 수용하는 주체 즉 아이들의 문학적인 텍스트에 대한 반응을 최대한 존중하자"(『초등학교 교사용 지도서 국어』 1-1, 23면)는 것이다. 이 점을 충실히 이루기 위해서는 물론 교사가 학습자인 아이들의 반응을 존중하는 태도를 가지는 것이 중요하겠지만 내가 보기에는 그보다 더 선행되어야 할 문제가 있다. 그것은 앞에서도 누누이 지적한 바와 같이 우선 문학 제재가 아이들로 하여금 다양한 반응을 불러낼 만큼 더 감동적이고 더욱 풍부해져야 하겠다는 것이다. 빈약하고 따분한 텍스트를 놓고서는 교사가 아무리 노력을 하더라도 의미있는 문학수업으로 연결되기 어렵다.

끝으로 한가지 더 짚어야 할 점은 교과서를 바꾸는 일을 흔히 생각하듯 단순히 교과서 제재 몇작품을 바꾸는 일로 생각하지는 말자는 것이다. 교과서를 바꾸는 일은 생각처럼 그렇게 단순한 문제가 아니다. 이는 교사 개개인의 노력 여하에 딸린 문제도 아니고 제재 몇작품을 바꾼다고 해결될 문제도 아니다. 그것은 오히려 우리 아동문학이 안고 있는 큰 과제—누구나 공감할 수 있는 문학사 정립—가 해결되지 않고서는 어려운 일이며, 교사들의 문학교육에 대한 전문성 확보나 재량권 확대, 그리고 문학교육을 바라보는 사회 여건의 성숙이 함께 이루어지지 않고서는 해결하기 힘든 문제다. 모처럼 국어교과서를 논하는 이 자리가 이러한 점을 함께 자각하고 그 해결책을 모색하는 출발점이 되었으면 하는 바람 간절하다.

〈어린이도서연구회 정기 쎄미나 발표문, 2001년 5월〉

시와 교육

동시를 어떻게 가르칠까?

즐거움을 주는 시

초등학교 높은 학년쯤이 되면 이미 아이들은 시가 가지고 있는 외형적인 특징을 대부분 잘 알고 있다. 이를테면 아이들은 시는 연과 행으로 나뉜다느니 짧은 말로 되어 있다느니 비유를 쓴다느니 해서 시가 어떤 겉모습을 지니는지 잘 안다. 국어시간에 이미 백여 편이 넘는 시를 듣고 읽고 쓰고 했으니 이런 지식을 얻는 것은 그리 어려운 일이 아닐 것이다. 그러나 이 아이들이 시의 이런 특징을 아는 것 말고 한 편의 시를 나름대로 이해하고 감상하는 능력이 있는지에 대해서는 선뜻 그렇다고 말할 자신이 없다. 아이들은 시의 겉모습이 이런 것이다 하는 것은 잘 알고 있는 듯하지만 실제 시를 제대로 느끼고 스스로 가까이하려고 하는 것 같지는 않아 보이기 때문이다.

사실 시가 지니는 외형적 특징이 이런 것이다 하고 주워섬기는 것은 시를 제대로 이해하고 느끼는 것과는 아무런 상관이 없는 것일 수도 있다. 시는 머리로 배우는 것이 아니라 가슴으로 느끼는 무엇이기 때문이다.

나는 높은 학년 아이들을 가르칠 때마다 아이들이 시를 가슴으로 느끼려 하기보다 그저 머리로 받아들이고 또 될 수 있으면 쉽게 잊으려 한다는 사실을 발견하곤 한다. 아주 특별한 몇몇 아이들을 빼놓고 본다면 제 스스로 시를 찾아 읽으려 하는 아이는 거의 없다. 그런데 이런 아이들에게 우리 어른들은 종종 어떤 일들을 하는가. 머릿속에 억지로라도 시를 '집어넣으려' 하기 일쑤다.

선생님 옷에서는
엄마 냄새가 납니다.

옷깃에 분필 가루
털어 드리면
하얗게 웃으십니다.

교실 꽉 찬
선생님의 향기
피어나는 웃음

즐거움만으로
가득 찬 무지개 교실

—「선생님」 부분

위 시는 몇해 전(1995년) 서울시내 어느 초등학교에서 이른바 '시 감상 지도자료'로 내어놓은 시다.[1] 얼핏 보면 흐뭇한 생각을 주는 시이고, 특히 나처럼 분필가루에 묻혀 사는 교사에겐 더없이 즐거움을 주는 시가 아닐 수 없다. 그러나 아이들 입장에서는 과연 이 시가 어떻게 느껴질까. 내가 보기에 이 시는 아이들 가슴으로 다가가는 시라는 생각이 잘 들지 않는다. 나쁘게 보면 이것은 어른들이 아이들에게 교훈을 주기 위해 억지로 꾸며낸 글이지 결코 아이들의 동심에 호응하는 문학이라 볼 수는 없는 작품이기 때문이다. 그런데 놀라운 것은 이 학교에서는 이런 시를 학년마다 한 학기에 열두 편 정도씩 배정해서 세 번씩 쓰는 숙제를 내주어 외우게 하고, 연 나누기나 문장부호 따위까지 정확히 외워서 쓰는 대회를 열었다고 한다. 이 대회를 준비하기 위해 일부 선생님들은 아이들에게 동시 외워 쓰기 시험을 보게 한 뒤 틀리면 틀린 수만큼 때리기까지 했다고 한다.

이런 엉터리 시 교육이 왜 벌어지는가. 그것은 어른들이 시가 즐거움을 주는 문학이라는 당연한 사실을 종종 잊어버리기 때문이다. '시를 가르친다'에서 '시'에 중심을 두지 않고 '가르친다'에 더 강한 강박관념을 갖기 때문이다. 사실 좋은 시—아이들 동심에 호응하는 시—는 어른이 나서서 이래라저래라 하지 않아도 아이들 자신이 먼저 가슴으로 느낀다. 가슴으로 느껴지는 시라면 어른이 굳이 외워라 하지 않아도 저희들이 알아서 먼저 외운다. 어른들이 할 몫이란 그저 아이들 가슴에 다가가는 시를 찾는 일, 그리고 그것을 들려주고 아이들의 반응에 귀 기울이는 일이다.

자주 꽃 핀 건 자주 감자,

1) 김녹촌 「동시감상(암송) 지도의 문제점」, 『한국어린이문학협의회 회보』 제28호(1996년 1월호) 37~38면에서 재인용.

파 보나 마나 자주 감자.

하얀 꽃 핀 건 하얀 감자,
파 보나 마나 하얀 감자.

우리가 어렸을 때 한두 번은 불러본 동요 「감자꽃」이다. 우리는 이 시를 억지로 외워 불렀는가. 아니다. 그저 이 시는 어느 순간 우리 귀에 순하게 들렸고, 또 어느 순간 우리 머릿속에 각인되어 저도 모르게 입밖으로 흘러나오던 노래다. 시인은 이 시에서 과연 무엇을 아이들 머릿속에 집어넣으려 했는가. 하얀 꽃 피면 반드시 하얀 감자가 열리고, 자주 꽃 피면 반드시 자주 감자가 열린다는 과학적 지식인가. 이 시를 쓴 시인은 그런 지식을 새삼스럽게 아이들에게 전해주려 한 것이 아니다. 오히려 농촌에서 살아가는 아이들이 그들의 삶과 가까운 감자꽃을 보고 저절로 토해놓은 말을 그저 그 아이들의 말로 다시 옮겨쓴다는 생각을 한 것일 뿐이다. 이런 시인의 태도는 저절로 아이들의 생리와 동심에 호응하는 시를 낳았다. 우리가 이 시를 자연스럽게 따라불렀던 것은 바로 이런 까닭에서다.

「감자꽃」을 쓴 권태응은 해방기에 주옥 같은 동요를 쓰다가 그만 6·25전쟁의 틈바구니에서 지병이 악화되어 아깝게 요절한 시인이다. 이 시인이 남긴 동요들을 살펴보면 한결같이 발상의 근원이 아이의 눈을 하고 있음을 발견하게 된다. 다시 말해 동심이 지니는 소박한 삶의 정서가 그의 시의 뿌리를 이루고 있는 것이다. 이런 시는 앞에서 보기를 든 「선생님」에서처럼 아이들의 삶을 왜곡하고 공연히 말을 비트는 따위의 기교가 나타나지 않는다. 그래서 이런 시를 대하는 아이들의 마음은 저절로 여유로워지고 즐겁게 된다. 시를 읽으며 억지로 머릿속에 무엇을 집어넣으려 하지 않고 그저 즐거운 마음으로 시를 읽게 되는 것이다.

「섬진강」(『섬진강』, 창작과비평사 1985)을 쓴 유명한 시인 김용택이 얼마 전 동시집을 냈다. 바로 『콩, 너는 죽었다』(실천문학사 1998)라는 시집이다. 이 시집 맨 앞에 이런 시가 나온다.

감꽃 피면 감꽃 냄새
밤꽃 피면 밤꽃 냄새
누가 누가 방귀 뀌었냐
방귀 냄새

—「우리 교실」 전문

얼마나 재미있는 시인가. 이것은 재미있는 시이기도 하고 한편으로 아름다운 시이기도 하다. 시인은 시집 머리말에서 이 시집에 실린 작품들이 모두 "이이들이 나에게 가르쳐준 동시"라는 겸손의 말을 하고 있다. 이것은 이미 성인시에서 나름의 평가를 받는 시인이 그저 겉치레로 하는 인사말이 아님을 우리는 유념해야 할 것이다.

아이들 마음에 호응하는 시

국어교과서(『말하기 · 듣기』 『읽기』 『쓰기』)의 시와 교사용 지도서에 참고 작품으로 실린 시 작품들을 모두 뽑아보니 대략 200여 편이 된다. 여기서 시 작품이란 어른이 아이들에게 주기 위해 쓴 동시, 어린이가 쓴 어린이시, 구전동요, 시조를 통틀어 말하는 것이다. 이 가운데 많은 수를 차지하는 것은 어른이 아이들에게 들려주기 위해 쓴 동시다. 이런 동시 가운데 저학년 교과서에 나오는 시 한 편을 보자.

언제나 환한 얼굴
방글방글
언제나 밝은 마음
방글방글

공부도 즐겁게
하하하
놀기도 정답게
하하하

—「방글방글」 전문(『읽기』 2—1)

이 시는 얼핏 보면 아이들의 밝고 활기찬 모습을 그린 것 같다. 그러나 과연 그렇기만 한 것일까. 이 시는 아이의 활기찬 모습을 붙잡아 그린 것이라기보다 어른이 아이를 귀여워하는 마음으로 그린 시다. 우리 어른들이야 그렇지 못하지만 어린 너희들만큼은 언제나 "방글방글" "하하하" 즐겁게 웃으며 살라는 뜻으로 지은 시다. 자, 그렇다면 한번 생각해보자. 아이들의 삶은 이 시인의 바람대로 과연 언제나 방글방글 즐겁게 웃으며 살 수 있는 상태인가. 아니 오히려 그 반대다. 아이들은 아침부터 늦은 저녁까지 학교와 학원을 오가며 공부에 시달린다. 친구와 놀 시간도 없이 어른보다 바쁜 하루를 보내는 것이 요즈음 아이들의 보편적인 모습이다. 이런 아이들의 정서에 이렇게 엉뚱한 어른의 관념이 들어간 시를 던져준다는 것이 어떤 의미가 있겠는가. 아이들이 이 시를 읽으며 '참 그렇지. 이 시에서처럼 나도 그래야지' 하는 깨달음을 얻겠는가.

교과서는 이런 물음에 또렷한 답을 보여주지 않는다. 아니, 그런

답일랑 애초부터 기대도 하지 말라는 투다. 이 시의 위에는 다음과 같은 학습목표가 실려 있다.

동시를 읽고, 재미난 말이나 생각을 찾아봅시다.

이런 목표 아래, 위에 소개한 시를 한쪽으로 실어놓고 다른 한켠에는 아이가 이 시를 읽고 있는 장면을 그린 삽화와 네 아이가 즐겁게 웃으며 서 있는 모습의 삽화를 그려놓았다. 그래놓고 『교사용 지도서』는 교사로 하여금 아이들에게 이런 질문을 하게 하고 있다.

- 남자 어린이는 무엇을 읽고 있나요?
- 네 어린이가 웃고 있는 장면을 생각하면 어떤 말이 떠오르나요?
- 글(시)에서 소리나 모양을 흉내 낸 말은 무엇인가요? (76면)

결국 이 시는 그 자체로서 의미있는 작품이 아니라(작품 자체를 문학으로 감상하기 위해 제시된 것이 아니라) 단지 재미난 말—소리나 모양을 흉내 내는 말—찾기에 동원되는 소품 노릇만을 하고 있을 뿐인 것이다. 이런 식의 시 공부는 아이들에게 국어 지식과 관련된 '차가운 머리'만을 발달시킬 뿐, 진정으로 한 편의 시를 느끼고 감상하는 힘, 즉 작품을 보고 느낄 줄 아는 '따뜻한 가슴'을 열어주지는 못한다.

공부를 않고
놀기만 한다고
아버지한테 매를 맞았다.

잠을 자려는데
아버지가 슬그머니
문을 열고 들어왔다.

자는 척
눈을 감고 있으니
아버지가
내 눈물을 닦아 주었다.

미워서
말도 안 할려고 했는데
맘이 자꾸만 흔들렸다.

—「흔들리는 마음」 전문(『할아버지 요강』, 보리 1996)

위 시는 얼마 전 예기치 않은 병마에 세상을 떠난 임길택 시인이 쓴 동시다. 이 시에 나오는 시적 화자의 '흔들리는 마음'은 어른의 관념에 가까운 것이기보다 아이의 마음에 가까운 것이다. 아무리 너그러운 부모 밑에서 자라는 아이일지라도 누구나 한번쯤 이 시의 화자와 비슷한 경험을 해본 적이 있을 것이다. 이 시를 읽는 아이들은 그래서 저절로 '아, 그래 나도 한번은 이런 적이 있었지' 하며 이 시에 공감하게 될 것이다. 이런 시를 읽고 느낌을 말하라고 할 때 아이들에게서 나오는 반응은 위에 소개한 「방글방글」과는 차원이 분명 다르다. 이를테면 이 시는 아이들 삶이나 정서에 밀착된 속에서 우러나온 것이어서 앞의 시보다 더욱 풍부한 감상의 기회를 아이들에게 제공하게 된다.

우리 형이 아팠을 때
어머니가
요구르트도 사다 주시곤 한다
형은 안 먹고
나를 준다
그러면 나는
형아 먹어 하고
밖으로 뛰어나온다.

—김한식 「형이 아팠을 때」 전문[2)]

위 시는 방금 앞에서 소개한 임길택 선생이 사북초등학교에 근무하던 당시 가르친 5학년 어린이의 시다. 나는 이 시를 내가 가르치고 있는 2학년 아이들에게 보여주었다. 그리고 그 느낌을 적어보게 했다. 아이들 반응이 어떻게 나왔는지 잠깐 여기 옮겨보자.

나도 동생이 아프면 동생한테 잘해주겠다. 동생이 안 아프게 기도할 거다(박현진), 아픈 형이 빨리 나았으면 좋겠다(조지훈), 너무 슬픕니다(황은혜), 내가 이 장면에 나오는 동생 같다(황유빈), 너무 슬프다(이수진), 불쌍하다는 느낌(김제민), 동생 마음씨가 참 곱다. 동생은 어디로 갔을까(심현주), 나는 동생이 있으니까 동생이 아프면 잘 돌봐주어야 되겠다(최주희), 어머니가 마음이 아팠겠다. 동생은 형아가 아프지 않았으면 하는 마음이겠다(정봉선), 요구르트를 먹는 느낌이 든다(서상원), 난 밖으로 나와 운다(임초롱), 나도 그런 적이 있다(윤소정), 슬퍼요(정소영), 나도 오빠가 아프면 그럴 거다(장혜림), 나도 아팠을 때 동생이 잘 보살펴줬다(김윤호), 나는 외동아들이라 형이 없다. 그래도 사촌누나가 있어

2) 이오덕 『삶을 가꾸는 글쓰기 교육』, 한길사 1984, 323면에서 재인용.

서 좋다(임송훈), 형이 동생에게 요구르트도 양보하니 너무나도 감동적인 시입니다(주효정), 참 형이 좋다(김창연), 우리 오빠가 있으면 좋겠다. 내 옆에 오빠가 없다. 내가 첫째라서 그런다. 내 옆에 친오빠가 있는 느낌이다(이지은), 내가 동생이라면 그 요구르트도 먹겠다(김원재)

아이들의 반응을 가만히 읽어보면 대체적으로 '슬프다'고 한 것 같지만 아이들의 말은 실제 조금씩 다른 결을 갖고 있음을 알 수 있다. 같은 시를 놓고 제각기 조금씩 다른 자기만의 반응을 보이고 있는 것이다. 여기서 아이들의 반응은 또한 교과서 시를 대할 때의 자세와 사뭇 다름을 알 수 있다. 아이들은 문학작품 속의 화자의 삶과 자신의 삶을 동일시하거나 적어도 그 삶을 동정하고 이해하려 한다. 시를 단순한 언어 구조물로 대하는 것이 아니라 자신의 삶과 밀착된 그 무엇으로 받아들이려 하는 것이다. 아이들은 이처럼 자신의 삶이나 정서에 밀착된 시를 읽었을 때 한결 다양하고 살아있는 반응들을 보인다.

우리들은 아이들에게 이런 풍부한 감상의 기회를 제공하는 시를 부지런히 찾아 읽혀야 할 것이다. 두말할 것도 없이 어떤 시가 아이들 마음에 호응하겠는가를 고민하는 것은 올바른 문학교육을 하려는 교사가 가져야 할 기본적인 자세이다.

머리로 꾸며 쓴 시와 몸으로 느끼고 가슴으로 쓴 시

시를 감상하게 하는 것 못지않게 어려운 것이 바로 아이들로 하여금 시를 쓰도록 하는 것이다. 『쓰기』 교과서는 시의 외형적 특징— 이를테면 줄글과의 차이 같은 것—을 강조해 시를 쓰도록 하지만 이것은 엄밀히 말해 올바른 시쓰기 교육이라 할 수 없다. 왜냐하면 시를 삶과 연관되어 있는 문학으로 느끼게 하기보다 마치 연과 행으로 나뉜 짧은 글이라는 또하나의 상투적인 관념을 심어주기 때문이다.

시를 쓴다는 것은 무엇인가. 그것은 곧 자신을 표현하는 일이다. 이전에 누구도 보지 못한, 그리고 누구도 느끼지 못한 자기만의 생동감있는 세계를 창조하는 일이다.

모든 어린이들에게
착하고 예쁜 마음을
가르쳐 주고 있는
하얗고 하얀 분필

분필은 우리의 예쁜 마음을
때묻지 않게 하려고
매일같이 하얀 옷만 입고
하얀 착한 마음만 내놓지요.

—「분필」 전문[3]

이런 식으로 쓰는 아이들의 시를 우리는 흔히 본다. 그저 연과 행을 나누어, '-했지요' 하는 투로 쓰는 이런 글을 우리는 과연 시라고 볼 수 있는가. 과연 이 작품에서는 아이들만이 가지는 눈길 같은 게 느껴지는가. 어떤 삶의 모습이 엿보이는가. 이 작품에서 엿보이는 것은 삶이 아니라 그저 공허한 말놀음일 뿐이다. 그렇다면 이런 말

3) 김녹촌, 같은 글 37~38면에서 재인용.

놀음은 과연 어디에서 비롯되는가.

그것은 이 시를 쓴 아이가 시로 쓰고 싶은 대상을 눈으로 세밀히 살피고 가슴으로 깊이 느끼지 못한 데서 온다. 그저 머리로만 억지로 꾸며 쓴 데서 온다. 이런 공허한 말장난을 어떻게 하면 그치게 할 수 있을까. 다음 시는 그런 물음에 좋은 답이 된다.

눈이 오고 난 아침
광명 병원 위에
해가 떠 있다.
노란 게
달 같다.
구름 속으로 들어간다.
해가 안 보인다.
보인다.

—「해」 전문(『엄마의 런닝구』, 보리 1995)

이 시를 쓴 아이는 '해'를 머리로 꾸며 쓰지 않고 세밀히 관찰해 썼다. 말을 일부러 비틀어 쓰지 않고 그저 담담히 자기가 본 대로 또 느낀 대로 쓴 것이다. 이 시에 쓰인 비유는 "노란 게/달 같다"는 직유 한 번뿐이다. 이 직유는 말을 일부러 꾸미려고 해서 나온 것이 아니라 해를 지켜보면서 자신이 직접 그렇다고 느낀 것이다. 이렇게 소박한 느낌으로, 그저 자기 눈으로 본 것을 있는 그대로 쓴 시이지만 우리는 이 시에서 마치 손에 잡힐 듯한 해의 모습을 떠올리게 된다. 이런 느낌을 주는 것이야말로 이 시가 생동감을 지니고 있다는 증거가 아니겠는가.

이 시에서 보듯 살아있는 느낌은 본 것과 느낀 것을 있는 그대로 적을 때 쉽게 드러난다.

> 오늘 학교 끝나고
> 집에 가는데
> 바람이 많이 불었다
> 바람이 많이 불어
> 빨리 뛰어갔다
> 뛰어가는데 바람이
> 나를 앞으로 끌고 갔다
> 바람이 나를
> 집까지 데려다 줬다
>
> —「바람」 전문

위 시는 6년 전쯤 내가 가르친 3학년 어린이 시다. 나는 이 글이 어떤 동시인이 쓴 동시 못지않게 훌륭한 시라고 생각하지만, 이 시를 쓴 유경민이라는 아이는 정작 이 시를 쓸 때만 해도 자기가 시를 쓰고 있다는 자각을 하지 않은 것 같다. 경민이는 자기가 어떤 시를 쓴다는 생각보다 그저 학교에서 집으로 가면서 자기 몸으로 느낀 세찬 바람에 대한 자기만의 느낌을 스스럼없이 썼을 뿐이다. 그런데 그런 글이 저절로 시가 되어버린 것이다. 위 시에서 특히 빛나는 부분은 "바람이/나를 앞으로 끌고 갔다/바람이 나를/집까지 데려다 줬다"인데, 이 구절이 우리에게 적으나마 어떤 시적인 감흥을 불러일으키는 이유는 아이가 머리로 지어낸 말이 아니라 몸으로 느낀 경험을 솔직하게 토로하고 있기 때문이다.

> 보리는 눈 속에 있다가

인제 눈이 녹으니 새파란 싹
바람에 팔랑팔랑 춤추는 것 같다.
마른 새싹도 있다.
파란 싹 잘 살아라.
죽지 말고 살아라.

—김성환 「보리」 전문

이 시는 『허수아비도 깍굴로 덕새를 넘고』(보리 1998)라는 책에 나온 4학년 어린이의 시다. 이 책에 실린 작품들은 모두 1960년대에 시골 초등학교를 다니던 아이들이 쓴 시다. 요즘에야 보리가 왜 죽어서는 안되는가를 잘 모르는 아이들이 많겠지만 60년대만 해도 그렇지 않았다. 이 시를 쓴 아이는 보리밭을 지나다 보리의 파란 싹을 보게 되고, 겨울을 이겨낸 보리에 대해서 생각하자니 자신의 삶과 연결되어 문득 절실하게 가슴에 와닿았을 것이다. 그래서 아이는 그때의 생생한 느낌을 붙잡아 이런 시로 쓴 것이다.

이런 시들에서 보듯 자기 삶의 둘레에서 자기 삶과 관련있는 절실한 소재를 붙잡아 쓰려는 태도를 길러주는 것은 참된 시쓰기 지도의 출발점이자 도착점이 된다.

〈『우리교육』 교사 아카데미 강좌 자료, 1999년 겨울〉

- 동심의 눈높이로 그려 보인 농촌 현실
- 작고 여린 목숨을 감싸는 사랑의 노래
- 참된 시정신을 찾아서
- 관습에서 현실로
- 자기 위안인가, 소통에 대한 고민인가

동심의 눈높이로 그려 보인 농촌 현실

김용택 동시집 『콩, 너는 죽었다』

1

우리는 김용택(金龍澤)을 뛰어난 시인으로 알고 있다. 그는 1982년에 「섬진강 1」을 비롯한 여덟 편의 시를 발표하며 문단에 나와 지금까지 『섬진강』(창작과비평사 1985) 등 일곱 권의 시집을 낸 시인이다. 그는 이른바 '시의 시대'라고 부르던 80년대에 농촌의 정서와 삶을 가장 잘 반영하는 농민시를 써서 '노동 하면 박노해, 농촌 하면 김용택'이라는 찬사를 한몸에 받았던 이땅의 빼어난 시인 가운데 한 사람이다. 지금도 농촌을 배경으로 씌어진 그의 뛰어난 시나 산문을 읽으며 우리는 '시인 김용택'을 기억하고 우러른다. 우리가 이렇게 뛰어난 시인으로 알고 있는 김용택이, 그러나 어떤 계기로 시를 쓰게 되었는지 정확히 알고 있는 경우는 아주 드문 것 같다.

그가 낸 첫 시집 『섬진강』을 보면 김도연이라는 이가 쓴 발문에 다음과 같은 내용이 나온다.

> 그가 문학에 관심을 갖게 됨은 아이들을 가르치면서 동시나 동요·동화 따위들이 실제 현실과는 동떨어진 세계만을 그리고 있다는 교사로서의 자각에서 비롯되었다. 농촌 현실에 맞는 동시·동요·동화 교육을 고심하는 과정에서 간단한 습작이 계기가 되어 오늘의 농촌시인 김용택을 만든다. (196면)

이 글을 보면 김용택의 시의 출발점은 '농촌 현실에 맞는 아동문학'이었음을 알 수 있다. 그는 한 사람의 시인이기 전에 이미 이땅의 교사로서 '현실을 등진 아동문학'에 또렷한 비판의 눈을 지니고 있었다. 그래서 그는 스스로 농촌 현실에 맞는 아동문학을 고민하며 간단한 습작을 하기 시작했다. 이때의 습작이 어떤 모습이었는지, 그것이 동요였는지 동시였는지 동화였는지를 우리는 알 길이 없다. 그러나 그는 우리가 흔히 오해하기 쉬운 대로, 초등학교 교사이면서도 아이들과 관계 깊은 아동문학을 외면하고 맨 처음부터 성인시에만 열정을 쏟은 사람은 아니었음이 분명하다. 오히려 그가 나중에 성인시로 80년대 대표적인 농민시를 써내게 되는 원천에는 바로 농촌 현실을 참되게 그리는 아동문학에 대한 교사로서의 치열한 고민이 먼저 자리하고 있던 것이다.

이번에 그가 처음으로 내게 된 동시집 『콩, 너는 죽었다』(실천문학사 1998)를 보면 아동문학에 대한 그의 이런 밑천이 결코 녹록치 않은 것이었음이 금방 드러난다. 그는 우선 아이들 마음을 깊이 이해하려 하고 있다. 또한 시인입네 하고 곱고 아름다운 말이나 표현을 동원하려 하지 않는다. 그저 아이들 입에서 자연스레 터져나올 듯한 말, 동심에서 저절로 우러나오는 말들을 가져다 쓰고 있다. 김용택의 이 동시집이 보여주는 미덕 가운데 빼놓을 수 없는 또하나는 바로 삶과 문학이 하나가 되고 있다는 점이다. 그는 이 시집에서 철저하게 동심의 눈높이를 지키면서도 농촌 현실을 참되게 그려 보이고 있다.

2

그가 이 시집 머리말에 써놓은 다음과 같은 글을 보자.

> 토요일이면 나는 이 어린이들과 함께 글쓰기 공부를 합니다. 아이들이 연필에 침을 묻혀가며 글을 쓰는 동안 나도 언제부터인가 아이들이 쓰는 공책에다가 동시를 쓰기 시작했습니다. 글을 쓰면서 아이들 글을 보고 내 글을 보면, 내 글이 항상 아이들 글보다 못했습니다. 그래도 나는 열심히 글을 썼습니다. 우연히 기회가 닿아 아이들의 동시집을 묶어내기로 했습니다. 그래서 나도 글을 정리해서 시집을 묶기로 했습니다. 그러니까 이 시집은 아이들이 나에게 가르쳐준 동시입니다. (3면)

그는 내로라하는 시인답지 않게 이렇게 아주 겸손한 말을 하고 있다. "내 글이 항상 아이들 글보다 못했"다는 말이나, "이 시집은 아이들이 나에게 가르쳐준 동시"라는 말은 얼핏 들어 그저 시인이 인사치레로 겸손으로 하는 말처럼 들린다. 그러나 우리는 시인의 고백을 한낱 인사치레 말로 넘겨서는 안된다. 여기에는 동시를 보는 그의 건강한 시선이 들어 있다고 여겨지기 때문이다. 그 건강한 시선이란 다름이 아니라 바로 동심을 높이 보고 귀하게 여기는 정신이다. 그는 아이들이 써놓은 글을 보며 그 속에서 진정으로 세상을 바로 볼 수 있는 때묻지 않은 눈을 발견한 교사로 보인다. 그는 그런 건강한 태도로 아이들 마음을 헤아리려고 애썼고 또 아이들 세계를 닮으려고 애썼다.

> 감꽃 피면 감꽃 냄새
> 밤꽃 피면 밤꽃 냄새
> 누가 누가 방귀 뀌었냐
> 방귀 냄새
>
> —「우리 교실」 전문

이런 시를 읽으면 우선 저 입말문학이 살아 있던 시기, 아이들 입에서 입으로 불리던 구전동요가 생각난다. 알다시피 구전동요는 어른이 아이에게 가르치던 노래가 아니라 아이들이 스스로 지어 부르던 노래다. 그 노래 속에는 무엇이 담겨 있던가. 말할 것도 없이 천진한 아이들 마음이 담겨 있다. 아이들은 어른들처럼 이 눈치 저 눈치 보지 않았다. 제 마음에서 터져나오는 말을 그대로 노래로 지어 불렀다. 위 시에서도 나는 그런 천진한 동심을 본다. 이런 동시 앞에서 낯을 찡그리며 얼굴을 붉히는 아이들이 있을까. 시 하면 고개를 살살 내두르던 아이들도 이 시를 보고는 오히려 모두 마음을 놓고 한바탕 깔깔 웃을 것이다. 김용택은 이렇게 천진한 동심 속에 들어 있는 건강한 웃음을 발견(이것은 발견한 것이지 억지로 꾸며낸 것이 아니다)하고 그것을 그대로 시로 옮겨 적었다.

> 콩타작을 하였다
> 콩들이 마당으로 콩콩 뛰어나와

또르르또르르 굴러간다
콩 잡아라 콩 잡아라
굴러가는 저 콩 잡아라
콩 잡으러 가는데
어, 어, 저 콩 좀 봐라
쥐구멍으로 쏙 들어가네

콩, 너는 죽었다

—「콩, 너는 죽었다」 전문

이 시의 화자는 마당에서 한창 도리깨질을 하는 아이다. 도리깨에 맞은 콩은 이리 튀고 저리 튀어 자꾸 사방으로 굴러간다. 어른이라면 사방으로 튀어 달아나는 한두 알의 콩 때문에 하던 도리깨질을 멈추기야 하겠는가마는 아이의 마음이야 어디 그렇던가. 아이는 오히려 그렇게 멀리 달아나는 한두 알 콩에 더 신경이 쓰이고 목을 매게 된다. 동심의 눈으로 보면 그놈의 콩이 도리깨에 맞아 멀리 튀어가는 것이 아니라 마치 도망을 가고 있는 것처럼 보이기 때문이다. 그래서 아이는 그 콩을 주우러 가는 것이 아니라 잡으러 간다. 그런데 이놈의 콩이 잡히기 전에 쥐구멍 속으로 홀랑 빠졌다. 잔뜩 약이 오른 아이의 입에서는 곧바로 "콩, 너는 죽었다"는 말이 터져나온다. 이 말을 보자. 이것은 아무리 생각해도 어른이 쉽게 흉내 낼 수 있는 말이 아니다. 그런데 시인은 어떻게 해서 이 기막힌 아이들의 말을 자기 시어로 붙잡을 수 있었을까. 그건 아무래도 아이들을 가르치려 하지 않고, 오히려 아이들에게서 배우려 하는 그의 귀한 태도에서 비롯된 것이 아니었나 싶다. 다시 말해 그것은 그가 고개를 꼿꼿이 세우고 괜한 헛기침을 하며 시 속에다 쓸데없는 교훈이나 담으려는 어른이 아니기에 가능해진 일이다.

참새가 수수 모가지 위에 앉았습니다
아이고 무거워
내 고개 부러지겠다 참새야
몇 알 따 먹고
얼른 날아가거라

—「참새와 수수 모가지」 전문

이 시집에 등장하는 동심들은 시인이 살고 있는 아름다운 섬진강 부근 농촌마을에서 살아가는 아이들이다. 그래서 이 시집에 들어 있는 시들에는 자연을 동무삼아 살아가는 아이들의 따뜻한 마음이 위 시에서처럼 자연스레 드러나는 것을 볼 수 있다. 아이들은 마치 해방기의 권태응 동요에 등장하는 동심처럼 제 둘레 자연을 동무로 여기고 그들과 스스럼없이 말을 주고받는다. 한 동심이 속상한 마음을 스스로 달래려고 제 둘레 풀꽃에게 풀어놓는 이런 말을 귀 기울여 한번 조용히 들어보자.

해 진다
꽃다지야
너도 엄마한테 혼났니
그래도 집에 가렴
집에 가면 엄마가 좋아할 거야
꽃다지야
어두워지기 전에
나도 집에 갈란다

눈물을 닦고
너도 이제 집에 가렴
꽃다지야

—「꽃다지야」 전문

그러나 자연이 아무리 넉넉하고 좋은 동무라고 해도 역시 아이들에게는 제 또래 아이들이 가장 좋은 동무인 법이다. 그러나 농촌 아이들에겐 함께 뛰어놀 동무가 없다. 동무들이 하나둘 도시로 다 떠나갔기 때문이다. 아이는 봄이 오는 들길을 혼자 걸어다닌다. 그러면서 혼자 찔레를 꺾다가 쓸쓸해져 도시로 떠난 동무들을 문득 그리워한다. 들국화가 필 때면 송이송이 꽃송이마다 동무의 얼굴을 떠올리기도 하고, 눈이 내리면 혼자 길을 내며 학교에 가기도 한다. 시인은 황폐해져만 가는 농촌, 그곳 아이들의 쓸쓸한 모습과 마음을 다양한 형식을 빌려 풀어내고 또 다독여주고 있다.

들국화꽃 피면은 생각이 나요
송이송이 꽃송이 꽃송이마다
어른어른 지희 얼굴
보고 싶은 지희 얼굴
바람결에 지나가요
바람결에 살아나요

들국화가 피면은 생각이 나요
들국화꽃 보면은 눈물이 나요

—「이사 간 지희」 전문

도시로 떠나간 동무를 기다리며 쓸쓸해하는 것은 그러나 꼭 아이들만이 아니다. 농촌에는 혼자 살며 쓸쓸히 진지를 드시다가 어느날 문득 세상을 뜨는 할매들이 있고, 눈을 하얗게 쓰고 썩어 떨어져 박살이 날 때까지 마냥 감 딸 사람을 기다리는 감나무들이 또 있다. 시인은 새삼스러울 것도 없는 이 황폐한 농촌 현실을 그가 성인시에 그랬듯 담담한 어조로 이렇게 증언하고 있다.

> 감잎 필 때가 좋았지
> 감꽃 필 때가 좋았지
> 땡감일 때가 좋았지
> 홍시일 때가 좋았지
> 까치를 기다릴 때가 좋았지
> 서리 맞고 눈이 와도
> 하얀 눈이 펑펑 내려도
> 하얀 눈을 펑펑 맞아도
> 감 딸 사람은 오지 않고
> 눈을 하얗게 쓰고 썩어 떨어져 박살이 나도
> 감 딸 사람은 오지 않네
>
> —「감나무」 전문

감이 없어 못 먹던 시절에 견준다면 감이 눈을 하얗게 쓰고 썩어 떨어질 때까지 누구 하나 손을 대지 않는 이 시대는 정말 행복하고 배부른 시대라고 할 만할까. 시대는 농촌을 이토록 쪼그라들게 만들어놓고 피서철만 되면 도시 사람들을 산과 바다와 강으로 내몬다.

> 사람들이 차를 타고 모두모두 산으로 갑니다

사람들이 차를 타고 모두모두 바다로 갑니다
사람들이 차를 타고 모두모두 강으로 갑니다

차들이 꼭 무슨 벌레 같습니다
산과 바다와 강을 뜯어먹으러 가는 벌레 같습니다

—「피서」 전문

동심은 이렇게 모순된 세상을 정직한 눈으로 본다. 이 정직하고 서늘한 동심의 시선 앞에서 정말 우리 어른들은 무슨 할 말이 있을까. 다들 인간다운 삶을 내던지고 겨우 '자연이나 뜯어먹으러 다니는 벌레 같은 삶'을 살고 있는 우리들이 무슨 할 말이 있을까. 그러나 이런 생각은 어른들이 스스로를 위로하기 위해 해보는 한낱 사치스런 관념일는지 모른다. 우리들이 이런 관념에 허우적거릴 때 쓸쓸한 시골집 한귀퉁이에서 우리 동심들은 여전히, 그 외로운 삶을 꿋꿋하게 견디며 어떻게든 살아가고 있기 때문이다.

집에 가면
토끼가 빨간 눈으로 나를 기다리지

집에 가면
커다란 눈으로 엄마 소가 나를 기다리지

집에 가면
해 저문 커다란 산이 나를 기다리지

집에 가면

엄마 무덤 지나서 집에 가면
다리 아픈 아빠가 문 열어놓고
내가 오기를 기다리지

집에 가면
엄마 없는 집이 산그늘 속에 외롭게 앉아
나를 기다리지

—「집」 전문

3

그가 머리말에 해놓은 고백을 굳이 보지 않더라도 그의 동시를 보면 대부분 어린이의 말과 동심에 기대고 있는 것을 어렵지 않게 발견할 수 있다. 이런 시들은 우리에게 동시를 읽는 기쁨을 오롯이 전달해주고 있다. 더러는 시적 화자가 어른인 시인 자신으로, 도시에 사는 시인의 자녀로 등장하는 경우가 없지 않지만 대부분의 시는 농촌에서 살아가는 동심이 그 주인공이 된다. 동심이 시적 화자가 되어 등장할 때 그의 동시는 크게 두 가지 색깔을 띠게 되는데, 하나는 동심의 천진함에서 우러나오는 웃음이고 또하나는 삶의 진정성을 깨우치는 동심의 진지한 목소리다. 이것은 그의 동시를 떠받치는 두 기둥이라 할 수 있다. 이 두 기둥은 그의 동시를 지나치게 무겁게도 하지 않고 마냥 가볍게도 하지 않는다. 그래서 김용택의 동시들은 농촌 아이들과 도시 아이들 모두에게 즐거움을 줄 수 있으리라 본다.

학교에서 아이들을 가르치며 우리 아동문학이 안고 있는 문제점을 인식하고, 그 문제점에서 출발한 글쓰기를 통해 탁월한 농촌 시의 길을 찾아 떠났던 김용택! 그가 이제 다시 고향으로 돌아왔다. 다시 돌아온 고향에 그가 오래도록 남아 묵은 지게도 나서서 손질하고 녹슨 연장들도 모두 꺼내 새 날을 세울 수 있기를 기대하는 것은 꼭 나만의 바람은 아닐 것이다.

〈『동화읽는어른』 1999년 2월호〉

작고 여린 목숨을 감싸는 사랑의 노래

임길택 동시집 『할아버지 요강』

1

전에 탄광마을의 고단한 삶을 노래한 시인 임길택이 또하나의 시집을 냈다. 농촌을 배경으로 하고 있는 시집 『할아버지 요강』(보리 1995)[1]이 그것이다. 알다시피 그는 첫 시집 『탄광마을 아이들』(실천문학사 1990)에서 피할 수 없는 가난과 직업병에 시달리며 고된 삶을 살아가는 이를 부모로 둔, 탄광마을 아이들의 모습을 조금도 꾸밈이 없이 잔잔하게 그려낸 바 있다. 그런 시 쓰는 태도는 『할아버지 요강』에서도 그대로 드러난다. 이른바 '세계화'라는 거창한 구호 속에 자꾸만 쪼들려가는 우리 농촌을 배경으로 그 속에서 여전히 건강하

1) 1996년에 개정판 출간. 개정판에는 1, 2, 3부의 순서가 바뀌었고, 「그날」 「선생님과 아이들」이 빠져 있다. 이 글은 1995년 출간된 초판에 따른다.

고 꿋꿋하게 자라나는 어린이의 모습을 보여주려 애쓰고 있는 것이다. 이런 뜻에서 그의 시는 크고 화려한 것에 떠밀려 한구석에서 자꾸만 멍들고 작아져가는 사람들의 삶을 보여주는 시이며, 또 그런 삶 속에 숨겨져 있는 어린이들의 건강한 모습을 새롭게 드러내고 따뜻하게 감싸주는 시라 할 수 있다.

2

시집 『할아버지 요강』은 모두 3부로 이루어져 있다. 1부에는 그가 보여주려는 농촌 아이들의 세계가 나온다. 다음 시들을 보자.

저번 벼 매상하던 날
볏가마 싣던 차에서 떨어져
아버지 뇌수술을 하셨다는데
아직 뇌수술이 무언지도 모르는 아이

—「순덕이」 부분

언제 빨아 입는지
봄 내내 웃옷은
빛바랜 초록색 운동복 한 벌
이빠진 지퍼는 꿰매어진 채
소매끝이 너덜너덜 해어져 가고

—「우리 반 종희」 부분

어젯밤에도요 아빠가요 엄마 때렸어요.

술 안 사 준다고요 주먹으로 얼굴 때렸어요.
혀 짧은 소리로 이를 때
말이 빨라지고, 목소리 높아지던 아이

—「전학 가는 아이」 부분

시인의 눈에 들어오는(아마 그가 가르치는 제자일는지도 모르는) 농촌 아이들의 삶의 한귀퉁이는 이렇듯 이지러지고 뭉개져 있다. 이것은 『탄광마을 아이들』에서 보여준 세계와도 비슷한데, 시인은 이런 몇 편의 시로 우리 농촌의 삶이 결코 풍요롭거나 넉넉하지 못하다는 것을 은연중 드러낸다. 그러나 시인은 다만 가난한 삶을 사는 어린이들의 모습을 노래하는 데 그치지 않는다. 가난한 삶을 사는 어린이들의 마음이 신기하게도 해맑고 순수하다는 것을 시인은 또 이렇게 보여준다.

현숙이가
내가 서 있는 쪽으로 오더니
할 말이 있다고 했다.

그래 무언데?

선생님, 있지요,
이번에 나 청군 좀 시켜 주세요.
4학년 올라올 때까지 한 번도 청군을 못 해 봤어요.

—「할 말」 전문

선생님, 잠깐만요.

이건 우리 둘만 아는 비밀이에요.
아무한테도 말하지 마세요.

저는 어쩔 때
자다가 오줌을 싸요.
선생님 고치는 방법을 아세요?
알면 좀 가르쳐 주세요.

—「혜란이 편지」 전문

그러나 이런 맑고 순수한 아이들의 세계는 안타깝게도 그들의 삶을 짓누르는 또하나의 질곡에 멍들고 있다. 그 질곡이란 다름아닌 허울 좋은 교육이 지닌 모순이다. 이에 시인은 한 사람의 교사로서 권위와 위선에 가득 찬 교육의 모순을 때론 자기반성으로 때론 날카로운 시인의 시각으로 비판한다.

아이들에게 발 씻지 않고 자는 녀석들이라고 호통을 치고서 문득 자신의 무릎에 앉은 때를 보며 맑은 동심 앞에서 위선적인 모습을 보인 자신을 반성하는 「내 몸의 때는 숨겨둔 채」, 입시교육에 찌든 채 하늘 한번 쳐다볼 마음의 여유를 누리지 못하는 요즘 아이들 모습을 안타까운 심정으로 노래한 「아이들은 언제 하늘을 보나」, 수업시간 하찮은 이유로 아무 죄 없는 아이들에게 면박을 주고 난 뒤 어쩔 수 없이 밀려드는 괴로움을 하늘이 흔들린다는 표현으로 노래한 「그날」, 내면이나 과정보다 겉모습이나 결과를 더 중시하는, 웃지 못할 우리 학교교육의 부끄러운 부분을 낱낱이 드러낸 「선생님과 아이들」, 또 그런 교육의 잘못으로 따돌림 받는 아이들의 모습을 그린 「빛나는 졸업장」「우리 교실 혜숙이」 들이 바로 그런 시들이라 할 수 있다. 그런데 시인은 교육이 지니고 있는 이런 모순을 단순히 고발하는 차원에 그치지 않고, 그 대안을 낮지만 감동스러운 울림으로 다음과 같이 보여준다.

서리 온 아침
당번을 하던
영미

걸레를 빠느라
붉어진 손이
그토록 조그마한 줄을
나는 미처 몰랐다.

—「영미의 손」 전문

시인은 시 한 편으로, 아이들을 올바로 기른다는 것은 그들을 다그치거나 판에 박힌 설교를 통해서 얻을 수 있는 것이 아니라, 작고 여리지만 순수한 그들의 동심을 보듬어주는 일로 가능한 것이라 여기게끔 하고 있다. 거창한 웅변이 아니라 단 여섯 행의 시로 병들고 썩어빠진 교육—큰 것을 외치고 화려한 것을 추구하며 결국 아이들을 실컷 주눅만 들게 하는—을 걷어치우는 일이 바로 이런 작고 하찮게 여겨지는, 어린 삶에 보내는 따뜻한 시선에서 출발해야 한다고 역설하고 있는 것이다. 이런 시선은 그의 시가 우리에게 주는 감동의 원천이 된다.

1부에서 또하나 빼놓을 수 없는 시들은, 사람 살 곳이 못되는 거친 땅으로 바뀌어가는 농촌의 모습을 문을 닫는 학교의 모습으로 또렷하게 드러내는 「우리 학교」 「마지막 졸업식」 같은 작품들이다.

학부형도 아닌 갓집 아저씨가
창쪽에 둔 아이들 의자에 앉아
안경 너머로 학교 역사를 읽는다.
1964년 분교로 문을 열어
1992년 2월을 끝으로 문을 닫는 학교 이야기

그 옆에서 글 못 읽는 성희 할머니
나눠준 종이 손에 든 채
운동장 터 내주었던 할아버지 생각하며
말없이 앉아 있다.
모처럼 차려 입은 한복 위로
봄 길목 햇살이 내린다.

첫 졸업생 성균이 아버지
산에서 파다 심은 나무 이야기를 하고
순진이 아저씨는
학교 터 닦을 때 나온 뱀 이야기를 하며
섭섭함을 달랜다.

—「마지막 졸업식」 부분

이 시를 읽다 보면 우리는 마치 절제된 영화 한 장면을 보는 것처럼 선명한 영상을 머릿속에 떠올리게 된다. 조금도 과장이나 허세 없이 어쩌면 이렇게 문 닫는 학교의 슬픔을 또렷하게 드러낼 수 있을까.

1부의 세계가 허울 좋은 학교 울타리에 갇혀 신음하는 어린이들의 고통스러운 삶의 모습을 반영하고 있다면, 2부는 농촌의 가정에서 또 나름의 삶이 주는 무게에 부대끼며 자라는 아이들의 모습을 담고 있다. 2부에 나오는 아이들 삶 또한 1부의 그것처럼 어설프고 고단한 모습을 하고 있다.

아버지 부산으로 날일 보내시고
혼자 떠맡은 열 마지기 농사

어머니 낫질 앞에서는
진딧물 낀 가시엉겅퀴도
금방 베어져 논둑에 깔립니다.

환한 전등불이 있는데
저녁 먹는 일이 무슨 걱정이냐면서
아직도 저만치 남은 논둑 앞에
어머니 낫은 쉴 줄을 모릅니다.

앞산 밤새들도
거기에 저희 함께 있다 하고
초저녁 어스름은 벌써
어머니 등을 겹겹이 감쌌는데
희미하게 드러난 자갈투성이 밤길이
어머니를 기다린 채
마을로 뻗어 있었습니다.

—「가시엉겅퀴」 부분

지어도 순 쭉정이뿐인 농사지만 어머니는 숙명처럼 그 일을 밤길이 어둑해질 때까지 해내야만 한다. 그런 어머니는 또한 "두 귀 베어 내듯 칼바람 부는" 날 먼 데 나무를 하러 가기도 한다.

겨울엔 방이 뜨뜻해야 한다고
점심 싸 들고서 나무 간 엄마

강도 못 건너 벌써 발 시리고
두 귀 베어 내듯 칼바람 부는데
엄마는 지금 어디 오고 있을까.

나뭇짐 겨웁게 이고
어디메 걸어오고 있을까.

—「엄마 마중」 부분

나는 이 시를 보면서 이원수의 「나무 간 언니」를 생각했다. 어쩌면 이처럼 이원수의 시가 풍기는 맛과 색깔을 그대로 이어받고 있을까! 이런 느낌은 나무하러 간 어머니를 소재로 했기 때문만은 아니라는 생각이 든다. 이런 효과가 어디 소재만 따온다고 해서 저절로 얻어지는 것이던가. 이 시에서 우리는 임길택이 가진 따뜻한 감성을 온몸으로 느낄 수 있다. 이 시가 마치 이원수를 읽고 있는 듯한 느낌을 주는 것은 바로 이런 까닭에서다.

임길택의 이런 감성은 '손톱 자랄 새 없이 일만 하는'(「아버지」) 아버지나 '농약을 잘못 쳐 결국 농사를 망치게 된'(「할아버지와 농약」) 할아버지의 참담한 모습에서도 잘 드러난다. 그러나 이런 모습은 고단한 노동에 힘겨워하면서도 그 노동을 꿋꿋이 견디며 살아가는 건강한 농민의 모습으로 곧바로 연결되고 있다. 이런 건강한 농민들의 삶 속에서 자라나는 어린이들의 마음 또한 그래서 열려 있고, 또 푸르다. 그 마음은 한겨울 문득 부엌에서 마주친 새앙쥐를 걱정하는 모습으로도 나타나고(「새앙쥐」), 때로 왈칵 더럽다는 생각을 갖긴 하지만 여전히 날마다 할아버지 요강을 비우는 모습으로도 나타난다(「할아버지 요강」). 어디 그뿐인가. 누구나 빠르고 크고 화려한 것을 좋아하는 이 시대, 헛된 꿈과 환상에 물들지 않은 건강한 어린이의 모습을 이렇게 펼쳐 보여주기도 한다.

우리 마을 지붕들처럼
흙먼지 뒤집어쓰고 다니지마는
이 다음에 나도
그런 완행 버스 같은 사람이
되고만 싶다.

길 가기 힘든 이들 모두 태우고
언덕길 함께
오르고만 싶다.

—「완행 버스」 부분

어린이가 고된 아버지 어머니의 삶을 귀하게 보며 그것을 어루만지려고 하는 것은, 이오덕의 표현을 빌려, 곧 "동심의 승리"(『시정신과 유희정신』 66면)가 아니고 그 무엇이겠는가.

3부에 실린 시들은 1, 2부에서 미처 다 말하지 못한 자연의 아름다움과 자연이 주는 깨달음을 적고 있다. 「가을 배추밭」을 보자.

흰나비는 날개로 접은 채로
밀잠자리는 날개를 편 채로
배추 포기 사이에 두고
잠들어 있었다.

늦잠을 자도 좋을 만치
밤새 무슨 얘기들 나누었을까.
등 뒤 하늘에 부는 바람 소리
그냥 말없이 듣기만 했을까.

찬 이슬에 젖은 날개들을
햇살이 가만가만 말리는 사이
나는 발소리 죽여
살며시 그 곁을 떠났다.

가을날 어느 이른 아침, 문득 배추밭 곁을 지나다 보게 된 흰나비와 밀잠자리. 시인이 지닌 여린 감성은 언뜻 하찮게만 여겨지는 이런 여린 목숨들을 포근한 눈으로 감싸안는다. 이 3부에 실린 시들 역시 1, 2부에서 보여준 세계와 맞닿아 있다. 시인은 이 시들에서 작고 여린 목숨들이 지니고 있는 아름다움과 소중함을 자꾸만 일깨운다.

3

시인은 말한다. 작고 여린 목숨을 눈여겨볼 줄 아는 사람이야말로 정말 참되고 가치로운 삶을 누릴 자격이 있는 사람이 아니겠는가 하고. 부제 그대로 읽자면 이 시집은 "선생님과 아이들이 함께 보는 시"이다. 그래서 더러는 어린이가 이해하기에 좀 어렵게 느껴지는 시가 없지 않나 싶다. 그러나 나는 이런 문제를 가지고 이 시집을 깎아내릴 마음이 조금도 없다. 이 시집이 가진 향기가 있다면 그것은 우선 어린이에게 가야 하겠고, 이 시집이 가진 무게가 있다면 그것은 마땅히 어른들에게 가야 한다고 생각하기 때문이다. '우리 선생님은 뭘 이런 걸 다 시로 썼을까' 슬며시 얼굴을 붉히며 웃는 일은 바로 아이들의 몫이겠고, '내가 너무 헛것에 길들여져 있었구나' 다른 한편으로 얼굴을 붉히며 고개를 떨구는 일은 바로 못난 어른들의 몫이 아니겠는가.

〈『우리 말과 삶을 가꾸는 글쓰기』 1996년 4월호〉

참된 시정신을 찾아서

이오덕 『농사꾼 아이들의 노래』

1

1977년에 나왔던 이오덕의 『시정신과 유희정신』은 분단 이후 우리 아동문학이 놓인 비참한 현실을 일깨우고 꾸짖는 비평서였다. 나온 지 벌써 20년이 넘었지만 아직도 이 책이 지닌 의미는 유효한 바가 적지 않다. 열등의식에 사로잡힌 채 현실을 등지고 이른바 '짝짜꿍' 동요만을 양산하던 동시단에 내린 엄한 채찍인 동시에 우리 아동문학이 헤쳐나가야 할 길을 또렷하게 제시하는 길잡이 구실을 한 까닭 때문이다. 이 책이 나온 뒤로 적어도 아동문학에 관한 한 이보다 더 적절하고 뜻있는 시론집(詩論集)이 나온 것을 나는 본 일이 없다. 이 책에 기대어 지나온 길을 반성하고 앞길을 모색하는 것이 아직도 게으른 우리 아동문학인들의 과제가 되고 있는 것이다. 그러한 차에 우리는 또한번 선생에게 무거운 빚을 지게 되었다. 바로 얼마 전 나온 『농사꾼 아이들의 노래』(소년한길 2001)라는 책 때문이다.

책의 부제가 말해주듯 이 책은 "권태응 동요 이야기"를 담고 있다. 알다시피 권태응(權泰應, 1918~51)은 해방기 동요시인으로 일반에게 널리 알려진 동요 「감자꽃」을 지은 시인이다. 어지러운 시대에 병마에 시달리다 짧은 생애를 마감한 시인이지만 그는 누가 뭐래도 우리 아동문학사에서 빛나는 전통을 세운 시인으로 손꼽을 만하다. 이오덕 선생은 『농사꾼 아이들의 노래』에서 바로 이 시인이 품고 있던 귀한 시정신을 조곤조곤한 이야기로 풀어 보이며 오늘날 문학인들의 그릇된 글쓰기 태도를 준엄하게 꾸짖고 있다.

2

우선 이 책이 지니는 의미로 손꼽을 수 있는 것은 그동안 빛을 보지 못하고 있던 시인의 유고작품들이 세상에 알려지게 되었다는 사실이다. 지은이에 따르면 권태응 시인의 작품이 활자화되어 세상에 나온 것은 아흔네 편에 불과하다고 한다. 그런데 권태응 시인은 이렇게 발표된 작품 말고도 더 많은 작품을 썼고, 그것이 아직은 발표가 되지 않은 상태라고 한다(지은이는 발표되지 않고 아직 묻혀 있는 작품이 이백열네 편이라고 일러주고 있다). 이것들은 시인이 손수 공책에 적어놓은 동요집 여덟 권에 잘 정리되어 있는데, 이 작품들이 결국 『농사꾼 아이들의 노래』라는 책을 통해 세상에 처음 알려지게 된 것이다. 발표된 작품과 발표되지 않은 작품을 놓고 우리는 흔히 '미발표인 것이 발표된 것보다는 아무래도 수준이 못하겠지' 생각할 수 있다. 그러나 이 책에 소개된 미발표작들을 지은이의 해설을 곁들여

가만히 읽어가다 보면 그런 생각이 얼마나 터무니없는지가 금방 드러난다. 세상에 발표되지 못한 작품 또한 이미 활자화되어 나왔던 아흔네 편의 작품 못지않게 모두 귀한 모습을 하고 있기 때문이다.

이 책은 크게 3부로 이루어져 있는데, 그 내용의 대부분은 권태응의 동요가 가지는 미덕을 일깨우는 것으로 되어 있다.

1부에서 우선 맛보게 되는 것은 시인이 지녔던 글쓰기 태도와 시정신이다. 지은이가 보기에 권태응 시인은 우리 문학사에서 농사꾼과 농사꾼 아이들의 삶을 있는 그대로 보여준 유일한 시인이다. 책머리에 지은이는 이렇게 적고 있다.

> 내가 보기에는 우리 농사꾼들의 삶과 마음, 농사꾼 아이들의 세계를 이런 정도라도 보여주고 노래해 보인 사람이 지금까지 우리 문학사에서 아무도 없습니다. (7면)

1부는 말하자면 이런 지은이의 주장에 대한 구체적인 근거를 제시하고 있는 글이다. 지은이는 작품 한 편 한 편을 예로 들면서 농사꾼의 삶을 정직하게 그려 보여준 시인의 미덕을 꼼꼼하게 펼쳐 보여주고 있다. 그 미덕이란 이를테면 다음과 같은 말로 요약된다.

> 농촌의 삶은 자연 속에서 일하는 삶이다. 그 삶은 가난하고 힘들지만 얼마나 참되고 아름다운가를 시인은 모든 작품에서 보여주고 있다. 그리고 그렇게 보여주기를 남다른 말재주로 하지 않았다. 삶을 있는 그대로, 본 그대로, 겪은 그대로, 삶 속의 말로 써 보였을 뿐이다. 기교를 아주 없애버린 기교, 투박한 말로 엮은 시골스런 노래, 그것만이 땅을 파며 살아가는 사람들의 삶과 마음을 정직하고 진실하게 보여줄 수 있고, 우리 겨레의 참모습을 나타낼 수 있다고 시인은 믿고 있었음이 틀림없다. (51면)

이 글에서 드러나는 권태응은 농촌의 삶을 정직하게 있는 그대로 그려낸 시인의 모습 바로 그것이다. 이런 모습은 자연스레 땅을 파고 짐을 지면서 가난하게 살아가는 사람들의 이야기를 글로 써서는 '고상한 문학'이 될 수 없다고 믿는 이땅의 얼빠진 문학인들을 따끔하게 꾸짖는 채찍이 된다. 알다시피 우리 문학, 특히 아이들에게 가는 아동문학은 땅을 파며 살아가는 사람들의 삶과 마음을 정직하고 진실하게 보여준 일이 극히 드물었다. 오히려 그런 모습을 정직하고 진실하게 드러내 보이기는커녕 감추고 덮어두는 것을 미덕으로 삼아왔다. 기껏해야 유치한 말재주를 피우거나 삶을 떠난 관념으로 엉뚱한 글을 지어내는 데만 골몰했을 뿐이다. 지은이는 우리 문학인들이 걸어온 길이 얼마나 부끄럽고 보잘것없는 길인지를 권태응의 소박하지만 진실된 노래를 대비시켜 또렷이 보여주고 있다.

3

2부에 실린 글 역시 "자연, 나라와 겨레, 사람다운 마음"을 주제로 작품을 나누어 싣고 거기에 숨어 있는 순정하고도 올곧았던 시인 마음의 바탕을 열어 보여주고 있다. 우리는 살기 좋은 시대가 아니라 해방공간의 어지러운 시대에 건강한 몸으로가 아니라 병들어 죽어가는 몸으로 시인이 그 누구보다 자연과 함께 어울리는 삶, 겨레의 앞날을 걱정하는 삶, 인간다운 따스한 마음씨를 헤아리는 삶을 시 속에 담으려고 애썼던 것을 발견하게 된다.

지은이는 2부에서 이렇게 말하고 있다.

> 동요가 생겨나는 조건은 두 가지다. 그 하나는 삶이고, 또 하나는 자연이다. 오늘날 아이들은 이 두 가지를 다 잃어버린 것이다. (112면)

그러나 적어도 해방기에 아이들을 위한 노래를 지었던 권태응은 오늘날 아이들이 잃어버린 삶과 자연을 모두 동요 속에 담아낼 줄 알던 시인이었다. 권태응의 동요 속에는 요즘 아이들이 잊고 사는 풀과 나무, 짐승과 벌레, 들판, 하늘, 날씨와 계절이 오롯이 들어 있는 것이다. 우리는 이런 자연을 아주 잃어버리고 우리 스스로 짓밟아버리는 것을 당연한 일로 여기고 살아왔다. 지은이는 아동문학이야말로 삶과 자연을 잃고 병들어가고 죽어가는 아이들을 살리는 문학이 되어야 한다고 역설하면서 지금부터라도 우리가 잃어버린 자연을 되살리는 길을 찾아야 할 것이라 말하고 있다. 지은이가 보기에 권태응의 동요가 그런 길찾기를 위한 길잡이가 되어줄 것임은 물론이다.

2부 두번째 꼭지 '나라와 겨레를 생각함'에서 지은이는 시인이 해방 직후만 해도 해방의 기쁨과 새나라의 노래를 밝은 어조로 노래했음을 일러주면서 차츰 분단이 시작되고 해방공간이 어지러운 현실로 탈바꿈함에 따라 '무지개 꿈만을 꾸는 상태'에서 깨어나 현실로 돌아오게 되었다고 밝히고 있다. 이를테면 권태응의 첫 작품이라고 여겨지는 「어린이의 노래」(1945)는 일본제국의 식민지에서 풀어 놓인 기쁨을 노래하고는 있지만 그 무렵 우리 사회와 역사를 깊이있게 붙잡지는 못하고 있다는 것이 지은이의 진단이다. 그러나 1947년 쓴 「우리 동무」는 같은 해방시대의 '새나라 동요'이지만 그저 기뻐 뛰놀면서 노래하는 차원에서 머무르지 않고 헝클어진 실타래처럼 어지러운 당시 현실을 정직하게 그려 보이고 있다는 것이 지은이의 지적이다. 이는 겨레의 참모습을 있는 그대로 정직하게 드러내려 한 시인의 모습을 다시 엿볼 수 있는 대목이라 할 수 있겠다.

2부 마지막 꼭지 '사람다운 마음'에서 지은이는 요즘 사람들이 거의 모두 바쁘게 되어서 서로 속이고 해치고, 짐승이고 벌레고 죽이기를 예사로 여기는 무서운 마음을 지닌 사람이 되었음을 탄식하며 시인이야말로 어질고 착한 사람의 마음을 지니고 있던 농사꾼들의 마음을 닮은 사람들이 아니겠는가 적고 있다. 지은이는 권태응이 유달리 가난한 이들, 병든 이들, 어려움을 당하는 이들에게 힘을 주고 싶어하는 마음이 나타난 시들을 썼음을 밝히며, 그것을 쉽게 느낄 수 있는 작품들을 소개하고 있다. 「눈 많이 오면은」「배고픈 참새들」은 그 좋은 보기이다.

4

1, 2부가 시의 내용에 대한 글이라면 3부는 시의 외형에 관한 글이라 할 수 있겠는데, 지은이는 이곳에서 권태응 동요 속에 온갖 형태로 나타난 운율, 우리말의 보고라 할 만한 시어들을 꼼꼼하게 살피면서 그 작품들이 지니고 있는 미덕을 자상하게 펼쳐 보여주고 있다.

우선 지은이는 시인이 제목 옆에 '동시'로 구분해놓은 작품들이 사실은 동시가 아니라 동요(혹은 '동요시')임을 밝히고 있다. 이것은 시인이 어른들에게 하고 싶었던 말을 아이들의 입을 빌려서 한 것이라 일부러 동요와 구별하고 싶었던 때문이라 믿어지지만, 이들 작품들은 분명히 밖으로 드러난 운율이 있기 때문에 동요라고 해야 옳다는 것이다. 지은이는 이 자리에서 "우리 동요시인 가운데서 권태응만큼 많은 음수율을 만들어낸 사람은 없을 것"(230면)이라 찬사를 보내면서 권태응 동요에 나타난 음수율을 크게 세 갈래로 나눌 수 있다고 밝히고 있다. 세 갈래란 ① 우리 옛 민요나 동요의 전통을 이은 3(4)·4조와 이를 바탕으로 하여 변화 발전시킨 작품 ② 일본의 전통 시가의 형식인 7·5조와 이를 바탕으로 하여 또다른 운율을 만들어낸 작품 ③ 3·4조와 7·5조를 함께하거나 그밖의 여러 가지 새로운 운율로 된 작품을 말한다. 지은이는 이 세 가지 가운데 3·4조를 기본으로 하여 지어낸 동요가 가장 많음을 지적하면서 다른 한편으로 권태응이 시의 내용에 어울리는 새로운 운율을 창조해내기 위해 노력한 시인이기도 하였다는 사실을 구체적인 작품을 보기로 들어 설명하고 있다. 이와 관련하여 밝힌 지은이의 이런 말은 음미할 만하다.

> 권태응 시인은 해방 뒤 겨우 몇해 동안을 병상에서 동요를 쓰면서 그것도 대부분을 학생들이 쓰는 공책에다가 적어놓은 원고로 남겼을 뿐이지만, 앞서간 거의 모든 문인들의 일본문학 따라가기와 서양문학 흉내내기 풍조에서 벗어나 있었다는 점에서 주목할 만하다. (259면)

3부 두번째 글 '푸짐한 우리말'에서 우리는 말 그대로 권태응 동요에 숨어 있는 보석과 같이 빛이 나고 다른 한편으로 풍성한, 아름답고 깨끗한 우리말들과 만나게 된다. "동무" "식구"처럼 좋은 뜻을 가진 우리말이었는데도 우리가 일부러 내버린 말이 있는가 하면 "꼬수게"(「장에 가신 할머니」) "용앵이"(「꼭감과 달걀」) "목매이"(「장에 가는 길」「송아지」)처럼 어느새 잃어버리고 사는 아름다운 우리말이 여기에 있다. "따신 봄"(「어린 고기들」)이며 "뜨신 국"(「밥 얻으러 온 사람」) "닭이 모가지"(「약병아리」)는 또한 얼마나 정겨움을 느끼게 하는 말인가. 그런데 이 아름다운 말들이 이른바 표준어나 한자말, 국적을 알 수 없는 이상한 말 들에 밀려 우리 곁을 떠났다. 이는 참으로 분하고 서글픈 일이 아닐 수 없다. 지은이는 이 소중하고 아름다운 말들이 지닌 의미를 자상하게 일러주며 진정으로 우리가 보듬고 가꾸어야 할 것이 무엇인가를 깨우쳐주고 있다.

또하나 권태응 동요에 나타난 여러 가지 재미있는 시늉말도 새삼 눈길을 끈다. 지은이가 대강 골라서 들어 보인 시늉말들이 들어 있는 구절들을 죽 읽어나가다 보면 권태응이라는 시인이 우리말을 얼마나 공들여 쓴 시인인가가 한눈에 드러난다. 초등학교 1, 2학년 국어교과서에는 시 속에 들어 있는 재미난 시늉말 찾기 문제가 나온다. 엉터리 작품을 제재로 실어놓아서 그 문제를 풀 때마다 여간 곤혹스럽지 않은데, 권태응의 작품들을 대신 놓고 공부하면 얼마나 재미있겠나.

끝으로 한가지 눈에 띄는 것은 이런 미덕과 아울러 옥에 티라 할 수 있는, 시 몇편에 드러난 잘못된 말법, 상투와 통속으로 떨어진 내용과 표현을 어김없이 지적하고 있다는 점이다. 뒤에 지은이는 시인이 남긴 짤막한 산문에 대한 해설과 시인의 연보를 덧붙이고 있다.

5

이 책을 읽으며 우선 확인하게 되는 것은 무엇보다 권태응 동요가 지니고 있는 참다운 시정신이다. 권태응 동요의 시정신은 농사꾼들의 삶을 정직한 태도로 바라보려는 마음과 그것을 깨끗한 시어로 담아내려고 한 자세 이 두 가지로 요약된다. 그런데 이것은 시인 권태응의 미덕일 뿐만 아니라 지은이 스스로가 평생에 걸쳐 가꾸어온 글쓰기 정신과 통하는 바가 없지 않다는 생각이다. 앞서 밝힌 대로 지은이는 『시정신과 유희정신』을 통해 일찍이 우리 아동문학이 나아가야 할 올곧은 길을 제시했을뿐더러 『일하는 아이들』(청년사 1978) 『삶을 가꾸는 글쓰기 교육』(한길사 1987) 들을 통해 아이들 스스로 자신의 삶을 정직하게 바라보도록 하는 글쓰기 교육을 앞장서 실천해오고 있다. 또한 『우리글 바로쓰기』(한길사 1989)를 통해 줏대 없는 언어관과 비뚤어진 글쓰기 버릇으로 자꾸만 병들어가는 우리말·글을 바로 세우기 위한 운동을 꾸준히 전개하고 있기도 하다. 이런 의미에서 『농사꾼 아이들의 노래』는 우리 문학과 교육 그리고 겨레의 말·글에 대한 그의 철학과 정신이 오롯이 담겨 있는 책이라 할 만하다.

지은이는 오늘날 우리 농촌이야말로 "소설보다 더 놀라운 이야기들을 간직하고 있"(7면)다고 전제하면서 문학인들이 이것을 쓰려고 하지 않고 "글감을 찾아 아프리카로 가고 남미로 가고 인도로 유럽으로 중국으로"(7면) 가는 얼빠진 노릇들을 하고 있다고 일갈한다. 또한 권태응의 대표적인 동요 「감자꽃」을 해석하는 자리에서 우리 평단이 "농촌 아이들의 삶을 떠나 삶의 현실, 삶의 체험을 떠나 방안에서 머리로만 생각"(92면)하여 그것을 엉뚱한 관점으로 해석해왔다고 공박하고 있다. 이러한 비판은 이 책 전체를 아우르는 주제일뿐더러 그가 일관되게 지녀왔던 글쓰기 정신을 엿보게 하는 대목이라 할 수 있다.

나는 이 책을 읽으며 새삼 해방기 동요시인 권태응의 시정신에 감복했으며, 그릇된 글쓰기 버릇에 물든 나 자신을 반성했다. 또하나 이 책을 읽으며 마음에 두게 된 것은 어지러운 시대를 살아가는 이 시대 아이들을 위해 우리 어른들이 져야 할 짐이 아주 크다는 자각이다. 반세기 전 권태응 시인이 보여준 시정신을 이어받기 위해 우리가 해야 할 일—자연을 되살리는 일, 그리고 그곳에서 살아갈 아이들의 목숨을 살리는 일—은 말처럼 그렇게 쉽지만은 않을 것이다. 이 문제를 어떻게 풀어갈 것인가. 말하자면 이 책은 그러한 고민을 하게 하는 출발점이 되는 책이라 할 수 있겠다.

〈『우리 말과 삶을 가꾸는 글쓰기』 2002년 1월호〉

관습에서 현실로

『어린이문학』에 실린 '이 달의 동시'를 읽고

낡고 허술한 집짓기

본디 시는 그 내용과 형식에서 어떤 새로움을 지녀야 비로소 빛을 내는 문학이다. 이미 있던 것, 누구나 그렇게 생각하는 것, 아주 낯익은 것, 이런 따위 낡은 모습으로는 실패하기 쉬운 문학이 바로 시다. 그러나 신인들이 쓴 동시를 읽을 때마다 느끼는 것은 어떤 새로움을 추구하기는커녕 어쩐 일인지 너무나 비슷한 소재와 주제, 비슷비슷한 언어의 사용에만 목을 매려 하는 듯 보인다는 것이다. 동시에는 정해진 시어가 있고 그 시어를 꼭 이렇게 저렇게 쓰지 않으면 안된다는 강박관념, 동시에는 정해진 소재가 있고 주제가 있어 꼭 같은 것을 다루지 않으면 안된다는 강박관념 같은 것에 우리 신인들이 한결같이 시달리고 있는 것은 아닌가 하는 생각이 들 때가 있다.

물론 동시란 성인시와 다른 동시만의 독특한 언어와 틀거리가 있어야 하는 것은 틀림없는 사실이다. 동시는 아무래도 아이들에게 가는 시이니 그 말이 쉬워야 할 것은 틀림이 없고, 틀거리도 너무 복잡하고 난해한 것이어서는 곤란하다. 동시는 언제나 단순성이라는 화두에 발을 대고 있어야 비로소 시가 되는 운명을 타고난 존재이다. 그러나 단순성이란 게 곧잘 오해하듯이 천편일률적인 단순함을 뜻하는 것은 아니다. 그것은 시가 지녀야 하는 참신성과 개성을 함께 거느린 어떤 것이며, 삶의 본질을 꿰뚫는 통찰이 없고서는 도달하기 힘든 경지다.

문제는 이러한 차원으로 조심스럽게 탐색되어야 할 단순성이 신인들에게 엉뚱하게 어떤 하나의 고정된 양식으로 굳어져 강박으로 작용하는 것처럼 보인다는 사실이다. 동시에 나타나는 단순성은 삶의 본질을 선명하게 드러내어 진정성을 찾자는 의미에서 탐구해야 할 성질의 것인데도, 신인들은 이것을 엉뚱하게 기법으로만, 장치로만, 형식으로만 받아들이려 하고 있다. 이를테면 멀쩡하게 자신의 문제를 잘 쓸 것 같은 이들도 이것을 동시로 써보라고 하면 이내 아기자기한 말 가꾸기에 먼저 정성을 기울이려 한다. 또한 삶의 본질을 잡아내기 위해 안간힘을 다하기보다 시의 껍데기와 시시한 싸움을 먼저 벌이려 한다. 이런 신인들의 태도를 가만히 지켜보노라면 낡고 허술한 집짓기를 반복해온, 이른바 '언어의 감옥'에 빠져 허우적거렸던 기성세대의 잘못을 그대로 반복하고 있는 듯해 답답하기 이를 데 없다.

또하나 신인들에게서 느껴지는 아쉬움은 아직도 아이들에게 뭔가를 자꾸 주려고만 한다는 사실이다. 무엇보다 시인은 아이들에게서 그들의 말과 생각을 귀 기울여 들으려 하는 것이 옳은 태도가 아닐까 생각하는데, 아직도 어깨에 잔뜩 힘을 주고는 뭔가를 가르치려

하고 있다. 생각해보면 시대가 변하고 아이들이 지니고 있는 심성도 변하고 있으니 누구보다 아이들을 걱정하는 시인들로서야 그것이 여간 안타까운 일이 아닐 것이다. 그렇다고 아이들을 불러세워 시 속에서 새삼 무엇이 옳고 그른가를 따져 물을 것도, 또 새삼 그 무엇을 가르치려 들 것도 없지 않겠는가. 아이들에게 가르칠 것이란 동심 본위가 아니라 대개 어른 본위의 그 무엇이 되기 때문이다. 듣는 아이들의 처지를 고려하지 않고 무엇을 들려주기만 하려는 시인은 요즘 아이들에게 다만 '가까이하기에는 너무 먼 당신'이 되기 십상이지 않을까?

삶 속으로 들어가는 문학

앞에서 나는 짐짓 신인들을 탓하는 어쭙잖은 말로 이 글을 시작했으나 좀더 그 대상을 확대해 보면 최근 몇년 동안, 우리 동시 전체 모습 또한 그렇게 바람직한 길로 나아가고 있지는 못한 것 같다. 동화가 얼핏 새로운 힘을 얻어 앞으로 나아가는 듯한 인상을 주는 것과는 달리 동시는 왠지 자꾸 뒷걸음질치고 있는 형국처럼 보이는 것이다. 이런 원인은 결국 어디에 있겠는가?

동시는 이제 이 시대의 정서에 걸맞지 않은 낡은 장르가 되어서일까? 그게 아니라면 이 시대를 살아가는 아이들이 동시를 귀하게 여기고 그것에 감응할 만한 감수성을 지니지 못해서일까? 그것도 아니라면 동시를 쓰는 이들이 이 시대의 정서, 아이들의 감성을 미처 따라잡지 못하고 있기 때문일까? 보는 사람의 관점에 따라서 그 답은 여러 갈래로 제시될 수 있을 것이다. 그러나 나는 왠지 동시인들이 지닌 스스로의 문제를 동시가 쪼그라드는 가장 중요한 원인으로 지목하고 싶다.

요즘 아이들이 동시를 반기기보다 대중문화나 컴퓨터 오락에 빠져 있는 것이 우리의 현실이고, 무엇보다 아이들에게는 동시를 읽을 만한 물리적 시간이나 마음의 여유란 것이 없어져간다. (아이들이 동시를 만나는 유일한 통로는 오로지 교과서일 뿐이며, 주지하다시피 그 교과서는 아이들의 삶을 충실히 반영한 시를 싣고 있지 못하다.) 또하나, 동시라는 장르가 이 시대의 복잡하고 어지러운 정서를 감싸안기에는 너무나 여리고 단순한 그릇이라는 생각이 아주 없지는 않다. 그러나 정작 이런 현실에 부단히 맞서 새로운 진정성의 길을 찾으려는 시인들은 더더욱 드문 것이 동시를 아이들로부터 소외시키는 더 큰 요인이 되는 것은 아니겠는지.

나는 얼마 전 인터넷에 들어갔다가 어느 문학방에서 우연히 다음과 같은 글을 읽은 적이 있다.

> 저는 개인적으로 사회풍자적인 성향의 소설을 좋아하고, 그래서 채만식의 『태평천하』나 「레디메이드 인생」 같은 작품이 좋습니다. 요즘 사회현실을 보면 윤직원 영감에 못지않은 문제적 인물이나 그때 현실에 못지않은 계급적 이기성이 분출하고 있는 것 같은데 그것에 대한 문학적 대응이 속 시원히 이루어지고 있지 않은 것 같습니다.

동시 이야기를 하다가 왜 갑자기 소설 이야기를 인용하는가 하는 분이 계시다면 이 소박한 글이 담고 있는 의미를 한번 더 곰곰이 새겨보자. 이 말은 우리 동시인들도 충분히 귀담아들어야 할 어떤 메시지를 품고 있다.

이를테면 1930년대 이원수의 시 「찔레꽃」은 광산에 돌 캐러 나간 언니를 마중나가는 한 어린이를 그 시적 화자로 삼고 있다. 또 그의 다른 시 「보—야 넨네요」를 볼 것 같으면 어린 나이에 집을 떠나 남의 집 아기를 돌보는 처지의 아이가 나온다. 이 아이들의 고단한 삶은 얼핏 보아 30년대에만 통용되던(조금 더 양보해 지금 아이들보다 한 세대 전) 삶 같다. 먹을 것이 흔한 오늘 새삼 광산에 돌 캐러 나간 언니를 마중나갔다가 찔레꽃을 따 먹는 처량한 동심이 어디 있겠는가. 남의 집 애 보는 아이조차 벌써 아득히 지나간 구시대의 유물이 된지 오래지 않은가. 그래서 '지금 여기'에 사는 어린 독자에게는 이 시는 스스로 감응할 통로를 잃어버린 지 오래다. 어른들의 도움이 아니고서 이 시가 지니는 정서를 제대로 이해할 어린 독자가 과연 몇이나 되겠는가. 물론 옳은 말이다. 그러나 다른 한편으로 보면 이런 관점은 우리 현실의 겉껍데기만을 살펴본 또하나의 일면적 고찰이기 쉽지 않을까. 찔레꽃을 따 먹는 아이들이 사라진 것은 우리 삶이 진정으로 변화한 것인가? 그것은 현상의 변화일 뿐 본질의 변화는 아니지 않겠는가? 겉으로 풍요로워 보이는 이 시대의 현실 속에서도 또하나의 여린 동심은 찔레꽃을 따 먹던 30년대 동심 못지않은 고단한 삶(고단한 삶이란 말에 부디 오해가 없기를 바란다. 이것은 다만 경제적으로 가난한 아이들의 삶만을 의미하는 것은 아니다. 아이들을 힘들게 하는 세상의 억압적인 요소들은 가난 말고도 여러 가지가 있을 수 있다)을 여전히 이어가고 있지 않겠는가. 이런 아이들의 삶을 외면한 채 어쩌면 우리는 껍데기의 변화를 진정한 변화인 것처럼 여기고 너무 쉽게 손들을 털고 있는 것은 아닌지 모르겠다. 물질적 풍요와 대중문화의 범람이 자꾸만 숨통을 죄어오는 턱에 손쓸 새가 없다며 그 탁류에 휩쓸려가는 여린 동심의 손들을 슬그머니 놓고만 있는 것은 아닌지 말이다.

동시를 쓰는 이들이 이 시대 아이들의 삶에서 고단한 현실을 발견하지 못하고 등을 돌린다면 동시가 아이들에게서 소외되는 것은 너무도 뻔한 일이다. 변한 듯 보이지만 과거에 못지않은 고통을 겪고 있는 동심의 현실을 똑바로 보고, 이런 현실에 문학적 대응을 하는 자세야말로 힘이 빠진 동시인들을 스스로 다시 일으켜세우는 유일한 길이 아니겠는가.

'이 달의 동시'에 대하여

지난 한 해 '이 달의 동시'란에 실린 신인들의 작품은 모두 열아홉 편이었다.

적어도 '이 달의 동시'에 실린 작품들은 그 작품을 뽑은 분들에게 한번씩 매를 맞거나 칭찬을 들어서 그것을 죽 늘어놓고 이러쿵저러쿵한다는 것은 자칫 같은 말을 반복하게 될 위험이 적지 않은 듯하다. 그래도 그 작품들의 전체적인 인상과 가장 기억에 남는 두어 작품에 대한 느낌은 이 자리에서 말해도 되지 않을까 싶다.

우선 이 열아홉 작품에서 말을 다루는 솜씨에 관련해 한가지 말할 것은 전체적으로 좀 투박한 인상을 준다는 것이었다. 간결하고 다듬어진 언어의 사용이란 어찌 보면 시쓰기에서 가장 기본적인 과제다. '어' 다르고 '아' 다르다는 말도 있듯이 시에 있어 시어 하나를 고르는 일—하다못해 쉼표 하나나 조사 하나를 골라 쓰는 일조차—은 늘 신중하고 엄격하게 해야 한다. (서두에서 비판한 상투적인 언어사용을 뜻하는 것이 아니라, 시에 참신성을 부여하는 노력을 의미한다.) 물론 동시를 처음 쓰는 사람의 처지에서는 이 일이 그렇게 쉽지는 않을 것이다. 그렇더라도 내가 말하고 싶은 것을 좀더 적절한 비유, 좀더 적정한 시어, 좀더 단단하고 새로운 표현으로 말하고자 하는 욕심을 버려서는 안된다. 군더더기가 없는 날랜 시, 이것은 앞으로 '이 달의 동시'가 좀더 일궈내야 할 과제가 아닌가 싶다.

또하나, 이미 앞에서 말한 바 있지만 '이 달의 동시'란에 실린 시들 가운데도 뜻밖에 어른의 처지에서 어떤 교훈을 주려는 시들이 적지 않게 눈에 띈다. 물론 좋은 시는 언제나 큰 가르침의 말이기 마련이지만, 그 가르침이란 것이 작품 밖으로 너무 의도적으로 드러나 자칫 동심을 억압하게 된다면 그것은 차라리 안 주느니만 못한 문제를 안게 된다.

끝으로 한가지만 더 덧붙인다면 아이들 현실을 날카롭게 잡아내는 시, 아이들의 처지를 헤아리고 따뜻하게 보듬는 시가 좀더 많아져야 하겠다는 생각이다. 물론 유쾌한 말놀이나 사물을 새롭게 인식하도록 하는 시들은 그런 아이들 현실을 다룬 시들 못지않게 씌어질 필요가 있다. 그러나 자칫 아이들 현실에 둔감한 채 그 현실과 무관한 감각적인 시만을 쓰려는 태도 또한 우리가 함께 경계할 일이 아닌가 한다.

열아홉 작품 가운데 나는 김희정의 「제비」와 김혜원의 「개 짖는 소리」에 주목했다. 내가 앞에서 주문한 '삶 속으로 들어가는 문학'의 모습을 넉넉하게 갖추고 있다는 생각이 들었기 때문이다. 우선 「제비」 속에 나오는 '재형이의 모습'은 이 시대 동심의 형상을 온전하게 붙잡아 살려놓고 있으며, 「개 짖는 소리」 또한 짧은 시행으로 이루어진 시임에도 이 시대를 살아가는 동심에게 어떤 울림을 줄 만한 시라고 내겐 여겨졌다. 김바다, 안선희, 김경성의 시도 나름의 개성을 지니고 있어 주목된다. 앞으로도 이들을 포함한 많은 분들이 꾸준하고 참신한 작품들을 더 많이 보여주었으면 하는 마음 간절하다.

〈『어린이문학』 2001년 1월호〉

자기 위안인가, 소통에 대한 고민인가

오늘의 동시에 대한 비평적 검토

가뭄과 홍수, 이것은 요즘 나오고 있는 아동문학 책들의 면면을 보며 내가 가끔 떠올리는 말이다. 동시 이야기를 하려는 자리에 웬 가뭄과 홍수냐고 반문하실 분이 더러 계실지 모르겠다. 내가 이야기하는 가뭄이란 그리고 홍수란 다름이 아니라 동시의 빈곤과 동화의 범람을 두고 하는 말이다.

주지하다시피 홍수 혹은 범람이라는 말이 무색하게 동화책은 하루가 멀다 하고 쏟아지고 있다. 적어도 쏟아지는 양으로만 놓고 보자면 아동문학은 새삼 부흥의 시기를 맞고 있는 듯 보인다. 그러나 동시 쪽으로 눈을 돌리면 사정은 달라진다. 동시만을 따로 떼어놓고 볼 때 '아동문학이 부흥의 시기를 맞고 있다'는 진술은 이내 흰소리가 되기 십상인 듯하다. 물론 출간되는 작품집의 양만을 두고 동화가 제 길을 잘 가느니 못 가느니 함부로 재단할 수는 없을 것이다.

실제 범람에 가까울 정도로 쏟아지는 동화책의 형편을 유심히 살펴보면 그것에 기대를 갖기보다 걱정스러운 눈길을 보내야 할 때가 더 많은 것이 우리의 현실이기 때문이다. 그럼에도 우리가 동시를 동화보다 더 걱정하지 않을 수 없는 이유는 동시가 이대로 가다가는 이름만 있고 실체가 없는 죽은 장르가 되어버릴 것 같다는 절박함이 느껴지기 때문이다.

이런 쓸쓸한 시대에 우리 동시인들은 과연 어떤 작품을 써야 할 것인가. 시인이 어린 독자들과 교감하거나 소통할 수 있는 작품을 쓰는 길은 과연 무엇이겠는가. 이 글은 그런 물음에 대한 답을 찾기 위한 방편으로 씌어졌다. 나는 이 글에서 요 근래 '가물에 콩 나듯' 나온 몇몇 동시집의 경향을 살펴 우리 동시의 현주소를 점검하고, 이 점검에 기대어 앞으로 우리 동시가 나아갈 바를 모색해보려고 한다.

이 자리에서 살펴볼 동시집은 권영상의 『월화수목금토일별요일』(재미마주 1999), 신형건의 『크는 이에게 주는 수수께끼』(베틀북 2000), 위기철의 『신발 속에 사는 악어』(사계절 1999), 권오삼의 『도토리나무가 부르는 슬픈 노래』(창작과비평사 2001)와 『고양이가 내 뱃속에서』(사계절 2001), 김은영의 『김치를 싫어하는 아이들아』(창작과비평사 2001) 이렇게 여섯 권이다.

상투적인 동심의 모습과 안이한 상상력
—권영상의 『월화수목금토일별요일』

나는 아이들이 동시를 가까이하지 않는 가장 큰 이유는 시인이 아이들과 교감하는 자리에 서 있지 못한 때문이라고 본다. 무엇보다 동시를 쓰는 시인은 '지금 여기' 아이들의 현실을 예리하게 주시할 필요가 있다고 보는데, 대부분 시인들은 이런 문제를 거의 외면하고 있는 것처럼 내겐 느껴진다. 내가 보기에 시인들은 현실 속으로 동심을 발견하러 가는 것이 아니라 대부분 자신들의 관념 속으로 조작하러 들어간다. 당연히 이때 빚어지는 동심의 모습은 생생하고 구체적인 아이의 모습이 아니라 일반인의 통념에 가까운 상투적인 아이의 모습이다. 이렇게 통념에 기대어 상투적으로 안이하게 만들어진 동심은 생동감있는 현실의 아이들을 만족시킬 수 없게 된다.

권영상의 시집 『월화수목금토일별요일』에 실린 시들은 겉으로 보기에는 적어도 억압된 현실을 살아가는 아이의 답답한 심정을 대변하고, 한편으로 그것을 위로하기 위해 씌어진 작품들로 보인다. 이것을 설명하기 위해서는 먼저 이 시집 제목을 살피는 것이 필요한데, 제목에 나타난 '월화수목금요일'은 답답하기만 한 아이들의 일상을 상징한다고 보면 좋다. 이것은 아이들에게 있어 지루한 학교생활을 견뎌야 하는 나날이다. 이것은 아이들에게 흥미롭고 가슴 설레는 나날이기보다 뭔가 갑갑증을 느끼게 하는 현실이다. 그러기에 그 다음에 어김없이 오는 '토일요일'은 일분일초가 흘러가는 게 아깝기만 한 요일이다. 일분일초가 아깝다는 말은 역설적으로 그 앞에 오는 평일의 일상이 아이들에게 그만큼 갑갑한 현실이란 것을 의미한다. 아이들은 그런 평일의 일상을 견뎌내기 위해 스스로 어떤 즐거움을 찾으려 애쓰는데, 맨 끝에 나오는 '별요일'은 이를테면 그런 아이들의 숨구멍을 좀더 크게 열어주기 위해 시인이 마련한 가공의 시간으로 해석된다. 시인의 말에 따르면 그것은 "엉뚱하고 기발한 상상들로 가득 찬" 세계로서, 굳이 비유한다면 동화 쪽에서 흔히 얘기되는 팬터지 세계와 흡사한 무엇이다.

시집의 제목이 상징하는 이런 측면만을 놓고 보면 이 시집이 지닌 의도는 자못 의미심장하다. 얼핏 보아서 이 시집은 아이들의 답답한 현실을 성실하게 고민하고, 그 답답한 현실을 뒤집어버리는 시적 상상력이 충만한 시집으로 짐작되니 말이다. 그런 짐작 속에는 시인이 무엇보다 '월화수목금요일'로 상징되는 갑갑한 아이들의 현실을 예리하게 관찰해 그려낼 것이라는 기대가 포함되어 있으며, 이 현실을 뒤집는 상상력으로 아이들에게 어떤 해방감을 안겨줄 것이라는 믿음이 깔려 있음은 물론이다. 그렇다면 이 시집이 과연 그런 기대와 믿음을 얼마나 충족시키는지 1부 '월화수목금요일'에 실린 시 한 편을 보도록 하자.

> 종잇장을 두껍게만 한다면 종이 다섯 장으로도
> 국어책 한 권은 넉넉할 거야. 종잇장을 작게 작게만
> 한다면 수학책쯤은 손톱만하게 만들 수 있을 거야.
> 학교 담장을 허물기만 한다면 개울과 떡갈나무 숲이
> 있는 마을을 온통 학교로 만들 수 있을 텐데……
> 일요일을 하나 더 만든다면 학교 가기 싫어하는 일
> 아마 없을걸. 일요일만은 특별히 48시간으로.
>
> —「이러면 좋을 텐데」 부분

이 시에서 드러나는 바와 같이 권영상의 시 속에 등장하는 시적 화자들은 학교 공부를 무척이나 고달파하고 있다. 그들에겐 교과서 내용이 늘 벅차기만 하다. 그래서 그것이 아주 가벼워지거나 손톱만하게 줄어들기를 갈망하고 있다. 그들을 둘러싼 학교 담장은 또 어떤가. 그것은 저잣거리와 배움터를 가르는 경계나 그들을 보호하는 울타리가 아니라 "개울과 떡갈나무 숲"으로 상징되는 자연을 가로막고 있는 장애물 같은 것이 된다. 그들은 그런 담장 안에 갇힌 채 벅

차기만 한 교과서 공부에 시들어가고 있다. 그래서 그들은 지금 "일요일을 하나 더 만"들어 두 배로 놀았으면 좋겠다고 말하고 있는 것이다. 이 시는 언뜻 보았을 때, 이른바 죽어 있는 지식을 가르치는 데 급급한 우리 교육 현실을 날카롭게 비판하는 시처럼 여겨진다. 또한 그 속에서 갑갑증을 느끼는 동심을 어루만지고 감싸는 것처럼 여겨진다.

그러나 이 시를 좀더 세밀히 읽어보자. 과연 이 시는 교육 현실을 날카롭게 비판하는 시이며 동심을 진정으로 감싸는 시인가? 우선 이 시의 제목과 시 속에 등장하는 시적 화자의 말투를 보자. 제목이나 화자의 말투는 '이러면 좋을 텐데' '~한다면'이라는 가정법을 쓰고 있다. 알다시피 가정법은 현실과의 팽팽한 긴장이나 대립 속에서 나오는 것이기보다는 현실에서 한발 뒤로 물러선 안이한 공상에서 기인하는 경우가 더 많다. 이런 안이한 공상에서 출발한 가정은 현실로부터 아이들을 잠깐 도피시킬 수 있을지는 모르지만 진정으로 그들에게 어떤 해방감을 안겨주지는 못한다.

> 괘종시계가 12번을 울리면 수업이 끝나는 나라.
> 수업이 끝나면 자전거를 잡아 타고 한강을 건너 광화문으로,
> 광화문엘 가선 박물관을 가자. 만주벌을 지키던 고구려 장군들을
> 만나 보고, 그게 끝나면 종로엘 가고 거기선 책가게에 들를까.
> 그게 좋겠다. 책을 읽다간 수영장에 가자. 좋지, 수영장. 수영을
> 마치면 게임을 하고, 저녁엔 한길에서 만화영화를 틀어 주는 나라.
>
> —「괘종시계가 12번을 울리면」 부분

이런 시 역시 현실에서는 쉽게 이룰 수 없는 꿈을 이야기하고 있는데, 과연 이 시 속에서 제시되는 동심의 꿈이 보편적인 그들의 바

람인가를 우선 묻고 싶어지거니와 설혹 사실이 그렇더라도 왜 시를 읽으면 시원한 감동이 느껴지지 않고, 식상한 느낌만 드는 것일까. 그것은 무엇보다 시인의 눈이 아이들이 처한 현실과 성실한 대면을 하려 하기보다 자꾸 눈을 돌려 안이한 공상과 쉽게 타협했기 때문은 아닐까. 안이한 공상과의 타협은 현실을 살아가는 동심의 눈을 잠깐 현혹시킬 수 있을는지 모르겠지만 그들을 어떤 감동의 세계로 이끌지는 못할 것이다.

> —춥다고? 아주 춥다고? 아주 춥대도 문제 없어.
> 털실 한 뭉치만 사면 돼. 털실의 끝을 풀어
> 둘둘둘둘 집을 감는 거야. 두 겹 세 겹 네 겹……
> 창문만 빠끔히 내놓고 털실로 감으라구. 자, 이젠
> 암만 추워도 끄떡없을 거야. 찬바람이 불어온대두,
> 눈이 온대두, 온 세상이 꽁꽁꽁 얼어붙는다 해두.
>
> —「추운 겨울 따뜻하게 보내기」 전문

"엉뚱하고 기발한 상상들로 가득 찬" 세계로 안내하겠다며 시인이 내놓은 이런 작품에서 느껴지는 것은 이를테면 우리에게 이미 너무 낯익은 공허한 상상력이다. 이런 상상력을 우리는 이른바 사이비 팬터지 동화 같은 데서 이미 적잖게 경험하고 있거니와, 이 게으른 상상력의 뿌리는 우리 동시의 병든 유산의 하나라 할 수 있는 유아적 발상과도 관계가 깊은 것이라 할 수 있다.

공허한 언어유희와 관념의 세계
—신형건의 『크는 이에게 주는 수수께끼』

신형건의 시집 『크는 이에게 주는 수수께끼』에서 우선 눈에 들어오는 것은 뒤표지에 실린 문구다. 뒤표지에는 「웃음」이라는 제목의 시와 함께 다음과 같은 문구가 씌어 있다. "반짝 호기심어린 눈으로 냅다 뛰어보는 발랄한 상상력!" 내가 어두운 눈이라 그런지 아무리 읽어보아도 그 뜻을 종잡기가 여간 어렵지 않은데, 그것을 풀이해보건대 아마도 "호기심어린 눈"과 "발랄한 상상력"으로 씌어진 시라는 의미를 품고 있는 것이 아닌가 싶다.

우리 동시의 맹점 가운데 하나가 유아적 발상이라는 것은 재론의 여지가 없지만, 또하나 지적할 수 있는 것은 바로 어른의 관념이 과도하게 노출되는 이른바 교훈적인 시가 많은 점이라 할 수 있다. '동시=어른이 아이에게 주는 시'라는 의미 규정은 시인 자신을 가두는 협소함으로 작용해서 시인 자신을 지나치게 어린애로 낮추거나 혼자 잘나고 바른 체하는 어른으로 높여놓기 일쑤였다. 특히 시인이 어른의 자리에서 아이들에게 무엇인가를 손쉽게 가르치려는 입장이 되었을 때, 시는 시가 아니라 전언(傳言)이 되기 십상이었다.

신형건의 시집을 얼핏 보아서는 앞서 소개한 문구 그대로 도시 아이들의 일상에서 건져올린 발랄한 호기심과 상상력에 기댄 시들이 실려 있는 것처럼 보인다. 이것은 앞서 권영상이 그랬듯 도시 아이들의 정서와 교감해보고자 하는 문제의식에서 작가가 일단 출발하고 있음을 의미한다. 이를테면 이 시집에는 '침대 밑의 먼지'(「침대 밑에 손을 넣었더니」)나 '아파트의 계단'(「엘리베이터가 고장났을 때」) '동네 공터에 자라는 잡풀들'(「우리 동네 공터」)이 등장한다. 물론 뒤에

흙이나 나무, 새 같은 자연물이 등장하는 경우가 없지 않지만, 이것은 농촌에서 볼 수 있는 구체적인 자연이라기보다 도시의 일상을 살아가는 사람들의 관념 속에 자리잡은 자연이라 할 수 있다. 이런 도시 아이들의 일상을 그린 시 가운데 우선 내 눈에 들어오는 시는 아무래도 도시 아이들의 현실을 붙들고 있는 다음과 같은 시다.

> 학교에서 돌아오면
> 보람아파트 5동 904호, 우리 집엔
> 아무도 아아무도 없지.
> 그래도 나는 굳게 닫힌 철문 앞에 서서
> 잠시 숨을 고른 다음
> 초인종을 누르지.
> 일 나가신 엄마가 돌아오시려면
> 아직 멀었지만
> 누군가 나를 꼭 기다리고 있을 것만 같아
> 그냥 한번 눌러보지.
>
> —「누구세요?」 부분

맞벌이부부의 자녀로 짐작되는 시적 화자가 등장하는 이런 시에서 도시 아이들의 쓸쓸한 목소리를 발견하고 다른 한편으로 그것에 공감하는 것은 보편적인 우리 아이들의 모습이리라. 이 시에는 앞서 말한 '호기심어린 발랄한 상상력'이 딱히 작동하고 있지는 않은 것 같다. 다만 담담하고 진정어린 동심의 목소리만이 어떤 울림으로 우리 귀에 나지막이 들려올 뿐이다. 그러나 이런 시적 성취를 두고 이 시집의 전체 경향을 짚으려 하는 것은 오산이다. 이 시는 이를테면 이 시집에서 드문 '열외'에 속하는 작품이라 할 수 있기 때문이다. 이 시집의 주된 경향은 오히려 다음과 같은 시들에서 더욱 또렷이 엿볼 수 있다.

누구야?
갑자기 내 배꼽에
첨벙!
돌멩이를 던진 게.
내 손이 배를
움켜쥘 틈도 없이,
허파에 가득 든 풍선들이
한꺼번에 터지는 걸
막을 새도 없이
깔깔거리는 웃음의 돌멩이를
던진 게 누구야!

—「웃음」 부분

엄마,
비누는 간지럼을 잘 타나 봐요.
이것 좀 보세요,
미끌미끌 손에서 빠져나가며
간지러워 죽겠다는 듯 깔깔거리잖아요.
구정물 속에 방울방울 떠내려가는 하얀 거품은
비누가 쏟아놓은 웃음이겠죠!

—「비누」 부분

앞서 말한 "발랄한 상상력"은 이를테면 이런 시에서 드러나는 비유적 표현과 관계가 깊다. 시인에게 있어 나에게 웃음을 주는 행위란 '누군가 내 배꼽에 돌멩이를 던진 행위'로 해석된다. 또한 웃음은 '허파에 가득 든 풍선들이 한꺼번에 터지는 것'으로 비유된다. 두번째 시 「비누」에서 또한 눈에 띄는 것은 '비누가 간지럼을 탄다' '비누는 간지러워 죽겠다는 듯 깔깔거린다' '비누의 하얀 거품은 비누가 쏟아놓은 웃음'이라는 비유적 표현이다. 이것은 참신하고 발랄한 상상력의 표현이기보다 너무나도 공허한 언어의 유희처럼 여겨진다. 이런 말의 유희가 아이들의 천성에 부합하는 리듬이나 그들의 진정성을 전혀 담아내지 못하는 듯 보이기 때문이다. 다만 그런 비유적 표현이 거두고 있는 것은 시인의 자족적인 미의식에 대한 확인일 뿐이거나 아이들에게 일방적으로 전달되는 어른의 목소리일 공산이 더욱 크다.

> 축 처진 어깨만큼 네 마음이 슬플 때 휘파람을 불어
> 보렴. 가슴속에서 날아오른 새들은 멀리 가지 못하고
> 다시 돌아온단다. 너는 멀리멀리 날려보내고 싶어
> 하지만 그 새들은 푹 젖은 날개 깃에 머리를 파묻고
> 잔뜩 웅크리기만 하지.
>
> 활짝 열린 창처럼 네 마음이 기쁠 때 휘파람을 불어
> 보렴. 가슴속에 숨죽이고 있던 새들이 힘차게
> 날개 치며 날아오른단다. 너는 오래오래 보고 싶어
> 하지만 그 새들은 가슴 환해지도록 푸른 하늘에
> 반짝이는 날개를 금세 묻어버리고 말지.
>
> —「휘파람을 불어 보렴」 전문

결국 신형건의 이런 시들에서 엿보이는 것은 도시 아이들의 정서

와 교감하는 모습이 아니라 일방적인 어른의 미의식과 가르침을 전달하는 이른바 또다른 의미에서의 '전언'이라 할 수 있다.

유쾌한 상상력이 거둔 미덕
—위기철의 『신발 속에 사는 악어』

앞에 언급한 두 시인이 보여준 상상력이 이른바 현실을 이겨내지 못하는 상상력, 공감을 주지 못하는 공허한 상상력이라면 위기철이 보여주는 상상력은 아이들이 지니고 있는 명랑성과 소통이 가능한 듯 보이는 유쾌한 상상력이다. 그는 우리 동시가 안고 있는 또하나의 병폐—아이들과 교감하지 못하는 어른들만의 기교주의—를 극복하고 아이들이 호기심을 가지고 읽을 법한 이른바 재미를 갖춘 동시를 선보이고 있다.

떡 장수 할머니가 고개를 넘는데
꼬불꼬불 꼬부랑 고개를 넘는데
커다란 호랑이가 할머니 앞에 나타나
"할멈, 할멈, 떡 하나 주면 안 잡어먹지!"

할머니가 광주리에서 떡을 꺼내 주면서
기다란 가래떡 한 가닥 꺼내 주면서
"호랑아, 호랑아, 이 떡 먹고 나를 고이 보내 줘."

그래서 호랑이가 떡을 먹기 시작했는데
길고 긴 가래떡을 먹기 시작했는데

하루 먹고
이틀 먹고
사흘 먹고
나흘 먹고
먹어도 먹어도 끝이 없는
길고 긴 가래떡.

—「가래떡」 부분

옛이야기 '해와 달이 된 오누이'에서 온 듯 보이는, 할머니가 호랑이에게 떡을 던져주는 장면을 패러디한 이 시에서 우리가 발견할 수 있는 것은 신선한 발상이 주는 유쾌한 상상력이다. 이는 앞에서 살펴본 신형건의 공허한 상상력이 거두지 못한 발랄함을 충분히 확보하고 있을뿐더러 구전동요가 지녔던 경쾌한 리듬의 맛을 느끼게 하고 있다.

밥 한 술 들어간다
입을 열어라.
남대문 동대문
활짝 열어젖혀라.

김치 한 쪽 들어간다
입을 열어라.
이빨 장군 꼭꼭 씹고
혀 장군 꼴깍 삼켜라.

—「맛있게 밥 먹기」 부분

우락부락한 산적들이

모락모락 모닥불 앞에서
붉으락푸르락 술을 먹다가
오락가락 정신이 나가서
엎치락뒤치락 싸움을 했는데
보일락말락 작은 벼룩이
수염 위로 오르락내리락
콧구멍 속으로 들락날락.

—「산적과 벼룩」 전문

이런 작품들을 보면 위기철은 우리 동시가 언제부터인가 잃어버린 진정한 의미의 '말놀이'를 새롭게 회복한 시인처럼 여겨진다.

위기철은 이른바 우리 입말문학이 지니고 있던 전통(옛이야기의 재미, 구전동요 리듬, 해학적인 요소 따위)에 기대어 아이들로 하여금 시가 재미있는 말놀이가 될 수 있음을 일깨워준다. 그런데 이런 미덕을 갖춘 이면에 위기철의 동시는 한계 또한 가지고 있다. 이 시집 뒤에 실어놓은 「부모님께」라는 글을 읽다 보면 시인이 이 시를 쓰게 된 까닭이 어른의 '잔소리(가르침)'를 아이들에게 부드럽게 들려주기 위해 만든 이야기시임을 밝히고 있다. 그러나 기왕 유쾌한 상상력을 발휘한 터라면 아이들이 자신의 처지에서 털어놓는 말이었으면 더 좋지 않았을까 하는 생각이 든다.

악어야, 악어야,
신발 속에 사는 악어야.
세상에서 가장 맛있는 음식은 더러운 발.
발을 씻지 않은 아이가 신발을 신으면,
발을 꽉 깨물어 먹어라.

—「신발 속에 사는 악어」 부분

이 시 역시 유쾌하고 발랄한 상상력에 기대어 한껏 재미를 주고 있기는 하지만, 이것을 동심이 자신의 처지를 노래한 시라고 보기는 어렵다. 이것은 말 그대로 어른의 처지에서 아이들을 감화시키기 위해 쓴 시이지, 동심의 처지에서 씌어진 시는 아니기 때문이다. 이 시는 교훈성을 부드럽게 감싸는 데 필요한 상상력과 재미를 획득하였지만, 억압구조와 대응하는 동심의 유쾌하고 발랄한 상상력을 발휘한 데까지는 이르지 못하고 있는 것이 아닌가 여겨진다. 시인이 재발견한 구전동요의 리듬과 말법에다 동심의 처지에서 자신의 현실을 극복하기 위한 내용이 포함되었더라면 그의 시는 더욱 중요한 의미를 띠었을 것이라는 생각이다.

아이들 일상에 대한 발견—권오삼의 시집 두 권

동시집이 쉽게 나오지 않는 현상에 비추어볼 때, 권오삼은 말 그대로 행복한 시인이라 할 수 있다. 거의 같은 시기에 두 권의 시집을 연달아 내었으니 말이다. 이것은 시인과 더불어 기뻐할 일에 틀림이 없지만, 다른 한편으로 나에게 더욱 반가운 것은 그 동시집 속에 들어 있는 여러 시들이 '지금 여기' 아이들의 말을 정직하게 받아 적고 있다는 점이다.

문방구 앞에서
정신없이
전자오락 하는데

잠지는
오줌 마렵다고
찔끔

방귀는
갑갑하다고
뿡뿡

뱃속에선
배고프다고
꼬르륵

—「조금만 참아!」 부분(『고양이가 내 뱃속에서』)

와! 이제야
숙제 다 했네
일기 다 썼네
이제 편안히
꿈나라로 갈 시간

오늘도 내 곁에서
힘들게 굴던
+−×÷ 수학책
a b c d 영어책,

컴퓨터 게임 좀 그만 해라

공부 좀 해라 하시던
아빠 엄마 말씀,
이젠 안녕!

더 이상 날 따라오지 마세요
꿈나라에서만은 싫어요
아셨죠!
그럼, 안녕!

—「이 곳만은 안 돼요」 전문(『도토리나무가 부르는 슬픈 노래』)

앞의 시 「조금만 참아」는 학교 앞 문방구에서 흔히 마주칠 수 있는 요즘 아이의 모습을 잘 붙잡고 있다. 「이 곳만은 안 돼요」 또한 공부에 시달리는 요즘 아이들의 호소를 적절한 화자의 목소리로 그려내고 있다. 깨어 있는 시간, 무엇 하나 제 마음대로 하는 일이 없이 어른들이 짜놓은 시간표에 쫓겨다녀야 하는 아이에게 오직 자유로운 시간은 잠이 들 때뿐이다. 그러나 그 자유의 시간조차 누군가 쫓아와 훼방을 놓을 것 같기에 이 아이는 "이 곳만은 안 돼요!" 하고 절규에 가까운 목소리를 토해놓는다. 이런 절규는 그러나 생각보다 가벼운 말투에 실려 경쾌하게 읽힌다. 이것은 시인이 답답한 마음을 툭 털어버리고 싶은 아이의 심정을 아이다운 말법에 충실히 실어내려 한 때문일 것이다. 권오삼이 새로운 시집에서 보여주는 미덕은 바로 이런, '지금 여기' 아이들의 일상과 바람을 아이들 눈높이에서 정직하게 그려내려 한다는 점에 있다.

얼마 전에 나온 『물도 꿈을 꾼다』(지식산업사 1998)에서 시인은 도시 사람들이 겪는 일상을 주로 어른의 시각에서 날카롭게 비판한 바 있다. 주지하다시피 그곳에는 소소한 아이들의 삶보다 조금 넓은 범위, 이를테면 문명비판이나 생태적인 문제에 촛점을 맞춘 시들이 많았다. 그래서 어찌 보면 어린 독자들에게 조금 무거운 감을 주지 않았나 싶다. 그러나 이번에 새로 나온 두 권의 시집에서는 오히려 그런 큰 주제보다 작고 소소한 일상과 풍경들에 대한 따스한 관심과 성찰이 돋보인다.

넷째 시간에
갑자기 뱃속에서
이옹— 하더니
꼬르륵— 하고
소리가 났다

고양이가 내 뱃속에서
급식 먹을 때 되었으니
어서어서
급식 먹자 하는 것 같았다

—「고양이가 내 뱃속에서」 부분(『고양이가 내 뱃속에서』)

그러나 이 두 시집이 갖는 아쉬움이 아주 없는 것은 아니다. 우선 지적할 점은 앞에서 살펴본 권오삼의 이런 미덕이 두 시집 전체를 지배하는 힘으로까지 작용하지는 못한다는 점이다. 시집 전체의 분위기는 전체적으로 아이들 눈높이로 내려온 느낌이나 더러는 어른 본위의 안이한 발상에 기댄 작품들이 엿보이고, 아이들의 구체적인 일상에서 자연스레 터져나온 시들이 시집 전체 경향에 비추어 아직은 부족하지 않은가 생각이 든다.

장맛비 그치니
햇볕 쨍쨍

너무 반가워
버섯 식구들도
나들이 나왔나?

흰색 바탕에
갈색 무늬 박힌
커다란 양산
머리 위에
활짝
펼쳐 쓰고

보란 듯
잔디밭에
오똑 서 있는
버섯 식구
다섯.

—「버섯 식구들」 전문(『고양이가 내 뱃속에서』)

단정한 묘사로 장마가 끝난 뒤 돋아난 버섯들을 그려낸 이 시는 그러나 우리에게 새롭고 참신한 느낌은 주지 않는다. 서경(敍景)동시의 한 갈래라 할 수 있는 이런 동시들은 우리에게 새로운 것이라기보다 이미 낯익은 것이기 때문이다. 모쪼록 시인은 아이들의 구체적인 삶과 말로 더 깊이 내려가 그들의 답답한 마음을 더 많이 열어

주어야 할 것이다.

진정성의 힘 — 김은영의 『김치를 싫어하는 아이들아』

위에서 살펴본 시집들이 도시 아이들의 삶을 겨냥하고 있는 시라면 지금부터 살펴보려는 김은영의 시집 『김치를 싫어하는 아이들아』는 농촌 아이들의 삶에 초점을 맞추고 있는 시다. 주지하다시피 김은영은 우리 동시의 올곧은 계보를 잇는, 농촌 아이들의 삶과 정서를 리얼리즘 기법으로 꾸준히 그려온 시인이다. 우리는 그의 첫 시집 『빼앗긴 이름 한 글자』(창작과비평사 1994)에서 이미 그런 노력을 오롯이 체험한 바 있다.

농촌 정서에서 멀리 떠나 있는 아이들에게 김은영의 첫 시집이 어떤 울림을 주었다면 그것은 아무래도 그가 농촌의 삶을 성실하게 관찰하고 구체적으로 체험한 때문으로 보아야 옳을 것이다. 또한 그런 체험과 관찰을 쉽고 또렷한 말법으로 제시한 때문일 것이다. 그는 농촌을 겉 스치는 감상으로 바라보거나 안이한 관념으로 그리지 않았다. 그래서 그의 시에는 부질없는 말가꾸기 흔적이나 어른 본위의 가르침이 잘 나타나지 않았다. 새 시집 『김치를 싫어하는 아이들아』에서도 역시 그런 진솔한 목소리는 여전하다.

요즘 소들은
밭두둑 풀조차
마음껏 뜯어 먹지 못한다

풀을 먹으면

고기에서 풀 비린내가 난다고
싱그러운 풀 한입 못 뜯어 먹고

유전자를 조작한 곡식에다
항생제를 듬뿍 섞어 만든
비싼 수입 사료를 먹고 산다

하루 종일 외양간에 갇혀서
덕지덕지 똥딱지를 붙인 채
축축한 똥을 밟고 서 있는 소

이제 여물 줬냐고 묻지 않고
소 밥 줬냐고 말하지 않고
사료 주었냐고 묻는다.

—「풀을 못 먹는 소」 전문

이 소박한 시 한 편 속에는 '지금 여기' 농촌의 모습이 아주 정직하게 드러나 있다. 이 시는 농촌에 아직도 소를 식구처럼 여기는 따스한 인정 같은 것이 남아 있다거나 해방기의 동요시인 권태응의 동요에 나오는, 저 아름답고 넉넉한 자연이 남아 있다고 노래하지 않는다. 오히려 오늘날 망가질 대로 망가진 농촌의 모습을 있는 그대로 보여줄 뿐이다. 사람들은 집짐승을 '돈'으로 생각하고 키우는 것처럼, 모든 벌레와 풀들을 약으로 말려죽이면서 자신들이 먹을 곡식만 살려낸다.

들꽃 한 송이 없는

논두렁 밭두둑
사람들만 오고 가네
사람들이 먹고사는
곡식들만 살아 남았네.

—「농약」 부분

이렇게 살아가는 농촌 사람들 삶의 속내는 또 어떤가? 남자어른들은 농촌에서 살기 위해 몸부림을 치지만 여전히 술에 의지하지 않으면 안되거나 늙도록 장가를 가지 못하며, 노인들은 집을 나가버린 자식들을 대신해 어린 손자를 떠맡거나 명절날조차 찾아오지 않는 자식들을 우두커니 기다리고 있을 뿐이다.

농촌의 삶을 미화하지 않고 정직하게 바라보는 시인의 태도는 쓸쓸한 농촌 현실을 나 몰라라 하며 제 욕심을 채우기에 바쁜 도시 사람들을 날카롭게 꼬집는 데서도 또렷하게 드러난다. 시인은 봄비 소식에 겨우 알을 까러 나온 개구리를 잡아가느라 여념이 없거나(「첫 봄비 내리던 날」), 혼자 다래를 따 먹으려고 톱으로 나무 밑동을 통째로 베어버리는 사람들(「다래 따러 갔다가」), 헤아릴 수 없을 만큼 많은 목숨들이 모여 사는 숲을 포클레인 삽날로 간단히 허물기까지 하는 세상을(「숲 하나」) 때로는 분노로, 때로는 탄식으로 고발하고 있다.

그러나 이 시집 전체를 관통하는 것은 아무래도 이런 분노나 탄식의 목소리만은 아니다. 오히려 핵심이 되는 것은 그런 어지러운 세상의 틈바구니에서도 어떻게든 피어나는 다음과 같은 아이들의 모습이라 할 수 있다.

아버지가 어디 계신 줄 몰라도
어머니가 언제 오실 줄 몰라도

자전거 쌩쌩 내달리면
방실이 웃음소리 온 동네에 피네

—「방실이 방지현」 부분

이 시 속에 나오는 방실이는 부모 없이 할아버지 손에 자라지만 공부시간에도 쉬는 시간에도 쉴새없이 재잘거릴 만큼 쾌활한 아이다. 이 시는 할아버지 자전거를 탄 방실이가 "엉덩이가 씰룩쌜룩" 기어이 언덕을 올라갔다가 "두 발을 나란히 펴고" 내리막길을 내달리는 모습을 노래하고 있다. 방실이의 쓸쓸한 처지를 생각할 때 언덕길을 올랐다가 내리막길을 시원하게 내달린다는 진술이 왠지 예사롭게만 읽히지 않거니와, 시인은 방실이의 '웃음소리가 온 동네에 피어난다'고 말함으로써 힘겨운 농촌 삶을 지탱하는 힘이 결국 어디에 연유하는지를 잘 보여준다.

방문을 열면
닭들이 나란히 서서
나를 지켜본다

울타리로 다가가면
쪼루루루 몰려나와서
고개를 갸웃거려

혹시
모이 줄까 하고

그런데

모이 안 주고
달걀만 꺼내올 때
닭들에게 미안해.

—「닭들에게 미안해」 전문

앞서 살펴본 '사료 먹이는 소' 이야기와 다르게 이 시 속에는 집짐승을 바라보는 동심의 시선이 아주 따스하게 그려져 있다. 이런 시에서 드러나는 아름다운 동심의 모습 역시 병들어가는 농촌을 감싸 안을 귀한 힘이 되어줄 것은 물론이다.

지금까지 살펴본 대로 김은영의 시는 첫 시집 『빼앗긴 이름 한 글자』가 보여준 진정성을 그대로 이으면서 다른 한편으로 90년대 중반과는 그 양상이 달라진 지금의 농촌 현실을 때론 슬픔과 분노의 어조로, 때론 작은 기대와 희망의 목소리로 그리고 있다. 그런데 한가지 첫 시집에 견주어 아쉬운 점은 그의 미덕이라 할 수 있는 '지혜의 말'이 이 시집에서는 잘 드러나지 않는다는 것이다. 첫 시집에서도 힘들고 어려운 농촌 현실과 도시의 식민지로 전락해가는 소외된 농촌의 모습이 그려진 바 있지만, 그 이면에는 반드시 그런 현실을 넉넉히 견디어내는 시적 화자의 올곧은 목소리가 들어 있었다. 자연을 파괴하는 문명에 대한 예리한 꾸짖음과 아울러 소외되고 피폐되어가는 농촌이 사실은 귀한 면모를 지니고 있는 곳이라는 올곧은 깨우침이 첫 시집 속에는 일관되게 드러나 있었던 것이다. 그러한 깨우침은 할머니의 오래된 삶의 경험에 우러나온 지혜의 말로, 일하는 부모를 둔 동심이나 그런 동심과 살아가는 시인의 조곤조곤한 육성으로 자연스럽게 제시된 바 있다. 그러나 첫 시집과 견주어서 생각할 때 이번 시집에는 그러한 기조가 조금은 후퇴하지 않았는가 생각한다. 이를테면 고단한 농촌 현실을 그저 물끄러미 바라보는 관찰자의 시선이 너무 자주 드러나고, 어두운 현실을 현상 자체로 그리고 마는 한계를 보이고 있다는 생각이 든다.

시인은 책머리에서 자신은 "아이들의 삶을 받아쓰려 했다"고 적고 있다. 그러나 시집에 실려 있는 작품들 대부분이 정말 그러한지는 곰곰이 생각해볼 문제다. 내가 보기에 그것은 아이들의 삶을 그냥 받아 적은 것이 아니라 어른의 처지에서 어느정도 거리를 두고 그린 것처럼 여겨지기 때문이다. 이런 모습은 시인이 오히려 첫 시집에서보다 한걸음 물러섰거나 주춤거리고 있는 듯한 인상을 준다. 시인은 모쪼록 방실이의 모습을 보고 그리는 시에 만족할 것이 아니라 방실이가 토해놓는 말을 더욱 열심히 받아적어야 하리라는 생각이다. 나는 그것이 시인과 어린 독자들 사이를 더욱 좁히는 길이라고 본다.

글을 마치며

지난해(2001년) 겨울 어린이문학협의회 연수 자리에 나는 『어린이문학』의 '이 달의 동시'란에 실린 작품들에 대해 어쭙잖은 생각을 말하러 나간 적이 있다. 그때 예기치 않았던 한 시인의 질문을 받고 당황했던 기억이 생생하다. 다름아닌 김은영 시인이었는데, 그는 우리 동시가 나아가야 할 방향에 대해 내가 생각하는 바를 알고 싶어 했다. 그는 우리 동시의 경향이 리얼리즘과 모더니즘 경향으로 크게 구분된다고 전제할 때, 요즘 아이들의 생리에 맞는 동시는 과연 어느 쪽이겠는가를 물었다. 동시가 무언지도 모르는 사람에게 동시가 나아갈 방향을 말하라니 눈앞이 캄캄해지는 것을 느끼면서도 어눌하게 대답 한마디를 안 하고 넘어갈 수 없었는데, 그때 내 답은 이랬다.

“우리 동시의 경향을 굳이 리얼리즘 경향과 모더니즘 경향으로 구분해서 어느 쪽이 바른 길인가를 찾는 것은 바람직하지 않다고 본다. 나는 오히려 두 경향이 행복한 결합을 이루기를 바란다. 리얼리즘이 추구하는 시정신으로 아이들의 현실을 노래하면서도 다른 한편으로 노래를 놀이처럼 향유하고자 하는 아이들의 본성에 부합하는 시를 찾는 것이 무엇보다 중요하다. 그런 본보기를 나는 우리 구전동요에서 본다. 구전동요에는 그런 두 요소가 모두 들어 있다.”

지금까지 이 생각은 변함이 없다. 앞 다섯 권의 시집을 살피는 데 쓰고자 했던 나의 잣대는 결국 우리 구전동요가 지니고 있는 그 두 요소였음은 물론이다.

달도 밝고 심심하기에
꼬만이네 집이를 갔더니
꼬만이 삼모녀 앉아서
김치짠지를 먹으면서
나 한 쪼가리 안 주더라
우리 집에 왔다 봐라
양대고물 지장찰떡
아나 콩새 맛봐라

—「아나 콩새」 전문, 충청북도 구전동요[1]

아이들이 스스로 자신의 노래를 지어 부르던 시대에 나온 이 구전동요엔 아이들의 삶이 반영되어 있다. 먹는 것이 넉넉하지 않았던 시절에 모처럼 옆집에 놀러 간 시적 화자는 그 집 세 모녀가 김치짠

---

1) 김소운 편 『언문 조선구전민요집』(동경 제일서방 1933)의 영인본, 김선풍 편 『한국민요자료총서』 4(계명문화사 1991)에서 재인용.

지를 자기들끼리 먹으면서 한번 먹어보란 소리를 하지 않아 골이 난다. 김치짠지란 예나 지금이나 대단한 먹을거리가 아님에 분명하지만 아마 시적 화자는 무척이나 먹고 싶었던 모양이다. 이 구전동요에는 김치 한 쪼가리를 얻어먹지 못한 시적 화자의 분하고 섭섭한 마음이 참 잘 나타나 있다. "우리 집에 왔단 봐라/양대고물 지장찰떡/아나 콩새 맛봐라" 하고 큰소리를 치지만, 김치짠지조차 마음껏 먹지 못하는 처지에 찰떡이 다 어디서 나오겠는가? 그래도 그런 허풍을 떨어보는 것은 분하고 섭섭한 마음을 해소해보려는 아이들다운 안간힘이다. 자신이 발딛고 있는 현실에 뿌리를 두었으면서도 그 현실에 작은 숨구멍을 뚫어보려고 애쓰는 모습, 그것이 이 구전동요가 지니는 참맛이라면 참맛이 아니겠는가.

이를테면 아이들에게 주어야 할 시란 이런 구전동요 같은 모습을 한 시다. 아이들은 시인에게 자신이 발딛고 있는 현실을 좀 속 시원히 노래해주길 바란다. 또한 그 노래를 놀이처럼 자연스레 즐기며 현실에서의 억울한 일을 시원스레 해소할 수 있기를 바란다. 과연 우리 시인들은 이런 아이들의 바람을 충족시키기 위해 얼마나 노력했던 것일까. 앞에서 여섯 권의 시집을 살펴보며 새삼 느끼는 것은 시인이 아이의 간절한 바람을 헤아리지 못할 때 결코 그들과 교감하는 자리에는 놓일 수 없다는 사실이다. 이것을 나는 앞에서 소통의 문제라고 이름한 바 있거니와, '막히지 않고서 통함'이라는 뜻을 지닌 소통은 무릇 한쪽이 다른 한쪽에게 일방적으로 다가가거나 그를 이끈다고 해서 이루어지는 것은 아니다. 그것은 생각하는 바가 서로 통하는, 쌍방의 자연스러운 교감이 없고서는 절대 이루어질 수 없는 것이다. 우리 동시가 아이들에게 크게 환영받지 못하는 것은 무엇보다 이런 소통에 대한 고민이 철저하게 이루어지지 못한 까닭이 크다. 동시를 쓰는 시인은 이제 그만 자족과 자기위안이라는 그물에서 뛰쳐나와 생생하게 살아있는 아이들의 품으로 달려가야 할 것이다. 그래서 아이들의 삶과 말(노래)에 더욱 귀 기울여야 할 것이다. 이것만이 동시에 무관심한 아이들을 동시로 이끄는 유일한 길이라 나는 본다.

- 삶을 버거워하는 어른, 그 어른을 껴안는 동심
- 농촌을 기리는 문학
- 온달은 박제된 영웅인가, 살아있는 동심인가
- 아동문학과 파시즘
- 소설가가 쓴 동화 한 편
- 울타리를 허무는 동심의 문학
- 동심 · 현실 · 꿈
- 아동문학을 바라보는 새로운 관점

삶을 버거워하는 어른, 그 어른을 껴안는 동심

현덕 「나비를 잡는 아버지」에 대하여

이딸리아 영화 「자전거 도둑」

나는 영화에 대해 참 무지한 편이다. 알고 있는 것이 없고, 자주 볼 기회도 가지지 않는 편이다. 그런데 현덕(玄德, 1909~?)의 동화 「나비를 잡는 아버지」를 이야기하기 위해서 꼭 말하고 싶은 영화 하나가 있다. 「자전거 도둑」(Ladri di Biciclette)이라는 이딸리아 영화다.

영화에 대해 웬만큼 아는 분이라면 한두 번쯤은 다 보았으리라. 나는 이 좋은 영화를 얼마 전에야 비디오를 통해 처음 보았다. 이 영화가 나온 것이 1948년이니 지금으로부터 50여년 전에 나온 아주 오래된 영화이다. 오래된 영화라서 그런지 흑백영화에다 화질도 썩 좋지 않은 편이었고, 대사 또한 명확하게 들리지 않았다(물론 나는 자막

처리된 대사를 보며 스토리를 이해했지만, 꼭 말을 알아듣지 못하더라도 또렷한 음질과 그렇지 못한 음질은 영화를 보는 분위기를 많이 살리거나 죽이거나 한다). 그렇지만 나는 이 영화를 참 재미있게 보았다. 나중에야 어떤 책을 통해 알게 된 사실이지만, 세계영화사상 10대 걸작에 들 만큼 뛰어난 작품이라 한다. 덧붙여 네오리얼리즘(neo-realism) 영화의 가장 대표적인 작품이라는 말도 들었다.

영화는 제2차 세계대전이 끝난 뒤의 이딸리아 로마를 배경으로 한다. 영화의 주인공은 일자리를 찾아 떠도는 가난한 가장이다. 혹 이 영화를 못 보신 분들이 계시다면 이렇게 영화의 배경과 주인공만 이야기해도 이 영화의 주된 색조가 밝은지 어두운지를 금방 눈치 챌 수 있을 것이다. '제2차 세계대전 뒤라면 이딸리아는 패전국 위치에 있지 않았나? 더구나 일자리를 찾아다니는 가장이라니…… 그가 벌이고 다니는 사건이 밑바닥의 힘겨운 삶 보여주기에서 크게 벗어나지 않겠구나' 하는 생각을 누구나 쉽게 할 수 있을 것이다. 물론 영화는 처음부터 끝까지 화려하고 밝은 색조를 띠지는 않는다. 화면이 흑백인 것만큼이나 내용도 어둡고 음울하다. 그러나 영화 한 편을 다 보고 난 다음 나는 어둡고 음울한 느낌보다 오히려 가슴 한켠이 참으로 따뜻해져오는 것을 느꼈다. 왜 이런 느낌을 받았을까? 이것을 말하기 전에 간단하게 영화의 줄거리부터 더듬어보도록 하자.

제2차 세계대전이 끝나고 폐허가 된 로마에서 오랫동안 직업 없이 떠돌던 안또니오 리치는 어느날 일자리를 구하게 된다. 포스터를 붙이는 일이다. 그 일에는 자전거가 필요하다. 안또니오는 아내 마리아를 설득해 집에 있는 헌 침대보를 전당포에 맡기고 자전거 하나를 가까스로 구한다.

그런데 안또니오가 첫 출근을 해서 어느 큰길가 벽에 포스터를 막 붙이고 있을 때다. 옆에 세워두었던 자전거를 누가 훔쳐 타고 달아

난다. 안또니오는 있는 힘을 다해 쫓아가보지만 결국 그 도둑을 놓치고 만다. 경찰에 신고해도 경찰은 하찮은 일이라는 듯 반응이 없다. 허탈해진 안또니오는 자전거포를 뒤지다 한 젊은이가 자기 자전거를 타고 달리는 것을 본다. 쫓아가보았지만 또 놓치고 만다. 그러나 우여곡절 끝에 안또니오는 그 젊은이의 집을 찾는다. 그러나 빈민가의 그 집을 보고 절망에 빠진다. 더구나 젊은이는 간질을 일으키며 길가에 쓰러진다. 경찰이 오지만 증거도 없다. 안또니오는 비싯비싯 그 자리를 물러나오고 만다. 그런 안또니오의 우유부단한 태도에 실망한 어린 아들이 그와 다투다 없어진다. 안또니오는 어린아이가 강에 빠졌다는 소리를 듣고 아들을 찾아나선다. 다행히 아들은 축구장 계단 위에 모습을 나타낸다.

경기장에서는 축구시합이 한창이다. 밖에는 자전거들이 즐비하다. 안또니오는 아들에게 먼저 집에 가 있으라고 하고는 자전거 한 대를 훔쳐 달아나다 주인에게 붙잡힌다. 경찰이 온다. 그는 자전거 주인의 선처로 풀려난다. 안또니오는 석양의 거리를 허탈한 모습으로 걸어가고 아들이 그 뒤를 따른다. 아들은 그렇게 뒤를 따르다 아버지 손을 슬며시 잡는다.

이상이 영화 「자전거 도둑」의 줄거리다. 줄거리에서 짐작할 수 있듯이 안또니오에게 자전거는 단순한 교통수단이 아니라 일종의 생계 밑천 같은 것이었다. 로마시내를 돌며 많은 양의 포스터를 붙이는 일을 하기 위해서는 꼭 필요한 자전거다. 그런데 안또니오는 일을 시작한 첫날 눈앞에서 그만 그 밑천을 도둑맞고 만다. 안또니오에게는 식구들 목숨줄이 통째로 날아가버린 것 같은, 눈앞이 캄캄해진 사건이었을 것이다. 안또니오는 어린 아들과 함께 집요하리만치 자전거를 찾기 위해 돌아다닌다. 그러나 결국 자전거를 다시 찾지는 못한다. 안또니오가 자전거를 다시 찾을 수 없게 되었다는 것은 그가 가까스로 얻은 일자리를 잃게 되었다는 말과 같은 뜻이 된다. 오랫동안 일자리 없이 떠돌던 안또니오에게 절망적인 일이 아닐 수 없다. 결국 안또니오는 어린 아들을 먼저 집으로 돌려보내고 남의 자전거를 하나 훔치기로 한다. 그러나 그 일은 이내 실패로 돌아가고 안또니오는 아들 앞에서 도둑질하다 잡히는 흉한 꼴을 다 보이게 된다. 도둑질을 해서라도 식구들의 생계를 이어보려고 안간힘을 썼던 안또니오는 어린 아들에게 못 볼 꼴만 보이고 결국 절망적인 기분으로 집으로 돌아가야 했다. 그런 안또니오 곁에 아들이 따른다. 도둑질을 하다 들킨 아버지를 아무 말없이 따라가는 아들, 이 순간 아들의 심정은 과연 어떠할까? 영화의 맨 마지막은 그런 아들의 심정을 그리는 장면으로 끝이 난다. 아들은 그저 아무 말없이 아버지 손을 잡을 뿐이다.

이 영화가 내게 감동을 준 대목은 주인공 안또니오의 눈물겨운 자전거 찾으러 다니기 여정이기보다 그 여정의 끝마무리에 있는, 아들이 아버지 손을 말없이 잡는 바로 그 장면이지 않을까 한다. 안또니오의 어린 아들 브루노는 한창 학교에 다닐 나이에 돈을 벌기 위해 주유소에서 심부름을 하는 아이이다. 그러나 그런 아이치고는 지나치게 영악하지도, 애늙은이처럼 굴지도 않는다. 그저 평범한 제 또래의 아이 모습이다. 이런 아이의 모습은 제 힘으로 가계를 도우려고 밝은 얼굴로 일터에 나가는 모습으로, 또한 하루 종일 아버지를 쫓아다니며 자전거를 찾아보려는 우직한 모습으로, 아버지가 사주는 한 그릇의 수프를 후루룩대며 맛나게 비우는 모습으로 자연스럽게 다가온다. 그러나 무엇보다 이 브루노라는 아이가 생동감있게 우리 가슴속으로 다가오는 이유는 바로 삶을 힘겨워하는 아버지를 아무 말 없이 끌어안는 마지막 장면 때문이다.

누구는 이 영화를 프롤레타리아 영화라고 부른다. 어떤 이는 이 영화를 두고 자전거를 도둑맞은 노동자가 결국 자전거 도둑이 되는 전후 로마의 역설적인 비극을 그리고 있는 영화라고 한다. 물론 이 영화가 당대 이딸리아의 궁핍한 현실을 일깨우는 영화인 것은 맞다. 그러나 이것뿐일까? 이 영화가 우리에게 주는 감동이 있다면 그것은 비극적인 현실을 일깨우는 이야기를 넘어선 어떤 것—삶을 버거워하는 한 어른을 감싸려는 동심의 아름답고도 따뜻한 마음씨—에 있는 것은 아닐는지. 안또니오가 겪는 참담한 삶은 바로 아들 브루노의 동심에 의해 위로받고 다시 힘을 얻게 될 것이다. 이런 힘이야말로 이 영화가 우리에게 주는 감동의 원천이 아닐까.

영화「자전거 도둑」과 견주어본 김소진 소설「자전거 도둑」

김소진은 얼마 전 세상을 떠난 젊은 소설가다. 나는 그가 쓴 소설을 깊이있게 읽어보지 못했다. 그러나 그가 쓴 『자전거 도둑』(강 1996)이란 소설집만큼은 읽어보았다. 물론 이 작품집을 읽게 된 것은 영화 「자전거 도둑」을 보고 난 다음의 일이다. 어디서 들은 바로는 김소진 소설 「자전거 도둑」이 바로 영화 「자전거 도둑」을 모티프로 해서 쓴 작품이라고 했다. 소설집을 펼치니 아닌게아니라 「자전거 도둑」 앞부분에 한 쪽 분량 정도의 영화 「자전거 도둑」 줄거리가 나온다. 작가는 아주 요령있게 줄거리를 소개하고는 그 뒤에 이런 말을 덧붙이고 있다.

> 이 영화를 볼 때마다 난 무엇보다 외로움을 느꼈다. 아들이 지켜보는 앞에서 아버지의 권위를 깡그리 무시당한 안또니오의 무너진 등이 견딜 수 없어 콧등이 시큰해졌고, 그보다는 무너져내리는 아버지의 뒷모습을

목격해야 하는, 그럼으로써 평생 씻을 수 없는 내면의 상처를 끌어안고 살아갈 어린 아들 브루노 때문에 혀를 깨물어야 했다.

왜? 왜냐고? 그건…… 빌어먹을, 내가 바로 또다른 브루노였으니깐…… (107면)

이 소설에 나오는 주인공 '나'는 지금 어른이다. 그러나 어린시절 무능했던 아버지에 대한 연민과 미움을 아직도 삭이지 못하고 내면의 상처로 간직하고 살아가는 인물이다. 위의 말에 따르자면 주인공은 영화 「자전거 도둑」에 나오는 도둑질하다 들킨 안또니오가 아버지의 권위를 깡그리 무시당했다고 말하고 있다. 아들 브루노 또한 그런 아버지의 뒷모습을 평생 씻을 수 없는 내면의 상처로 간직하는 아이로 표현하고 있다. 이것은 앞서 내가 그 영화를 보고 느낀 것과 도무지 맞지 않는 말이다. 아버지가 삶의 밑바닥에 놓여 허우적거리는 모습을 아이의 동심이 다가가 껴안으려는 대목에서 나는 감동을 느꼈다 했으니 말이다. 정말 위에 인용한 대로 브루노는 커서 어른이 되어 그때 그 모습을 평생 씻을 수 없는 내면의 상처로 안고 살아갔을까. 가만히 생각해보면 그럴 법도 하다는 생각이 든다.

소설을 좀더 읽어나가다 보면 위의 말이 어떻게 해서 나왔는지가 다시 드러난다. 소설의 주인공은 영화 「자전거 도둑」을 다만 한 편의 영화로 본 것이 아니라 자기가 어린시절에 겪었던 어떤 뼈저린 사건과 연결지어 자신을 브루노와 동일시해본 것이다. 그 사건이란 다음과 같다.

'나'가 어렸을 때 일이다. 중풍 후유증을 앓고 있던 나의 아버지는 한 평도 안 되는 구멍가게를 열고 있었다. 그 구멍가게는 아버지의 유일한 수입원이자 생존 이유였다. 어느날 나는 아버지와 함께 혹부리영감이 운영하는 수도상회로 물건을 떼러 간다. 그곳에서 소주를 떼어 왔는데 세어보니 스무 병이어야 할 소주가 두 병이 모자랐다. 스무 병을 다 팔아야 소주 두 병 값이 떨어지는데 열여덟 병만 가져 왔으니 결국 본전치기에 그칠 뿐이다. 아버지와 나는 수도상회에 찾아가 미처 가져오지 못한 소주 두 병을 받아오려 한다. 그러나 혹부리영감은 그런 일이 없다고 잡아떼며 그렇게 우기려면 아예 거래를 끊자고 협박한다. 거래를 끊으면 당장 물건을 떼어 올 수 없는 아버지는 결국 빈손으로 돌아와 나머지 열여덟 병의 소주를 넋 나간 사람처럼 쓰다듬다 눈물을 보이고 만다. 그런 일이 있은 지 닷새 뒤쯤이다. 아버지와 나는 다시 그 가게로 물건을 떼러 갔다. 이것저것 우리 가게로 가져갈 물건을 계산하고 정부미 자루에 넣고 하는 과정에서 아버지는 소주 두 병을 혹부리영감 몰래 슬쩍 자루에 담는다. 눈치 빠른 나는 분명 그것을 보았다. 그런데 그런 낌새를 자기도 벌써 눈치채고 있었다는 듯 혹부리영감은 자루 속에 계산이 안 된 소주 두 병이 들어간 것을 밝혀내고 해명을 요구한다. 어린 아들인 내가 무슨 구세주라도 돼주었으면 하고 바라보는 아버지의 눈길을 의식하고 나는 짐짓 내가 그랬노라고 거짓말을 해버린다. 집요한 혹부리영감은 그런 거짓 실토에 만족하지 않고, 아버지더러 도둑질한 아이를 호되게 가르치는 꼴을 자기 앞에서 한번 보여달라고 요구한다. 아버지는 혹부리영감에게 굽실거리며 몇차례 내 뺨을 올려붙인다. 내 뺨은 무섭게 부풀어올랐지만 나는 아픔을 거의 느끼지 못했다. 그때 나는 거기서 아버지의 눈 속에 흐르지도 못하고 괴어 있는 눈물을 보며 차라리 죽는 한이 있어도 애비라는 존재는 되지 말자고 끔찍한 다짐을 한다.

이상이 소설 속 주인공이 어린시절 겪은, 잊을 수 없는 상처가 된 사건이다.

이 소설에 나오는 '나'는 영화 속 브루노처럼 아버지의 '못 볼 꼴'

을 경험한다. 소설 속의 아버지는 단지 손해본 소주 두 병을 찾기 위해 도둑질을 했고, 그것이 발각되고 졸경을 치르고 하는 대목에서 아들이 느껴야 하는 모멸감은 영화 속 브루노에 못지않게 아주 심각한 것이었다. 결국 이런 사건을 겪고 난 나는 어떻게 하는가? 영화에서는 브루노가 울먹이며 아버지 손을 잡는 것으로 끝나는 데 반해, 소설 속 나는 아버지를 욕되게 한 혹부리영감에게 직접 원한을 갚는 단계로 발전한다. 나는 원한을 갚기 위해 하수도를 통해 혹부리 영감의 상점에 몰래 들어가 가게 안을 분탕질치고 똥까지 싸놓은 것이다. 이 사건 뒤 혹부리영감은 시름시름 앓다가 죽고 만다. 결국 나는 간접살인을 저질렀다는 죄의식을 안고 살게 된다.

가장 먼저 눈에 띄는 것은 이 작품 주인공인 '어린 나'의 행동이다. 이것이 과연 동심에 입각한 것이었는가 아니었는가를 살펴보는 것은 흥미로운데, 나는 자신과 자신의 아버지를 비참할 정도로 초라하게 만든 혹부리영감(이 인물을 우리 삶을 비참하게 만드는 이 세상이라 불러도 좋으리라)에 대해 심한 분노를 느끼며, 급기야 그 대상을 간접살인하는 단계로까지 발전한다. 그런데 삶의 고통을 해결하는 그 모습이 아주 즉자적이며 뭔가 아이답지 않고 어른스럽다. 원한이 사무친다는 말도 있기는 있지만, 아무리 봉변을 당한 일에 분이 풀리지 않는다 하더라도 장장 사오십 보는 족히 되는 하수구 밑을 통과해 혹부리영감의 가게를 분탕질칠 만한 용기를 지닌 아이가 얼마나 될 것인가. 결국 이 소설은 세계와의 갈등을 동심이 지니고 있을 만한 보편적인 힘으로 풀어 보이는 것이 아니라 지나치게 어른스러운 방식으로 해결하고 있다. 재미있는 것은 이런 방식으로 하는 문제 해결이 실은 독자에게 세상과 화해하는 온전한 길을 보여주지 않고, 세계와 화해할 수 있는 통로를 슬그머니 막고 감춘다는 것이다.

이 소설에서 우리는 영화 속에서처럼 아들 브루노가 아버지 안또니오의 손을 잡는 것 같은 따뜻한 동심의 손길을 느낄 수 없다. 결국 이 소설은 독자에게 삶은 세상에 대해 "불화하기 어려울 뿐만 아니라 화해하기도 어렵다"(서경석)는 지극히 소설다운 깨달음을 주고 있을 뿐이다. 다시 말해, 따뜻한 동심이 삶에 휘둘리는 아버지를 끌어안는 과정을 보여주기보다 아버지의 발목을 집요하게 잡고 늘어지는 그 세계와 주인공 자신이 얼마나 화해하기가 어려운가 하는 비극적인 삶의 한 단면을 드러내고 있을 뿐인 것이다.

현덕의 동화 「나비를 잡는 아버지」에서 동심의 모습

앞말이 너무 길었다. 이제 현덕의 「나비를 잡는 아버지」로 돌아가자.

교육문예창작회에서 엮은 한국 근대 동화선집 『나비를 잡는 아버지』(창작과비평사 1993)에 실리기 전까지만 해도 이 작품은 일반인들에게 거의 알려져 있지 않았다. 작품뿐만 아니라 현덕도 해방 이후에 월북한 '빨갱이 작가'로만 알려져 있거나 널리 알려져 있지 않았다.[1] 그러나 한국 근대 동화선집이 나온 1993년을 기점으로 해서 현덕의 아동문학 작품은 우리 아동문단에 아주 화려하게 복권되기 시작한다. 월북 · 재북 작가들의 작품이 새롭게 소개되고 복원되던 1980년대 후반부터 이미 성인문학 쪽에서 현덕은 제 이름에 값하는 주목을 받기 시작하였지만, 90년대 들어 그의 소년소설 · 유년동화들이 새롭게 발굴되면서 오히려 아동문학 쪽에서 높은 평가를 받게 되

1) 『한국아동문학작가론』(개문사 1995)에서 이재철은 그를 가리켜 작가적 역량을 의심할 만큼 졸렬한 주제의 처리, 흥미를 잃게 하는 천편일률적 구성을 보인다고 혹평하고 있다.

었다.[2)]

그렇다면 이 자리에서 그의 대표작이라 할 수 있는 동화 「나비를 잡는 아버지」를 통해 작가가 동심을 어떻게 해석하고 작품 속에 드러냈는지를 앞서 소개한 영화와 소설에 견주어 간단히 살펴보자.

이 작품에 나오는 주인공은 '바우'라는 소년이다. 그는 집안 형편이 어려워 소학교만 마치고 상급학교에 진학하지 못한 아이이다. 이에 견주어 '경환'이라는 아이는 바우 아버지가 소작을 부치고 있는 농토를 관할하는 마름집의 외아들이다. 경환은 바우와는 다르게 집안 형편이 좋아 서울에 있는 중학에 입학을 하였다. 이런 경환이 방학을 맞이해 집으로 내려온다. 경환은 유행가 나부랭이나 부르고 다니며 나비를 잡는 데만 열중한다. 이런 경환이 바우 눈에 곱게 보일 리 없다.

어느날 바우는 나비를 잡으러 다니는 경환과 마주친다. 바우는 경환에게 나비를 못살게 굴지 말라고 하면서 은근히 경멸하는 투로 경환을 타이른다. 이에 비위가 상했는지 경환은 한창 익기 시작하는 바우네 참외밭에 들어가 넝쿨을 함부로 질겅질겅 밟으며 나비를 잡는 시늉을 한다. 그 참외밭은 햇곡식이 나오기 전까지 바우네 집 양식이 될 소중한 밭이었다. 바우는 눈이 뒤집혀 경환에게 달려가 따지다가 결국 경환과 큰 싸움을 벌이고 만다.

경환과 싸움을 벌이고 집에 돌아온 바우, 그를 기다리고 있는 것은 오히려 아버지와 어머니의 손찌검과 꾸지람이었다. 바우의 부모

2) 이오덕은 '유년동화에서 뛰어난 고전을 남긴 작가'(「다시 살려야 할 뛰어난 유년동화의 고전」, 『삶, 사회 그리고 문학』 1996년 여름~겨울호)로, 이재복은 '카프 작가들이 요절하고 난 다음에 그 문제를 극복하여 새로운 동화를 써내는 작가'(「어린이는 어른을 지키는 파수꾼」, 『우리 동화 바로 읽기』, 한길사 1995)로, 원종찬은 '리얼리즘 문학정신을 바탕으로 동심의 세계를 탁월하게 그려낸 작가'(「아동문학과 리얼리즘」, 『아동문학과 비평정신』)로 평가한 바 있다.

는 그의 등을 밀며 "경환에게 나비를 잡아가지고 가 빌라" 하고 다조진다. 그러나 바우는 자리를 뜨지 않는다. 아무리 생각해도 자기는 누구에게든 머리를 굽힐 짓을 하지 않았기 때문이다. 결국 이튿날까지 고집을 꺾지 않던 바우에게 아버지는 "나비를 잡아가지고 가지 않을 테면 영 집에 들어올 생각을 말라" 하고 소리친다. 바우는 아들의 체면쯤 보아줄 줄 모르고 자기네 요구만 고집하는 아버지 어머니가 무척 야속했다.

바우는 노여움을 달래려고 뒷산으로 올라가지만 '서울 같은 도회로 나가서 고학이라도 해볼까' 하는 생각만 들었다. 그때였다. 문득 맞은편 언덕 너머 메밀밭 두덩에 허연 그림자가 나비를 잡는 광경을 보게 되었다. 바우는 처음에는 그것이 경환인 줄, 다음엔 그 집 머슴인 줄 알고 비웃었다. 그러나 가까운 거리에서 메밀밭을 내려다보았을 때 바우는 놀란 입을 다물지 못했다. 경환이네 머슴으로 본 사람은 남 아닌 바로 자기 아버지였던 것이다. 바우는 그런 아버지가 무척 불쌍하고 정답게 느껴졌다. 그리고 그 아버지를 위하여서는 어떠한 어려운 일이든지 못할 것이 없을 것 같은 생각이 들어 울음을 참으며 언덕 아래 아버지를 소리쳐 불렀다.

알다시피 이 작품 처음 부분에서 주인공 바우는 그와 모든 것이 대비되는 경환과 갈등한다. 여기에서 바우와 경환의 인물형상은 손에 잡힐 듯 또렷하다. 특히 바우는 그 또래의 아이들이 가질 법한 동심의 모습을 잘 보여준다. 바우는 돈이 많이 있다거나 사회적 권력이 있다거나 하는 것에 굽실거리거나 기죽지 않는 건강하고 꿋꿋한 아이의 모습을 또렷하게 보여준다. 바우가 지닌 동심은 전혀 다른 색깔을 지닌 비뚤어진 의식의 경환과 강하게 부딪힌다. 바우와 경환의 갈등 이후 작품은 어떻게 되는가. 이번에는 바우의 동심이 삶의 원칙에 충실할 수밖에 없는 부모와 갈등하는 쪽으로 발전한다. 이

부분에서 다시 돋보이는 것은 바우의 부모가 지니고 있는 인물형상이다. 바우의 부모는 요즘 작가들의 작품 경향에서 흔히 볼 수 있는 것처럼 교훈적이거나 가식적이지 않고, 자기 삶의 원칙에 충실한 모습으로 나타난다.

이런 둘의 갈등은 결국 작품의 끝에서 어떻게 해결이 되는가. 바우의 순수한 동심이 삶에 충실한 아버지의 입장에 화해를 하러 간다. 이것은 아버지의 입장에 어린 동심이 무조건 수그리고 들어가서 이루어지는 것이 아니다. 이 화해는 아버지의 삶을 껴안으려는 바우의 넉넉한 동심이 있어 가능한 것이었다.

나는 앞서 소개한 영화, 소설, 그리고 「나비를 잡는 아버지」에서 한결같이 삶을 버거워하는 어른을 감싸안으려는 동심을 발견하게 되었거니와, 이 가운데서도 특히 눈길을 끄는 것은 「나비를 잡는 아버지」에 등장하는 바우의 동심이다. 물론 영화 속에 나오는 브루노의 동심이나 김소진 소설에 나오는 '나'의 동심은 모두 버거운 삶에 무릎 꿇은 아버지에게 나름대로 손을 내밀고 있다. 그러나 브루노는 이야기의 전면에 나서는 주인공으로서의 모습이 아니어서 그 동심을 또렷하게 제시하는 데는 한계가 있고, 김소진 소설 속의 '나'는 아이다운 순수한 동심이라기보다 지나치게 어른의 모습을 닮은 영악한 구석을 보여준다. 그러나 「나비를 잡는 아버지」의 바우는 그렇지 않다. 이 작품 속의 바우가 지닌 동심은 그야말로 우리가 아동문학에서 추구해야 할 바람직한 동심의 모습을 유감없이 드러내고 있는 것이다.

우리가 살아가는 현실도 영화 속의 안또니오나 '나비를 잡는' 바우 아버지처럼 단지 살기 위해 모멸감을 감내해야 하는 아버지가 많은 시대다. 이런 시대 우리 아동문학 작가들은 무엇을 해야 할 것인가. 혹독한 삶의 시련을 견디고 있는 아버지들 밑에서 그 아버지보다 더 큰 고통을 견디고 있는, 나아가 끝내 그 삶에 쓰러진 아버지들을 보듬고 감싸려는 동심을 책임있게 그려내야 옳지 않겠는가. 지금으로부터 반세기 전 우리 선배 작가가 남긴 이 「나비를 잡는 아버지」를 통해 진정으로 우리 작가들이 이땅의 아동문학에서 그려내야 할 동심을 다시 모색해볼 때가 아닌가 싶다.

〈『어린이문학』 1998년 11월호〉

농촌을 기리는 문학

임길택 동화에 대하여

농촌을 모르고 자라는 아이들

「감자꽃」의 시인 권태응을 우리는 흔히 농촌 정서를 그려낸 시인으로 높이 본다. 그는 누가 뭐래도 우리 아동문학사에서 농촌의 현실과 정서를 동심의 눈으로 그려낸 뛰어난 시인임에 틀림없다. 그러나 나는 가끔씩 나 자신에게 이렇게 되묻곤 한다. '만약 권태응이 젊은 나이에 요절하지 않고 지금까지 이 어지러운 시대를 우리와 함께 살고 있다면 그는 아직도 거리낌없이 농촌을 소재로 한 뛰어난 동요를 쓸 것인가.'

알다시피 그가 살던 시대는 지금보다 농촌에 사람이 많이 살던 때였다. 사람들의 삶의 뿌리는 도시보다 농촌 쪽에 더 많이 뻗어 있었고, 당시 사람들을 지배하는 정서는 어지러운 도시문명 쪽이 아니라 자연 쪽에 가까웠던 시대다. 그는 그런 시기에 농촌의 정서를 작품으로 썼다. 그 시대를 살아가는 아이들은 이런 권태응의 작품을 분명 별다른 거리감 없이 받아들였으리라 짐작된다. 그 시대를 살던 동심들은 대부분 농촌에 삶의 뿌리를 두고 그 정서 속에서 살아가던 아이들이었기 때문이다. 알다시피 권태응은 불행한 시대에 태어나 그 시대가 던지는 혹독한 운명을 온몸으로 받고 끝내 요절한 시인이다. 그렇지만 그는 적어도 자신의 작품이 당시 아이들 정서와 얼마나 가까울까 하는 걱정 따위는 하지 않았던 시인임은 분명하다.

그러나 90년대 사정은 달라졌다. 권태응의 시대에는 농촌에 사람이 많았지만 이제는 그 반대로 도시에 사람이 많이 사는 시대가 되었다. 요즘 사람들을 다스리는 정서 또한 자연에 가까운 것이라기보다는 도시문명과 더 가까운 것이 되었다. 권태응 동요에 나오는 어느 동심이 혼자 외롭게 나는 고추잠자리를 보고 "구기자 열매,/한 개만 따 먹고서/동무 찾아라."(「고추잠자리」, 『감자꽃』)고 한 적이 있거니와 이제 그런 고운 동심을 우리는 어디서 쉽게 만나볼 수가 있겠는가. 누구나 아는 것처럼 아이들은 이제 자연과 가까운 동무가 되기보다 콘크리트 숲에 갇혀 그것에 더 익숙할 수밖에 없는 처지들이 되었다. 또 그들은 이제 사람이 얼마 살지 않는 농촌의 삶에 눈을 두기보다 저를 둘러싼 도시의 일상으로 고개를 돌릴 수밖에 없는 삶을 살게 되었다.

그래서 어떤 이들은 이 시대를 살아가는 아이들에게 섣불리 농촌 정서를 이야기해봐야 그들에게 오히려 거부감을 일으키는 일이 되기 십상이라고 말하기도 한다. 그래서 어느 한편에서는 이제 아이들의 정서와 먼 농촌 이야기보다 도시에서 살아가는 아이들의 일상으로 눈을 돌리는 이야기를 써보자고 제안한다. 그것이 아이들과 아동문학 사이의 거리를 좁히는 일이라고 말이다. 그러나 과연 그렇기만

한 일일까.

나는 우선 아이들이 농촌의 정서를 모르고 또 농촌에서 살아가는 사람들의 삶이 어떤지를 잘 모르는 시대가 되면 될수록 우리 작가들은 농촌에 사람이 많이 살던 시대의 권태응보다 농촌을 어떻게 문학으로 드러낼 것인가를 몇배 더 고민해야 한다고 생각한다. 아이들이 농촌을 모르고 있다고 해서 이 시대 작가들까지 모두 그 농촌을 나 몰라라 해서야 쓸까. 오히려 우리 작가들은 도시의 화려한 삶에 견주어 자꾸만 쪼들려가는 농촌의 고통을 슬기롭게 드러내, 그 삶을 모르고 자라는 도시 아이들에게 더불어 살아야 할 우리 이웃의 삶을 더욱 또렷하게 보여주어야 할 것이다. 또 농촌이 지니고 있는 자연과 정서가 아직도 귀한 바탕을 품고 있다면 우리는 그곳으로 도시 아이들의 손을 이끌어 따뜻한 인간의 마음을 심어주어야 할 것이다.

이런 작품을 쓰려면 우리 작가들은 과연 어떻게 해야 할까. 그는 누구보다 농촌을, 농촌의 현실을 잘 알아야 할 것이다. 그저 방안에 앉아 지나간 옛일을 기억해내거나 삶에 뿌리를 두지 않은 상상으로 이야기를 꾸미려는 게으른 자세를 가지고 있어서는 안된다. (알다시피 권태응은 그의 작품에서 농촌 아이들 둘레에 지천으로 피어나는 하찮은 풀과 곤충들, 나무들을 세밀히 보고 그것을 동심의 말로 노래했다.) 권태응 못지않은 애정으로 풀 한 포기, 짐승 한 마리의 동작까지 세밀히 살피는 눈을 가지고 있지 않으면 안될 것이다. 이런 열정을 가지지 않고서는 작가는 농촌의 현실을 제대로 그릴 수 없다.

또하나 작가가 머리에 둘 것은 농촌 정서와 그 농촌 정서를 떠난 도시 아이들의 감성을 어떻게 하나로 연결할 것인가 하는 것이다. 앞서 밝힌 바와 같이 농촌 정서는 이미 이 시대를 살아가는 대부분 아이들에게 낯익은 것이라기보다 낯선 것이 되었다. 그래서 이런 어지러운 시대를 사는 작가들에게는 농촌 정서에서 멀어진 도시 아이들의 감성을 농촌 정서로 보다 가깝게 이끄는 새로운 길찾기가 요구된다. 농촌 현실을 또렷하게 드러내면서 또한 아이들을 그 속으로 가까이 이끌기 위해서 필요한 문학 장치(코드)는 과연 무엇이겠는가. 이 문제에 대해 고민을 하는 것이야말로 요즘 우리 작가들이 짊어져야 할 또다른 짐이 아닌가 한다.

임길택 동화가 지닌 미덕

이런 생각을 하다 보면 우리는 자연스레 농촌의 삶을 동화로 성실하게 그려내다 아깝게 세상을 뜬 임길택(1952~97)이라는 작가를 떠올리게 된다. 임길택은 예기치 않은 병마로 세상을 뜨기 전까지 도시 아이들에게 그들이 잘 모르는 농촌 현실을 있는 그대로 보여주기 위해 애를 쓴 작가이다. 임길택은 어느 자리에서 자신이 쓴 동화집 『우리 동네 아이들』(창작과비평사 1990)[1]에 대해 이런 말을 하고 있다.

> 보통은 『우리 동네 아이들』을 '동화책'이라 부르지만, 나는 그냥 '이야기책'이라 여긴다. '동화'라 하면 어딘지 꾸민 듯한 냄새가 나기 때문이다. 그리고 동화란 시대가 바뀌어도 쓸 수 있지만, '이야기'는 그때가 아니면 쓰기 어렵다는 생각을 하고 있는 탓이다. (『하늘 숨을 쉬는 아이들』, 종로서적 1996, 154면)

임길택은 자신이 쓴 문학을 동화라고 못박지 않고, 굳이 '이야기'라 하고 있다. 그는 동화란 "어딘지 꾸민 듯한 냄새가 나"고, "시대

---

1) 개정판 『산골 마을 아이들』, 창작과비평사 1998.

가 바뀌어도 쓸 수 있"는 것이라고 해서 '이야기'와 구분하고 있다. 그럼 그가 말하는 '동화'와 자신이 쓴 '이야기'는 구체적으로 어떻게 다른 것인가. 우리는 흔히 동화를 아이들에게 들려주는 '이야기'라고도 하지 않는가. 임길택의 말을 이어서 더 들어보자.

> 나는 내가 쓴 이야기들을 통해 아이들에게 무엇을 가르쳐보겠다는 욕심은 조금도 가지고 있지 않았다. 다만 시골에서 살아보지 못한 아이들에게 지금 우리 농촌 어른과 아이들이 무엇을 어떻게 하고 살아가는가를 보여주고 싶었다. 그래서 그곳 아이들이 조금이나마 넓은 생각을 갖기를 바랐다.
>
> 말이 되는지 모르겠지만, 나는 내가 쓴 이야기들도 하나의 역사라 여겼다. 나는 역사책에 나오는 큰 사건들도 중요하나 이에 못지않게 그 역사의 뒤안길에서 이름 없는 사람들이 가꾸어나가는 정서 또한 중요한 역사로 대접받아야 마땅하다고 여기고 있다. 그래서 이 책을 읽는 아이들이 이 책 속 아이들의 정서를 이해하고, 이 아이들을 이웃으로 받아들이며, 이 아이들과 함께 꾸릴 세상을 꿈꿔보았으면 한다. (같은 곳)

위에서 임길택은 우선 자신이 하는 '이야기'를 들어줄 독자로 도시 아이들을 지목하고 있다. 왜 그는 하필 "시골에서 살아보지 못한 아이들"을 자신의 이야기를 들어줄 대상으로 꼽았는가?

알다시피 그는 시골 초등학교에서 아이들을 가르치던 교사였다. 1974년에 목포교대를 졸업하고, 두 해가 넘게 발령을 기다리다가 76년 강원도 정선군 가장자리에 있는 삼복실 두 학급짜리 분교로 발령을 받아 처음 교사가 된 사람이다. 그는 그뒤 탄광이 있는 사북을 비롯해 순진하기만 한 이땅의 사람들이 사는 강원도, 경상도 등지의 산간마을과 농촌마을을 돌며 그곳 초등학교에서 아이들을 가르쳤다. 그는 그곳 학교에서 교과서에 나오는 죽은 지식을 배우는 데는 한없이 더딘, 그러나 '햇볕의 동무, 들녘의 동무'인 아이들을 만난다. 그리고 아이들 위에 군림하는 사람이 되기보다 그 아이들에게서 귀중한 것을 얻어 배우려는 사람이 되고자 했다. 그는 산에 오르면 금방 더덕 내를 맡을 줄 알고 들판의 씀바귀와 고들빼기를 쉽게 가려낼 줄 알며 뚜꾸와 모래무지의 어디가 어떻게 다른지를 자신보다 더 잘 아는 촌 아이들과 하나가 되기 위해 애썼다.

임길택이 이렇게 만난 아이들에게서 귀한 삶을 발견한 것은 그가 아이들 삶을 몸으로 겪으며, 그들과 '살아있는 글쓰기'를 한 까닭이 아주 크다. 임길택은 어느 글(「더불어 살기를 바라며」, 『참 삶을 가꾸는 글쓰기 교육』 1985년 7월호)에서 자신이 아이들과 글쓰기를 시작한 것은 1980년 4월이 지난 뒤부터라고 적고 있다. 1980년 4월이라면 그가 몸담고 있던 사북지역에 흔히 '사북 사태'라고 부르는 큰 사건이 났을 때다. 임길택은 그때 그곳 사북초등학교에서 글짓기를 모르는 아이들과 처음으로 글쓰기 교육을 시작했다. 아이들은 맞춤법과 띄어쓰기가 형편없는 글씨로 자신들이 '지금 살고 있는 이야기'를 꾸밈없이 글로 써낸다. 임길택은 아이들이 쓴 그런 글들을 읽고서 가슴이 미어지는 감동을 맛보게 된다.

임길택의 이런 모습은 농촌의 현실을 제대로 들여다보지 않고, 방안에 들어앉아 섣부른 상상으로 꾸미려드는 이땅의 대다수 작가들과 그를 구별하는 또렷한 경계가 된다. 임길택은 우선 자기 둘레에서 살아있는 농촌 현실을 눈으로 직접 보고 몸으로 겪는다. 그런 현실은 말할 것도 없이 머리로 관념으로 꾸미려야 꾸밀 수 없는, '그때가 아니면 쓰기 어려운 생생함'을 지니고 있었다. 임길택은 바로 그런 이야기를 꾸미지 않고, 있는 그대로 세밀하게 기록하는 것이야말로 작가가 할 일이라 보았다. 임길택의 이런 생각은 그가 들려주려는 이야기가 구체적인 사실성을 갖게 되는 밑바탕이 된다.

그의 첫 동화집 『우리 동네 아이들』에 실린 「정말 바보일까요?」에 나오는 윤재석 아저씨의 이야기는 바로 그런 꾸미지 않은 이야기의 좋은 보기다. 이 작품의 주인공 윤재석 아저씨는 작품 속에서 무슨 대단한 사건을 겪는 문제적 주인공도 아니고, 또한 작가가 짜놓은 극적인 갈등을 겪는 인물도 아니다. 그는 다만 새너울이라는 강원도 산골에서 이름없는 농사꾼으로 평범한 삶을 살아가는 인물이다. 임길택은 이 작품에서 이 평범한 농사꾼의 모습을 그저 있는 그대로 담담하게 그려 보여주고 있다. 작품에 전면으로 등장하지는 않지만 이 작품에서 이야기를 이끄는 것은 윤재석 아저씨의 삶을 세밀히 보고듣는 어떤 관찰자(작가)의 담담한 목소리다. 그는 괜한 호들갑을 떨거나 감상에 빠지거나 하지 않고 그저 윤재석 아저씨의 행동과 일상을 본 그대로 또 들은 대로 세밀히 적고 있다. 작가는 굳이 이야기를 꾸미고 있지 않지만, 우리는 관념으로 꾸민 다른 이야기에서보다 더욱 자연스레 드러나는 농촌 현실을 보게 된다. 또한 시골 농사꾼의 평범한 삶의 모습에서 자연스레 드러나는 마음씨와 귀한 정신을 읽게 된다.

이 작품에서 엿보이는 것은 역사의 뒤안길에서 이름없는 백성으로 그저 평범하게 살아가는 농촌 사람들이 사실은 속으로 얼마나 가치있고 따뜻한 삶의 이야기를 숨기고 있는가 하는 것이다. 임길택은 이런 숨겨진 이야기를 찾아내고 그것을 있는 그대로 기록하는 것이야말로 작가—그것도 아동문학 작가—의 할 일이라 보았다. 그래서 임길택이 생각하는 이야기란 작가가 머릿속으로 상상해서 꾸미는 허구가 될 수 없었다. 오로지 실제 인물을 중심으로 일어난 사실에 바탕한 이야기만이 그의 동화를 이루는 주된 소재가 되었다. 이때 그가 선택하는 인물은 대개 어려운 삶을 살아가는 가난한 농사꾼이나 그의 아이들이다. 이들은 모두 힘겨운 노동을 견디지만, 넉넉한 형편에서 살지는 못한다. 아이들이나 어른들은 모두 산업화가 빚은 농촌 소외의 그늘에서 고통을 당하고 있기 때문이다. 농촌의 현실을 있는 그대로 보고 그리려던 임길택이 이런 문제를 소홀히 넘어갔을 리 없다.

그는 「순이 삼촌」「선희의 편지」「소 몰던 밤길」 같은 작품에서 동심의 눈(동심을 지닌 아이가 관찰자)을 통해 농촌의 가난하고 고통스러운 현실을 날카롭게 드러내고 있다. 임길택은 처절한 삶을 겪는 농촌의 현실을 또렷하게 드러내면서도 한편으로 이들이 일을 천성으로 여기는 어쩔 수 없는 농사꾼이요, 끝끝내 사람다움을 잃지 않은 심성을 가진 존재들이라는 것을 또한 잊지 않고 일깨운다.

「정아의 농번기」에 나오는 정아나 「일요일」에 나오는 용석은 농촌에서 일하는 아이들의 모습을 잘 보여준다. 이 아이들은 힘겨운 노동을 견디면서도 결코 허튼 삶을 살려고 하지 않는 부모의 삶에서 귀한 깨달음을 얻는다. 특히 「일요일」에 나오는 용석은 때로 "철마다 다른 일감들이 뒤를 놓칠세라 줄줄 따라다"(93면)니는 것을 때로 지긋지긋해하기도 하며, 부모 몰래 샛길로 빠져 그 일에서 벗어나려고 꾀를 부리기도 하는 아이다. 그러나 경운기를 몰던 아버지가 사고로 병원에 실려가게 되자, 그는 새삼 일하는 아버지의 소중함을 깨닫고 그전보다 한결 성숙한 동심을 지닌 아이가 된다. 그는 누워 있는 아버지를 대신해 외양간을 치우면서도 소의 똥오줌이 더럽다는 생각을 하지 않는다.

이들이 펼쳐 보여주는 세계는 순수하고 따뜻하다. 아직 순수한 공동체로서의 농촌이 조금이나마 살아 있는 세계이고, 순수한 어린이의 마음이 살아 있는 세계이다. 아이들은 따뜻한 어른을 넉넉한 울타리로 삼고 그 속에서 참된 삶을 가꾸어가며, 또한 어른은 고되고 힘든 삶의 고통을 아름다운 아이들에게 따뜻하게 위로받는다.

임길택은 겉으로 보기에 한없이 쪼들려가는 농촌이 그 속에 끝내 사람다움을 잃지 않는 건강한 심성을 지니고 있음을 이렇게 도시 아이들에게 또렷하게 보여주었다. 임길택의 이런 미덕은 문학이 허구임을 앞세워 자신의 섣부른 상상력으로 농촌의 삶을 왜곡하는 작가들에게 분명 새삼스럽고도 올바른 길을 보여준다. 이오덕은 「무엇을 쓸 것인가」(『삶 · 문학 · 교육』, 종로서적 1987)라는 글에서 일찍이 이런 말을 한 적이 있다.

> 시고 동화고 아직도 가장 많은 것이 농촌을 소재로 하여 그 겉모습만을 터무니없이 미화해 보이는 작품들인데, 이런 작품들은 철저하게 삶이 배제되어 있거나 삶이 있어도 심하게 왜곡되어 있다. 삶뿐 아니라 자연까지도 왜곡하고 있으며, 그 참모습을 보지 못하고 잡지 못하고 있다. 아이들을 속이는 거짓스런 문학이란 생각을 떨쳐버릴 수가 없다. 우선 대부분 도시에 살고 있는 시인, 작가들이 그 도시에 살고 있는 아이들의 삶조차 보지 못하고 외면하고 있는 일부터 잘못되어 있다고 하지 않을 수 없다. (125면)

섣부른 상상력으로 "작가 개인의 오락물이 될 뿐인 이야기"(같은 글 126면)를 꾸미려는 작가들은 이런 임길택 동화의 미덕에서 다시 출발해야 하는 것은 아닐까. 그들은 아이들에게 섣부른 상상력으로 이야기를 꾸며주기 전에 먼저 아이들 곁으로 가 아이들 현실을 세밀히 관찰하는 힘을 길러야 할 것이다.

임길택이 남기고 간 물음

임길택은 농촌의 삶을 제대로 보지 못하고 그 겉모습만을 터무니없이 아름답게 꾸미려 하는 작가들에 견주어 분명히 또렷한 쓸거리를 마련해두고 있는 작가였다. 또 그것을 세밀하게 그리려던 작가이다. 그는 세밀한 관찰과 기록만이 농촌의 어렵고도 귀한 삶의 모습을 도시 아이들에게 참되게 보여줄 수 있는 유일한 길이라고 보았다. 그러기에 그는 함부로 허튼 관념을 동원해서 이야기를 꾸미는 자리에 서지 않았다.

앞에서도 이미 살펴본 것처럼 그는 자신의 첫 동화집 『우리 동네 아이들』에서 이런 모습을 유감없이 보여준다. 여기에 실린 작품들은 그가 무슨 문학작품을 쓰겠다고 별러서 억지로 꾸며 쓴 동화는 아니다. 그가 농촌 현실을 겪으며 자기도 모르게 기록하게 된 이땅의 이름없는 백성들의 삶의 이야기일 뿐이다. 이미 말한 것처럼 이런 작품들은 모두 현실을 살아가는 아이들과 어른들의 귀한 모습을 담고 있다. 그는 이 작품집에 이어 동화집 『느릅골 아이들』(산하 1994)과 장편동화 『탄광 마을에 뜨는 달』(다솜 1997)을 내게 된다. 이 작품들 또한 작가가 머릿속으로 꾸민 이야기라기보다는 그가 몸담고 있던 농촌과 탄광마을에서 경험한 사실을 바탕으로 그려낸 이야기라 할 만하다. 이 작품에 나오는 아이들 역시 고된 삶을 살고 있으면서, 마음속에 저마다 하나씩 아름다운 동심을 안고 살아가는 인물들이다.

그러나 이 작품들은 『우리 동네 아이들』에 견주어 얼마간 비슷한 모습을 보이면서도 다른 한편으로 뭔가 식상한 감을 던져주고 있기도 하다. 『우리 동네 아이들』에 나오는 인물들은 한결같이 고단한 농촌의 현실을 견뎌내는 인물이지만, 저마다 개성있는 또렷한 인물형상을 보여준다.

그러나 『느릅골 아이들』에서는 오히려 그런 느낌이 줄어든다. 예를 들어 「혜영이가 가는 길」에서의 혜영이나 「떨어지지 않는 발길」에서의 미애는 제 작품 속에서만 빛을 발하는 인물이 아니라 얼마든지 '바꿔치기'가 가능한 인물이다. 『느릅골 아이들』에서는 또 앞 작품집에서와는 다르게 대화체의 문장이 많이 나오는 것이 특징인데, 이것이 그만 '교과서 문장'을 읽는 것처럼 개성이 없고 정형화된 모습을 보여준다.

임길택은 이 두번째 창작집에서도 사실적인 수법으로 농촌에서 아름다운 심성을 지닌 채 살아가는 사람들의 모습을 그리려 했지만, 이 의도는 개성있는 인물의 창조로 이어지기보다 정형화된 인물을 반복해 그린다는 느낌 쪽으로 후퇴하고 말았다.

그의 마지막 동화집이자 유일한 장편동화이기도 한 『탄광 마을에 뜨는 달』 또한 이런 혐의에서 자유롭지 못하다. 임길택은 시집 『탄광마을 아이들』(실천문학 1990)에서 탄광마을의 고단한 삶과 그런 삶 속에서 피어나는 따스한 인정을 또렷한 시로 나타낸 바 있다. 하지만 『탄광 마을에 뜨는 달』은 장편이 가지는 한계 때문인지 오히려 시에서 보여주었던 또렷한 세계를 따라가지 못하고 풀어진 느낌을 준다.

이 작품의 주인공 '성근'이가 겪는 일상들은 모두 사실적인 이야기에 바탕을 두고는 있지만, 이것이 그저 세밀한 나열에 그친다는 느낌을 줄 뿐이지 그 이상의 긴장감과 감동을 던져주지는 못하고 있다.

앞에서 밝힌 것처럼 임길택은 현실을 등지고 그저 방안에 들어앉아 꾸미기만 하던 작가들의 한계를 극복하기 위해 아이들 현실로 들어가 세밀한 관찰에 바탕한 사실적인 글쓰기를 한 사람이다. 그래서 그는 7, 80년대 농촌 현실을 그 현실을 모르고 자라는 도시 아이들에게 얼마간 또렷하게 보여주었다. 그러나 다른 한편으로 그는 문학이 허구적인 진실을 담아내는 훌륭한 그릇이란 점을 너무 간과한 감이 없지 않다. 알다시피 문학은 삶 속에서 주제와 소재를 얻고 모티프를 얻지만 그것이 더욱 큰 세계로 창조되기 위해서는 사실의 충실한 재현만으로는 뭔가 부족하다. 다시 말해 생생한 현실에 어떤 문학의 옷을 입힐 것인가 하는 고민이 더 필요한 것이다. 임길택의 문학은 이런 점에서 우리에게 적잖은 아쉬움을 준다.

우리가 잘 아는 이원수의 「숲 속 나라」(『어린이나라』 1949년 2월호~12월호)는 해방기의 어두운 현실을 밑그림으로 하고 있는 팬터지 동화다. 작품 속에 구현한 세계는 '행복한 어린이 나라의 건설'이지만, 이것은 현실을 등진 채 아이들에게 헛된 공상이나 하게 하는 꾸미는 문학이 아니라 어두운 현실을 더욱 또렷하게 비추는 좋은 보기가 된다. 이때 꾸미는 문학은 '벽'이 되는 것이 아니라 오히려 세계의 본질을 또렷하게 내다보는 '창'이 된다. 우리는 임길택과 같은 시대를 살며 역시 같은 농촌 현실을 그린 윤기현을 떠올려볼 수도 있다. 윤기현의 「서울로 간 허수아비」(『서울로 간 허수아비』, 산하 1990)는 사실에 바탕한 문학이지만, 그것은 있는 그대로의 사실만을 기록한 작품이라기보다 허구의 기법을 빌려온 문학이다.

허구적 진실은 충실한 사실의 기록보다 오히려 아이들에게 강한 매력을 주게 된다. 임길택은 이런 한계를 스스로 극복할 힘이 있던 성실한 작가였다. 그러나 예기치 않은 운명은 그를 너무 성급하게 저세상으로 데려가버렸다. 이런 임길택이 남기고 간 유산을 이제 누가 이어받고 극복할 것인가. 이땅에서 아이들을 위하여 글을 쓰는 작가들이라면 누구든지 한번쯤 임길택이 남기고 간 물음을 곰곰이 생각해보아야 할 것이다.

〈『어린이문학』 1998년 12월호〉

온달은 박제된 영웅인가, 살아있는 동심인가

『삼국사기』의 「온달」 열전과 이현주 동화 『바보 온달』 견주어보기

누구나 알고 있는 '바보 온달과 평강공주' 이야기

한 아름다운 이야기가 있다. 신분을 뛰어넘어 마침내 두 남녀가 사랑을 이룬 이야기…… 문학작품에서 고르자면 어디 한둘일까마는 굳이 범위를 좁혀 우리 고전설화에서 찾자면 얼른 댈 수 있는 것은 우리가 잘 아는 '바보 온달과 평강공주' 이야기가 아닐까. 이 이야기는 워낙 널리 알려져 있어서 줄거리를 이야기한다는 것조차 쑥스럽다는 생각이 들 정도이다.

고구려 평원왕(平原王, 재위 559~90)에게는 평강공주라는 딸이 있었다. 그런데 평강공주는 어려서 울기를 잘하여 평원왕에게서 "그렇게 울면 바보 온달에게 시집보낸다" 하는 말을 항상 들으며 자랐다. 결혼할 나이가 되어서 왕이 당시 힘있는 귀족인 고씨에게 시집

보내려 하자, 공주는 왕이 자신을 온달에게 시집보낼 것이라고 했으면서 왜 약속을 지키지 않느냐며 궁궐을 나와 온달을 찾아간다. 그리고 천하에 둘도 없는 바보 온달을 고구려의 위대한 장군으로 만든다.

이 이야기를 우리는 누구나 어렸을 때 한번쯤 들으며 자랐다. 누구는 어른들의 입을 통해 들었을 것이고, 어떤 이는 책에서 읽었을 것이다. 나도 어렸을 때 이미 이 이야기를 알고 있었다. 지금 기억으로는 초등학교 때 교과서를 통해 읽었던 것이 또렷이 기억에 남아 있다. 초등학교 3학년 때 교과서에 실린[1] '바보 온달과 평강공주' 이야기를 읽은 기억이 있으며 특히 그 이야기와 함께 실린 삽화를 또렷하게 기억한다. 여러 삽화 가운데서도 특히 맨 마지막 삽화! 전쟁터에 나가 이기고 온 온달과 그를 맞이하러 나간 평강공주가 나란히 말을 타고 백성의 환호를 받는 그 삽화 장면이 왜 아직까지 아둔한 내 머리에 남아 있는지는 나 스스로도 잘 모르겠지만, 어쨌든 교과서의 이야기가 어린 마음에 강한 매력으로 다가온 것은 틀림없는 사실이었지 싶다. 어찌 생각해보면 여자아이들이 '콩쥐팥쥐'나 '신데렐라'를 읽고 멋진 도령이나 왕자와의 막연한 만남을 꿈꾸어보듯이 나도 바보 온달을 통해 평강공주처럼 예쁘고 지혜로운 공주를 막연히 그리워하고 가슴 설레던 것은 아닐는지. 이런 심리가 '온달 콤플렉스'라는 고급스러운 말로 불린다는 것을 안 지는 그로부터 한참 뒤의 일이지만 어쨌든 나는 이야기 속에 나오는 평강공주를 무척이나 흠모했고, 또 그만큼이나 바보 온달을 아주 부러워했던 것 같다.

1) 온달 이야기는 1973년부터 88년까지 3학년 2학기 『국어』 교과서에 실려 있었다.

역사가가 분석한 온달의 실체

그런데 이이화의 역사 이야기책 『한국사 이야기』 3권(한길사 1998)을 읽다 보니 거기 온달에 관한 아주 흥미로운 이야기가 나왔다. 우리가 흔히 듣고 알고 있기로는 온달은 미천한 신분에다 천하에 둘도 없는 바보인데, 실제 온달의 모습은 그렇지가 않았다는 것이다. 이이화의 해석에 따르면 온달은 바보가 아니라 아주 똑똑한 인물이었다고 한다. 그러나 그는 귀족이 아니라 평민이었다. 평민이 어떻게 해서 웬만한 귀족도 넘보기 힘든 자리인 왕의 사위가 되었을까. 아마 당시 고구려 권력구조가 원인이 되었던 것 같다. 당시 고구려는 귀족의 힘이 왕권을 능가하는 지경에 이르고 있었다.[2] 귀족을 누르고 다스려야 할 왕의 입장에서 보면 크나큰 위협이 아닐 수 없었을 것이다. 그래서 왕은 엄청나게 비대해진 귀족의 힘을 견제하기 위해 새롭게 등장하는 평민 세력을 자기 편으로 끌어들이려 애썼다. 이때 상징적인 사건으로 대두된 것이 바로 왕의 딸과 이름없는 평민 출신인 온달 간의 결혼이었다.

이는 온달과 평강공주 간의 애틋한 사랑과는 좀 거리가 있는 이야기다. 이를테면 왕이 자신의 지위를 유지하기 위해 정략결혼을 시킨 셈이라고 할까. 온달은 왕이 의도한 바대로 충실한 사위 노릇을 했던 것 같다. 온달은 고구려를 위협하는 내부세력을 얼마간 잠재우고 또 밖으로는 끊임없이 고구려 땅을 침략하는 오랑캐와 신라에 대항

2) 더구나 귀족들은 권력을 휘어잡고 기득권을 누리며 나태와 안일에 빠져 있었는데, 귀족들의 이런 행태에 염증을 느낀 왕들은 종종 귀족들의 숙청을 단행하기도 했다고 한다. 반면 평민이나 하급 군졸, 벼슬아치들은 신분 제약에 따른 불만이 많았다. 당시 남북 양쪽의 적을 맞이하고 있던 고구려로서는 이런 불만을 해소할 필요가 있었다.

해 전과를 올렸기 때문이다. 조금 삐딱한 시각으로 보면 온달은 출세주의자였고, 그를 사위로 맞이한 왕은 자신의 안위를 위해 딸을 이용한 이기적인 아버지가 될 것이다. 그럼 평강공주는 무엇인가. 그는 남성의 출세 욕망과 이기심에 희생당한 인물일는지도 모른다. 모름지기 역사란 이렇게 멋대가리 없는 '날것'일 뿐이다. 이 역사 해석에 따르면 평강공주라는 인물은 희미한 배경에 지나지 않으며 그저 수동적이고 고분고분한 인물에 속할 뿐이다.

그러나 우리 백성들은 이 비린내 나는 날것을 참으로 따뜻하게 가공할 줄 알았다. 우리가 잘 아는 '바보 온달과 평강공주' 이야기에서 주인공은 누구인가? 단연 평강공주다. 평강공주가 아주 어렸을 때 자주 울자 임금은 농으로 바보 온달에게 시집보낸다고 했고, 정말 어른이 되었을 때 평강공주는 아버지에게 그 약속을 지키라고 당당히 말했다. 평강공주는 쫓겨나다시피 궁궐을 뛰쳐나왔고, 자신의 생을 스스로 개척해나간다. 그의 남편이 된 온달은 천하에 둘도 없는 바보였고 미천한 신분이었다. 어머니는 장님이었으며 그는 거지처럼 장터를 떠돌며 구걸을 일삼았다. 그런 온달을 평강공주는 훌륭한 장부로 길러낸다. 온달의 변화는 우리에게 또다른 놀라움을 던져주지만 그런 놀라움을 있게 한 뒤에는 평강공주가 언제나 큰 산처럼 서 있다. 이 '바보 온달과 평강공주' 이야기를 가만히 읽어보면 온달이 성공한 이야기가 아니라 결국은 평강공주의 인생승리 이야기가 된다. 바보에게 시집가겠다고 떼쓰는 딸을 내친 아버지는 결국 어떻게 하는가. 용서를 빌고 두 팔을 벌려 평강공주를 다시 맞이한다. 역사 속에서는 그렇게 계산적이고 주역 노릇을 한 아버지가 이 이야기에서는 오히려 공주의 선택에 고개를 숙이는 주변인물이 되는 것이다. 바보에서 제일가는 장군이 된 온달 또한 평강공주에 견준다면 평강공주의 적극적인 삶을 빛나게 하는 하나의 조연일 뿐이다.

두 남성 사이에서 마치 거래되는 물건처럼 빛도 형체도 없던 한 여성이 백성들의 입에서는 오히려 두 남성을 거느리는 처지가 되는 이 역전은 자못 흥미롭다. 이야기가 긴 생명력을 지니며 아직도 우리 입에 회자되는 이유도 바로 이런 묘미에 있는 것은 아닐는지.

'바보 온달과 평강공주' 설화가 김부식의 눈에 든 까닭

그렇다면 이 긴 생명력을 지닌 온달 이야기는 어떤 경로를 거쳐 지금까지 우리에게 회자되는 것일까. 그것을 또렷이 밝혀낼 수는 없을 것이다. 온달 이야기가 나온 것은 아무래도 온달이 죽은 뒤의 일이겠지만, 온달과 평강공주의 삶이 '이야기'로 거듭나게 된 싯점이 정확히 언제부터인가를 짚어볼 근거가 또렷하지 않기 때문이다. 아쉬운 대로 우리가 기댈 만한 자료는 『삼국사기(三國史記)』가 아닐까 한다. 알다시피 현존하는 가장 오래된 역사서 『삼국사기』에는 온달 이야기가 인물 전기 형태로 실려 있다.[3)]

조동일은 『삼국시대 설화의 뜻풀이』(집문당 1990)에서 『삼국사기』 열전(列傳)에 실린 「온달(溫達)」을 이렇게 소개한다.

> 고구려 평강왕(平岡王)의 공주가 집을 나가서는 바보 온달의 아내가 되어, 온달이 장수가 되게 했다는 이야기는 후대의 민담에서도 흔히 볼 수 있는 유형이다. 그러면서 역사적 사실과 결부되고, 잘 다듬어진 문장으로 윤색되어 『삼국사기』 열전에 실려 있다. 설화, 역사, 한문학이 하나

---

3) 『삼국사기』는 고려 인종 25년(1145)에 김부식이 젊은 학자들의 도움을 받아 50권의 분량으로 편찬한 현존 최고(最古)의 사서이다. 『삼국사기』는 크게 본기·연표·잡지·열전으로 편성되어 있으며, 이 가운데 「온달」은 권 45, 열전에 실려 있다.

로 얽혀 있는 자료이다. 존귀한 공주와 미천한 바보 사이의 사랑을 아름답게 그려 널리 감명을 준다. 장면, 성격, 심리 묘사가 절실해서 훌륭한 문학작품을 이루었기에 더욱 소중하다. (126~27면)

조동일은 「온달」 열전이 갖는 문학적 의미를 이렇게 요약하고 있다. 위 글에서 "후대의 민담"이란 '숯구이 총각이 우연히 찾아온 여자를 아내로 맞이해 부자가 되고 출세를 했다는 이야기'가 대표적인 보기다. 바보 온달과 평강공주 설화가 후대에도 같은 유형으로 널리 전승되었음을 보여주는 예이다.

그러나 이 예는 '전대의 민담'이 아니라 '후대의 민담'에 해당한다. 그렇다면 바보 온달과 평강공주는 어떻게 생겨난 이야기인가? 그것은 이이화의 해석처럼 '실제 있었던 일을 백성들이 따뜻하게 가공한 것'일까? 아니면 가공이 아니라 실제 있었던 일을 기록한 것인가? 그도 아니라면 김부식(金富軾, 1075~1151)이 없는 것을 일부러 지어낸 이야기인가? 그것을 확인해볼 구체적인 단서는 없다. 그러나 「온달」 열전이 실린 『삼국사기』의 성격을 보건대 그 추측은 가능해진다.

『삼국사기』는 일연(一然, 1206~89)의 『삼국유사(三國遺事)』(1281~83년경 편찬)처럼 설화에 큰 비중을 둔 역사서는 아니었으나 그렇다고 설화를 완전히 배제한 역사서도 아니었다. 이를테면 이른 시기의 역사를 서술하는 데 있어 설화는 부득이하게 사용될 수밖에 없었던 것이다. 그러나 김부식은 설화를 설화 그대로 쓰거나 설화 자체가 지니는 의의를 인정하지는 않았다. 조동일의 말을 빌리자면 그는 설화를 '역사화'해서 이용했다.

바꿔 말하면 『삼국사기』를 편찬한 김부식은 충절을 지키거나 선행을 한 인물을 들어 유가적(儒家的)인 평가를 한 열전에 설화를 끼워넣어 자신의 사관(史觀)을 뒷받침하는 근거자료쯤으로 삼곤 했던 것이다. 이런 관례가 후대의 유가 문헌에서 일반화된 것은 이미 알려진 사실이거니와,[4] 온달 이야기 또한 이미 떠돌고 있던 구전설화를 열전에 올릴 만한 이야기로 윤색한 게 아니겠는가 여겨진다. 그렇다면 온달은 다만 구전설화 속에 나오는 인물일 뿐이었을까? 평강공주는 실제로 아버지의 손길을 뿌리치고 온달을 찾아가지는 않았을까? 이것을 단정할 단서는 없다. 그러나 앞서 소개한 이이화의 해석에 꼭 기대지 않더라도 평강왕 때 왕권 강화와 보호를 위해 한 평민 출신의 남성을 공주와 결혼시킬 수도 있었을 거라는 추측은 어렵지 않게 해볼 수 있다. 또다른 역사가의 연구에 따르면 온달 이야기에 나오는 3월 3일 제사 풍속은 실제 평민의 천거의 장이 되기도 했다고 한다.[5] 따라서 평강공주가 바보 온달을 찾아간 이야기는 백성이 지어낸 허구일는지 모르겠으나 온달이 제천행사에 참여해 왕의 눈에 들었으리라는 것은, 그래서 왕의 부마가 되었으리라는 것은 실제 사실로 짐작해볼 수가 있다.

정리해보자면 김부식이 『삼국사기』 열전에 기록한 온달 이야기는 실제 있었던 일이 구전설화로 재창조되었고, 이를 다시 유가 역사서의 성격에 맞게 윤색한 결과가 아닌가 여겨진다. 이것을 굳이 도식화해보자면 우리가 알고 있는 온달 이야기는 다음과 같은 단계를 거쳐서 문헌으로 기록되었을 것이다. 1)온달의 실제 성공담 → 2)백성들의 상상력으로 평강공주가 바보 온달을 찾아간다는 허구가 가미된 구전설화 → 3)유가 역사서 성격에 맞는 인물로 윤색된 열전 속의 온달 이야기. 이런 단계로 정착된 온달 이야기가 후대로 오면서 새로운 민담으로 더욱 다양하게 전개되었을 것이다.

---

4) 조동일 『삼국시대 설화의 뜻풀이』, 집문당 1990, 225면 참조.
5) 김용만 『고구려의 재발견』, 바다출판사 1998, 176면 참조.

박제된 영웅 온달의 모습

자, 그렇다면 각 단계별로 조금씩 모습을 달리하는 온달 이야기가 지니는 의미를 탐색해보자.

여러 시기를 거쳐 그 모습을 조금씩 바꾸어 온 온달 이야기는 과연 그것을 지어내고 향유한 당대 백성들에게 어떤 의미를 지녔으며 지금에는 또 어떤 의미를 지니고 있는가. 평민 출신의 온달이라는 한 개인이 뛰어난 능력을 타고나 임금에게 발탁된 실제 이야기는 일반 백성들에게 부러움의 대상이 되었음에 틀림없다. 온달은 평민 남성이라면 누구나 바라는 영웅상이었을 것이며 따라서 그는 신분의 벽을 뚫고 귀족으로 상승하고 싶은 욕망을 지닌 대다수 백성들에게 대리만족의 기쁨을 안겨주었을지 모른다. 그러나 그런 기쁨이 오래 갔을 리는 만무하다. 대리만족은 평범한 능력을 가진 이들에게 이내 좌절을 몰아다주었을 것이고, 부러움은 곧 시기심으로 기쁨은 곧 슬픔으로 변하고 말았을 것이다. 백성에게는 이제 출세한 개인이 되어져 궁궐 안으로 사라진 귀족으로서의 온달에 흥미를 잃고 새로운 온달 이야기를 찾기 시작했다. 그래서 임금의 눈에 들기에는 너무 평범하여서 다만 가망없는 미래를 살아갈 수밖에 없는 초라한 자신들을 위해 능력이 뛰어난 실제 온달 대신 자신과 비슷한, 아니 자신들에 의해 조롱의 대상이 될 뿐인 '바보' 온달을 창조했다. 온달은 바보이며 가난하기조차 하다. 눈먼 홀어머니를 모시고 살면서 주림을 참지 못해 산에 나무껍질을 벗기러 다니는 처지였는데, 생긴 모습마저 우스워 놀림감이 되었다고 했으니 그 이상 악조건을 들기는 어렵다. 이런 악조건을 가진 온달은 이제 스스로 임금 앞에 나가 제 재주를 뽐낼 수는 없다. 어찌 보면 이런 모습은 평범한 능력을 가지고 태어나 평민의 삶을 살아가는 대다수 백성들 스스로의 모습일 것이다. 아무리 노력해도 상층에 오를 수 없는 이들은 뛰어난 능력을 갖추어 스스로 영웅이 되는 꿈을 꾸는 대신 자신들을 하층의 삶에서 구원할 어떤 손길을 기다리기로 했다. 그 따뜻한 구원의 손길을 가진 자, 다시 말해 상하의 장벽을 넘어설 수 있게 해주는 매개자로 그들이 선택한 인물이 바로 왕의 딸인 공주였다. 공주는 온갖 악조건을 가진 온달에게로 와서 그의 가난을 해결한다. 또한 어린아이 같은 그를 가르쳐 훌륭한 장수가 되게 한다. 그래서 본디 바보였던 온달을 영웅으로 탈바꿈시킨다. 영웅 온달은 결국 어떻게 되는가. 온달은 자신을 영웅으로 상승시켜준 공주의 은혜를 갚기 위해 전쟁터로 나간다. 신라와 싸워 잃어버린 땅을 찾겠다고 자원해서 나가는 적극성을 보인 것이다.

이런 설화를 유가적인 충절 이데올로기 관점으로 윤색해 기록한 것이 바로 『삼국사기』「온달」 열전이다. 앞서 밝힌 바대로 김부식은 『삼국사기』 열전을 기술하는 데 있어 설화를 유가적인 사관에 도움을 줄 만한 자료적 가치가 인정될 때에만 가져다 썼다. 이런 태도는 일연이 『삼국유사』를 편찬할 때 설화가 지니는 역사성을 중시한 것과 구별된다. 일연은 설화 자체의 의의를 높이 평가했으며 또한 설화가 지니는 역사성을 중시했다.[6] 그러나 김부식은 애초 그런 설화(특히 유가적인 관점과 어긋나는 불교 설화)나 정사의 맥락을 벗어난 민간전승에는 별 관심을 기울이지 않았다. 그가 '바보 온달과 평강공주' 설화를 차마 버리지 못했던 이유는 그것이 남녀간의 애틋한 사랑을 그리고 있어서가 아니었다. 또한 신분상승 욕구를 지닌 일반 백성들의 욕망을 상징적으로 표출하는 이야기구조를 지니고 있어서도

6) 조동일, 앞의 책 225면 참조.

아니었다. 그 이유는 다만 온달이란 인물이 유가적인 관점으로 보았을 때, 충절의 모습을 또렷하게 보여주는 데 적합한 인물이라는 점 때문이었다.[7] 바꿔 말하면 백성들의 입에서 입으로 순수한 구전의 형태로 전해졌을 온달 이야기는 이제 유교적인 사관으로 무장한 한 귀족 사가에 의해 지배자의 논리를 표출하는 이야기로 탈바꿈한다. 온달은 이제 더이상 평범한 백성의 신분상승 의지를 표현하고 불만을 해소하는 평민들의 우상으로 머무를 수는 없었다. 그는 여전히 영웅의 면모를 지니고 있었지만, 그 영웅의 면모란 백성들에게 충절을 가르치는 지배자의 목소리를 대변하는 박제된 영웅으로 기능하는 인물일 뿐이었다.

'바보 온달과 평강공주' 설화는 어디까지나 밑으로부터 솟아오르는 평민의 열망을 표출하는 백성 자신의 이야기였다. 그러나 『삼국사기』의 「온달」 열전은 이제 백성 자신의 이야기가 아니라 오히려 지배자가 백성들을 교화하기 위해 만들어낸 영웅담으로 전락하기 시작한다. 「온달」 열전이 강조하는 것은 바보로서의 온달 이미지가 아니며 낮은 신분으로 평강공주와 사랑을 나누는 이미지 따위에 놓여 있지 않다. 오히려 강조되는 것은 전쟁터로 달려나가는 충신으로서의 이미지다. 온달은 평강공주를 만나 넉넉한 살림을 영위하게 되고 또 훌륭한 장수가 되지만 후대 민담('숯구이 총각' 이야기)의 결말에서 보듯 평강공주와 오래오래 해로하지는 못한다. 그는 신라에 빼앗긴 영토를 찾겠다고 싸움터로 달려나가고, 거기서 어이없는 죽음을 맞이하고 만다.

---

7) 이강래는 『삼국사기 전거론』(민족사 1996)에서 『삼국사기』에서 다루어진 "인물과 구체적 사건에 대한 포폄의 기준은 두말할 나위 없이 유교적 충효 논리였음"을 밝히고, 그로 인하여 "포폄의 대상이 되는 사건의 역사성이 주목되지 못하거나, 원칙의 지나친 경직성으로 말미암아 사실이 희생된 사례마저 발생하였다"고 적고 있다. (365면 참조)

떠날 때 맹세하기를 "계립현(雞立峴: 鳥嶺)과 죽령(竹嶺) 이서(以西: 以北)의 땅을 우리에게 귀속시키지 않으면 돌아오지 않겠다" 하고, 나가 신라 군사들과 아단성(阿旦城: 지금 廣壯津 북쪽 峨嵯山) 아래서 싸우다가 (新羅軍의) 유시(流矢)에 맞아 넘어져서 죽었다. 장사(葬事)를 행하려 하였는데 영구(靈柩)가 움직이지 아니하므로 공주(公主)가 와서 관(棺)을 어루만지면서, "사생(死生)이 이미 결정되었으니, 아아 돌아갑시다" 하고 드디어 들어서 장사 지냈는데, 대왕이 듣고 비통해하였다. (이병도 역주 『삼국사기』 하, 을유문화사 1996, 421면)

온달이 바보였던 자신을 훌륭한 장수로 키워준 데 대한 은공을 갚기 위하여 싸움터로 달려나갔다 죽음을 맞고 마는 이 결말은 실제 온달의 이야기일 수도 있고, 백성들 상상력의 소산일 수도 있으며, 김부식이 개인적 의도에 의해 지어낸 허구일 수도 있다. '공주가 관을 어루만지며 달래자 그제야 관이 움직였다'는 대목만을 떼어놓고 보면, 이것이 백성들의 상상력이 지어낸 설화를 바탕으로 한 이야기라는 생각이 없지 않다. 그러나 이 결말 전체가 품고 있는 의미를 새겨보건대 공주와 온달 간의 애틋한 사랑을 강조하고 있는 것이라기보다 임금을 위해 목숨을 초개처럼 버리는 충신의 이미지를 더 강조하는 경향이 없지 않다. 김부식이 『삼국사기』 열전의 한 귀퉁이에 굳이 온달 설화를 끌어온 것은 더 말할 것도 없이 온달이 바로 충신의 이미지를 가장 효과적으로 전달할 만한 요소를 지니고 있었기 때문인 것이다.

살아있는 동심의 모습으로 그려 보인 온달 이야기

이런 온달의 모습이 그러나 지금 싯점에서는 많이 희석된 감이 없지 않다. 우리가 흔히 '바보 온달' 이야기를 할 때, 평강공주가 바보 온달을 찾아간 대목을 떠올리지 그가 나중에 신라군과 싸우다 비극적인 최후를 맞는 대목까지 연상하지는 않는다. 더러는 아차산성의 유래담을 이야기할 때 온달의 죽음이 거론되는 경우가 아주 없지는 않지만, 그것은 이야기의 중심에 놓이는 이야기라기보다 부차적인 이야기로 가끔 떠올려질 따름이다. 바보 온달 설화에 빚지고 있는 후대 민담들 또한 충신의 이미지를 강조하려 하지 않는다. 한 가난한 숯구이 총각에게 우연히 찾아오는 여인의 이야기를 할 뿐이지, 숯구이 총각이 대의명분을 위해 목숨을 버리러 갔다거나 모험을 떠난다거나 하는 이야기는 나오지 않는다. 왜일까? 이는 백성들 스스로의 상상력으로 지어낸 평강공주의 헌신은 백성들 자신에게 아름다운 이야기로 다가갈 수 있었지만, 유가적인 관점에서 강조하려 했던 지배자 중심의 충의 이념은 관념으로 다가간 때문이 아니었을까.

그럼에도 『삼국사기』 열전에 나오는 박제된 영웅 온달의 모습은 별 거부감 없이 지금껏 여러 경로를 통하여 특히 우리 아이들에게 오롯이 전해져왔다. 그 모습을 살필 수 있는 것은 바보 온달을 소재로 한 몇 종류의 어린이책(주로 위인전)이다. 『삼국사기』라는 책의 무게가 그만큼 무거운 때문이었을까. 바보 온달을 소재로 어린이책을 쓴 작가들은 대부분 『삼국사기』 열전의 그늘을 크게 벗어나 있지 않았다. 열전에 나오는 이야기에 약간의 살을 붙여 아이들 입맛에 맞추어줄 뿐이었지, 그것에 정면으로 맞서서 '바보 온달과 평강공주' 설화가 지닌 의미를 재해석하려는 시도는 보여주지 않았던 것이다.

오히려 교과서에 실렸던 온달 이야기 같은 경우는 지나친 '교훈성'에 치우쳐 아쉬움을 주고 있기도 하다.[8] 그러나 이런 일반적인 작가들의 경향에 견주어 아주 특이한 시도를 한 동화작가가 있다. 바로 이현주라는 작가다.

이현주는 일반 문학에도 나름의 성취가 있는 작가이지만, 특히 아동문학판에서 7, 80년대에 매우 활발한 활동을 한 작가다. 그는 특히 반공주의와 유신이념이 지배하던 70년대에 다른 아동문학 작가들이 체제에 순응하는 모습을 보여주던 것과는 달리 당시 사회체제와 국가권력이 안고 있는 모순을 아동문학이란 그릇에 담아 누구보다 날카롭게 비판해내던 작가였다. 그는 어른들이 읽는 문학으로는 토로할 수 없는 그 시대의 우스꽝스러움을 우화나 동화로 마음껏 비웃었다. 아직까지도 어린 독자들을 사로잡는 매력을 지닌 「알 게 뭐야」(5인 동화집 『똘배가 보고 온 달나라』, 창작과비평사 1977)는 성장제일주의를 부르짖던 70년대 왜곡된 삶의 모습을 날카롭게 은유한 걸작이다.

그의 장편동화 『바보 온달』[9] 또한 이런 그의 문학적 특징을 또렷하게 보여주는 작품이라 할 수 있다. 이현주가 이 작품에서 보여주

8) 「온달」 열전이 가지는 명백한 한계는 봉건적인 충의 이념을 강조하기 위한 의도가 그 안에 들어 있다는 것이다. 그러나 「온달」 열전은 또한 백성들의 열망이 지어낸 설화를 바탕으로 한 이야기인 까닭에 거기에는 풍부한 문학성이 반영되어 있다. 이를테면 평강공주가 바보인 온달을 찾아가 그의 아내가 되는 대목이나, 싸움터에서 전사한 온달의 영구가 평강공주가 오고서야 움직였다는 대목들이 아름답게 묘사되어 있다. 그러나 교과서에는 이런 대목들이 모두 빠져 있다. 대신 평강공주의 가르침을 받은 온달이 싸움터에 나가 공을 세우는 장면만 확대되어 있다. 이것은 어찌 보면 전근대적인 충의 이념을 더욱 강조하는 형국이 아닐까 한다. 이런 데 견준다면 『삼국사기』에 실린 「온달」 열전은 장면 묘사와 인물의 성격, 심리묘사 등에서 훨씬 빼어나다 할 수 있다.

9) 1973년에 대한기독교도서회에서 출간되었다가 87년에 새벗사에서 재출간되었고, 2002년에 성서원에서 『작은 영혼과 바보 온달의 이야기』로 개정 출간되었다. 이 글에서는 새벗사에서 출간된 책을 따른다.

려는 것은 『삼국사기』에서 김부식이 보여주려고 했던 의도와 정면으로 배치된다. 더 나아가서 이현주는 '바보 온달과 평강공주' 설화가 지니고 있는 백성들의 열망 즉 신분의 벽을 넘어 상승하고자 하는 욕망이 얼마나 부질없는 욕심인가를 또한 함께 질타하고 있다. 거칠게 말해서 김부식이 『삼국사기』에 「온달」 열전을 끼워넣은 행위는 이현주가 보기에 지배이데올로기를 합리화하기 위한 수단으로써 '박제된 영웅 만들기'에 다름아니다. 또한 바보에게 시집가서 그를 가난에서 구제하고 훌륭한 장수로 키워낸 평강공주의 행위는 숭고한 사랑을 보여준 행위였다기보다 깨끗한 동심을 가진 한 인간을 망가뜨려놓은 일종의 죄악이었다. 이현주는 책머리에 다음과 같은 성서 구절을 인용하고 있는데, 이는 그런 생각을 집약하고 대변하는 말이라 할 수 있다.

> 아무도 자신을 속이지 말아야 합니다. 만일 여러분 중에 누가 이 세상에서 지혜있는 자인 줄 스스로 생각하거든 정말 지혜있는 사람이 되기 위하여 어리석은 사람이 되어야 합니다. 이 세상의 지혜는 하나님 보시기에 어리석음이 되기 때문입니다. "하나님은 지혜로운 자들을 자기 꾀에 빠지게 하신다"고 성서에 기록되어 있습니다. (고린도 3:18~19)

그럼 구체적으로 이현주 동화 『바보 온달』이 지닌 모습이 어떠한지 살펴보자. 『바보 온달』은 얼핏 보아 설화가 지닌 줄거리를 기본 뼈대로 삼고 있는 듯 보인다. 이 동화 속에 나오는 평강공주는 설화에서처럼 온달을 만나 무술을 가르치고, 온달 속에 있는 바보 성향을 뿌리뽑는다. 그래서 온달은 고구려 청년들이 활솜씨를 겨루는 대회에 나가 호랑이에게 물려죽을 뻔한 임금의 목숨을 구해주고 호랑이를 잡아 당당한 승리자가 된다. 뿐만 아니라 왕에게 사위로 인정

받는다. 권력과 명예를 한몸에 지니게 된 것이다. 온달을 시기하고 미워하던 고승 장군(온달 설화에 등장하는 귀족인 고씨에 대응하는 인물이다)도 하루가 다르게 권력을 쌓아가는 온달에게 결국 무릎을 꿇는다. 온달은 여기저기에서 공을 세워 이제 고구려 제일가는 장군이 된다.

여기까지만 보면 이 동화는 「온달」 열전의 줄거리를 크게 벗어나 있지 않다. 그러나 이런 모습은 단순히 이야기의 겉모습이 그렇다는 것일 뿐 이야기의 내면으로 들어가보면 전혀 다른 해석이 가해지고 있다. 알다시피 설화나 열전에서는 바보였던 온달이 훌륭한 장수로 거듭나는 것을 긍정적으로 그리고 있다. 그러나 동화 『바보 온달』은 이런 과정을 오히려 부정적인 의미로 해석한다. 온달이 평강공주를 만나기 전에 지녔던 바보스러움은 이현주에게 있어서는 단순한 바보스러움이 아니라 순정한 동심에 가까운 것이었다. 이런 동심의 모습은 남을 미워할 줄 모르고, 놀려도 화낼 줄 모르고, 작은 목숨 하나에도 온몸을 떨며 괴로워하는 모습으로 구체화된다. 그러나 온달은 평강공주를 만나면서 이런 동심(우리가 흔히 바보스러운 일면으로 읽었던)을 차츰 하나씩 잃기 시작한다. 온달이 위로 상승하면 할수록 그는 남과 싸워서 이기는 승리감에 더욱 도취되고, 빼앗긴 영토를 되찾아야 한다는 강박관념에 조바심을 낸다. 저잣거리에서 모멸감을 느낄 정도의 놀림을 받을 때도 그저 히히 웃어버리던 온달은 이제 자기 자존심을 무너뜨리는 사람들 때문에 괴로워하고 분노한다. 바보 온달을 훌륭한 장수로 키워내려던 평강공주는 차츰 변해가는 온달을 지켜보며 그의 내면에서 사람에 대한 적의를 발견하고 괴로워한다. 공주는 온달을 제대로 키운 게 아니었다는 자책—순정한 동심을 가진 온달을 오히려 헛된 경쟁과 욕심의 장터로 내몰았다는—에 괴로워하는 것이다. 온달 설화나 열전에는 온달이 전쟁터로 나가는 걸 공주가 말렸다는 대목이 없다. 그러나 동화 『바보 온달』에서는 평강공주가 싸움터로 나가는 온달을 붙잡고 다음과 같이 용서를 비는 대목이 나온다.

> "난…… 아마 큰 잘못을 저지른 것 같아요."
> "잘못이라니?"
> 공주는 다시 온달의 손을 꼬옥 잡았습니다.
> "날 용서해줘요." (162면)

그러나 승리감에 도취되어 있는, 그래서 빼앗긴 고구려 영토를 찾아야겠다는 일념에 불타고 있는 온달은 평강공주의 이런 사죄의 말을 알아듣지 못하고 결국 싸움터로 향한다. 온달이 싸움터에 나갔을 때, 그는 자신의 분신이랄 수 있는 곰 '바우'를 다시 만난다. 바우는 순수한 동심을 잃지 않았던 소년시절의 온달이 유일하게 마음을 기대었던 동무였다. 홍수가 져 계곡물에 떠내려가는 새끼곰 바우를 온달이 구해준 적이 있었는데, 그 뒤로 둘은 가까운 사이가 된다. 저잣거리에서 뭇사람들에게 놀림감이 되던 온달이었지만, 산속에 사는 미물인 곰 바우와는 언제나 넉넉한 동무가 될 수 있었다. 곰 바우 또한 하찮은 목숨조차 가벼이 여기지 않는 순정한 온달을 가까이 따르고 좋아한다. 그러나 온달이 차츰 순수한 내면을 잃어가면서부터 바우는 온달 앞에 줄곧 모습을 보이지 않고 있었다. 그런데 아차산 골짜기에서 온달이 신라군과 접전을 벌이고 있을 때 산을 무너뜨릴 듯한 소리를 내면서 집채만한 곰이 난데없이 나타난다. 어디서 오는 길인지, 어떻게 이 사람들의 창피한 싸움에 오게 됐는지 알 수 없었지만, 그는 틀림없는 바우였다. 걷잡을 수 없이 성이 난 바우는 온달의 군사고 신라의 군사고 할 것 없이 닥치는 대로 집어던지고 물어

뜯었다. 그렇게 성난 바우를 온달은 이내 알아보았다. 그래서 바우에게 "나다, 온달이다!" 하고 외친다. 그러나 바우는 눈에 불을 켜고 온달을 노려보다가 냅다 덤벼든다. 그러자 온달은 칼을 휘둘러 기어코 곰의 커다란 가슴 한복판을 깊숙이 찌르고야 말았다.

쓰러진 바우는 그러나 눈을 감지 않고, 아직 팔과 다리를 가늘게 떨며 온달을 쳐다보고 있었습니다.

"바우야!"

온달은 죽어가는 곰의 몸뚱이 위에 쓰러지듯 주저앉으며 들고 있던 피 묻은 칼을 멀리 내던졌습니다.

그리고는 거기 아직은 감기지 않은 옛 친구 바우의 눈동자 안에서 붉은 피가 엉겨붙은 자기의 얼굴을 보았습니다.

까닭을 알 수 없는 눈물이 자꾸만 솟아났습니다. 그 맑은 눈물은 차츰 차츰 얼굴에 묻은 피를 씻어 내렸습니다. 이윽고 온달의 얼굴에서 붉은 피가 다 씻겨졌을 때 남은 것은 어쩔 수 없는 바보 온달의 그 못생긴 얼굴이었습니다. 바로 그 얼굴을 마지막으로 비춰주고 나서 바우는 무거운 눈꺼풀로 눈알을 덮고 말았습니다.

사방은 조용했습니다.

온달은 천천히 일어섰습니다. 그리고는 주위를 살펴보았습니다. 자기의 군사도, 그리고 신라의 군사도 보이지 않았습니다. 그런데 갑자기 평강공주의 모습이 떠올랐습니다.

"날 용서해주셔요. 네?"

울면서 매달리던 평강공주의 목소리가 온달의 귀를 울렸습니다.

온달은 공주가 자기에게 무엇을 용서해달라고 그랬던지 아직 뚜렷이 알 수 없었지만 웬일인지 빨리 용서해주고 싶은 마음이 솟았습니다.

"당신을 용서하겠소, 공주. 당신을……"

이때 어디서인지 모르게 화살 한 개가 바람을 뚫고 날아와 온달의 가슴에 깊숙이 박혔습니다.

온달은 조용히 한 마리 나비가 날개를 접고 꽃송이에 앉듯 그렇게 곰의 시체 위에 쓰러졌습니다. (169~70면)

이현주는 살아있는 동심의 소유자이던 온달이 어떻게 동심을 잃어갔는가를 '바보 온달과 평강공주' 설화의 줄거리에 기대어 소상히 보여준다. 다시 말하거니와 평강공주가 온달에게 간 것은 온달을 진정으로 행복하게 만드는 일이 아니었다. 오히려 온달은 따뜻한 인간의 마음을 다 잃어버리고 맹목적인 승리를 구가하는 어리석은 바보가 되었을 따름이다. 이런 어리석음을, 순수한 마음을 간직하고 살던 미물인 곰 바우가 일깨워준다. 바우는 자신의 목숨을 희생하는 비극적인 결말을 통해 이 깨우침을 보여주었다. 온달은 바우의 주검을 부둥켜안고서야 '맑은 눈물'을 흘리게 된다. 맑은 눈물은 온달의 본 얼굴을—본디 스스로가 지니고 있던 동심—자각하게 하고 용서를 빌던 공주의 말을 어렴풋이 이해하게도 한다. 그리고 온달은 곧 어디선가 날아온 화살에 맞아 죽게 되는데, 이때 죽음은 「온달」 열전에 나오는 충신의 장렬한 최후와는 또렷이 구별되는 죽음이다. 그것은 영웅의 죽음이 아니라 인간다움을 회복한 자의 죽음이었다.

이상 살펴본 것처럼 이현주의 『바보 온달』은 「온달」 열전이 지니고 있는 줄거리를 빌려왔으면서도 열전이 내포하고 있는 이데올로기를 정면에서 부정하고 있다. 무엇이든지 남보다 앞서나가려고 발버둥치는 이 시대 우리의 모습을 '온달 장군'의 일그러진 모습을 통해 비판하면서, 작은 목숨 하나도 우러를 줄 알고 남을 미워하지 않고 자연과 어우러져 순박하게 살아가는 '바보 온달'을 우리가 본받아야 할 이상으로 내세우고 있는 것이다. 모든 게 숨가쁘게 돌아가는 오늘날, 우리 아이들에게 이런 바보 온달상을 본보기로 제시하는 것은 과연 어떤 의미가 있겠는가? 이것을 또렷하게 판단할 길은 없다. 그러나 열전 속에 들어 있는 박제된 영웅상을 거슬러서 그 속에서 정말 우리가 잃어버리고 사는 인간다움을 일깨운 작가정신은 이 시대를 살아가는 우리에게 몹시 귀하고 소중한 것이 아닌가 생각한다.

〈『어린이문학』 1999년 10월호〉

아동문학과 파시즘

『니코 오빠의 비밀』에 대하여

왜 그리스인가

정보가 넘쳐나고 있는 세상이긴 하지만, 간혹 소홀하게 묻어두었던 어떤 지식이나 사실 하나를 확인하는 일이 아주 어렵게 느껴질 때가 있다. 정보의 홍수 시대란 이를테면 탁류가 범람하는 어지러운 시대를 일컬음이지 어느 개인이 아주 필요로 하는 소중하고도 작은 물 한 그릇을 마련해두는 친절한 시대를 뜻하는 말은 아니라는 생각이 드는 것이다. 풍요 속의 빈곤이란 이럴 때 쓰는 말이 아닌가 싶은데, 나는 얼마 전 그리스 작가 알키 지(A. Zei)의 『니코 오빠의 비밀』(*To Kaplani tis Vitrinas*, 최선경 옮김, 창작과비평사 2001)이란 책을 읽으면서 이 사실을 절감했다. 이 동화는 그리스 현대사를 그린 작품이었고, 따라서 그리스 근현대 역사에 대한 최소한의 정보가 필요했다. 그래서 그리스 근현대사에 대한 자료 찾기를 시도해보았는데, 정작 그리스 근현대사에 대한 궁금증을 해결해줄 만한 시원한 물을 나는 손쉽게 구할 수가 없었다.

생각해보면 그리스라는 나라는 우리에게 얼마나 친근한 이름인가. 우선 그리스·로마 신화에 나오는 그리스 신들이 떠오른다. 또 고대 올림픽, 플라톤과 아리스토텔레스, 도시국가 따위 서양사를 화려하게 장식하는 그리스에 대한 키워드를 떠올리는 일은 새삼스럽다 못해 조금은 식상하기까지 하다. 그럼에도 그리스 근현대사를 한 권의 우리 책으로라도 만날 수 있는 기회가 나에겐 오지 않았다. 그렇다고 알량한 외국어 실력을 앞세워 그리스 근현대사를 공부하기란 또한 버거운 일이어서 벙어리 냉가슴 앓듯 나는 가슴만 쥐어뜯었던 것이다. 결국 아쉬운 대로 이곳저곳을 기웃거리며 그리스 근현대사의 조각들을 이리저리 기워본 바로 알게 된 것은 그 역사가 보잘것없는 소소한 역사라기보다 우리에게 매우 의미심장한 역사이기조차 하다는 사실이었다.

그리스는 오랜 식민지시대를 거쳐 온전한 독립국가로 거듭나기까지 심한 갈등과 반목을 겪은 나라이다. 콘스탄티노플 함락 이후 400년간 투르크제국의 식민지 노릇을 한 그리스는 1830년에 비로소 독립을 하는데, 독립 이후 무려 150년간 그리스 내부에서 크고 작은 싸움들을 숱하게 치러왔다. 그들은 그 기간 동안 열 번의 군사 쿠데타와 한 번의 처참한 내전을 겪고, 심지어는 외국에 점령 당하기도 했다. 식민지시기와 정치적 혼란기가 우리와는 견줄 수 없을 정도로 길었지만, 그들이 결국 명목상의 민주정부를 세우고 외형적인 안정을 찾는 1973년 이전까지의 혼란스러운 시기를 돌이켜볼 때 느끼는 '남의 일 같지 않은 감회'는 비단 나만의 느낌은 아닐 것이다. 그들의 역사가 식민지 → 해방기 → 분단이라는 역사적 질곡을 헤쳐오고 있는 우리 현대사를 거울에 되비춘 모습처럼 내겐 느껴진다.

그러나 새삼 150년간의 혼란스러운 그리스 역사를 일목요연하게 이 자리에서 더 소개하고 싶은 생각은 없다. 이 자리가 아동문학을 이야기해야 하는 자리이기 때문만은 아니고, 무엇보다 그들의 역사가 그만큼 복잡하기 때문이다. 정권을 잡기 위한 지도자들의 부침, 이런 이기적인 지도자들 밑에서 신음하는 군상들, 제1차 세계대전과 제2차 세계대전 그리고 냉전이라는 유럽의 복잡한 역사의 소용돌이들이 뒤엉켜서 사실 내 머릿속에서조차 그리스의 근현대사는 아직 또렷하게 정리되어 있지 않다. 내 머릿속에 또렷하게 정리되지 않은 것을 남에게 일목요연하게 설명할 수는 없는 노릇이다. 그러나 아무리 요약하기 힘든 역사라 하더라도 그 한 토막을 떼어내서 단면을 관찰하기는 비교적 수월한 일일 것이다. 이 단면이란 온전한 민주주의국가를 건설하려는 백성들의 열망과 그 열망을 억누르려는 독재체제의 욕망이 강하게 충돌할 때 발생하는 어떤 에너지를 지닌 특수한 상황을 의미한다. 그리스가 150년간 안정을 찾지 못하고 숱한 방황의 늪을 헤매던 것은 바로 이런 사건들의 연속 때문이 아닌가 생각되는데, 이를테면 불안한 정국과 백성들의 열망을 다독일 만한 지도자가 부재한 상황에서 권력을 쥔 이들은 자신의 체제를 강화하기 위한 수단을 도모하였고, 이는 곧잘 파시즘의 성격과 연결되었다. 그러나 여기에 맞서 극복하려는 몸짓 또한 끊이지 않았으니 그리스 역사는 결국 독재와 반독재 사이의 끊임없는 투쟁의 역사였던 것이다.

나는 이런 낯익은 역사에서 피어난 한 작품 『니코 오빠의 비밀』에 주목하려 한다. 이 작품은 이땅에서 이미 때가 묻을 대로 묻은 '민주주의'라는 말의 의미를 새삼 되새기게 하고, 나아가 사람이 어떻게 살아야 아름다운가 하는 좀더 깊고 근원적인 물음을 우리에게 던지고 있다. 그러나 무엇보다 이 작품에 대해서 내가 관심을 갖는 이유는 동심이 파시즘체제 속에서 어떻게 반응하는가 하는 문제를 아주 날카롭게 잡아내고 있다는 점에 있다. 어른의 처지에서 아이들에게 파시즘체제가 나쁘다는 것을 설명하기란 쉬운 일에 속한다. 그러나 동심이 그 속에서 어떤 삶을 살아가는가를 문학으로 보여주기란 그리 쉬운 일이 아니다. 이 작품은 이런 쉽지 않은 일을 해낸 작품이라 본다.

독재 혹은 폭력—어른들이 만드는 이분법적 세계

나는 앞에서 그리스의 근현대사가 독재와 반독재 사이의 끊임없는 투쟁의 역사라고 말한 바가 있거니와, 『니코 오빠의 비밀』은 그런 그리스 역사의 가장 첨예했던 한 시기를 배경으로 하고 있다. 부연하자면 그리스는 제1차 세계대전이 끝난 뒤 1920년에 터키의 재침공을 받고 오랜 정치적 혼란기를 거치다가 1936년 때마침 유럽에서 불어닥친 파시즘의 영향 아래 기나긴 독재시기의 길을 걷게 된다. 『니코 오빠의 비밀』은 이 불행했던 시기를 시대적 배경으로 하고 있다.

이 작품의 주인공은 멜리아(진짜 이름 '멜리사'는 그리스 말로 '꿀벌'을 뜻해서 주인공은 자신을 멜리아로 불러주기를 바란다)라는 아이다. 작가는 멜리아를 작품의 주인공이자 작품을 이끌어가는 서술자로 내세움으로써 무겁고 딱딱한 주제인 '파시즘이 동심에 어떤 피해를 입히는가'를 동심의 눈높이로 풀어가고 있는데, 이는 지나간 역사를 그릴 때 자칫 빠지게 되는 관념이나 교훈주의의 함정을 피하는 교묘한 장치가 될뿐더러 작품을 생기있고 실감있게 하는 중요한 요소가 되고 있다. 즉, 멜리아는 작품을 이끌어가는 주체로서 동심이 지닐 법한 순수하고 여린 내면을 지닌 아이로 등장한다.

멜리아의 집은 겉으로 보아서는 그저 평범한 가정이다. (멜리아의 집에는 당시 사회적 지위를 누렸음직한 주교와 시장 그리고 은행 중역이 카드놀이를 하러 가끔 찾아오기도 하는데, 멜리아의 집이 그만큼 부유하기 때문이라기보다는 그들과 친분을 유지하기 위해 애쓰는 대고모와 아버지의 노력 때문이다.) 그런데 이 집 식구들은 제각기 다른 내면을 보여준다. 다 비슷비슷한 한통속의 어른이 아니라 나름대로 각기 다른 삶의 원칙들을 가진 개성있는 인물들로 등장하는 것이다. 할아버지는 고대 그리스 책 읽는 것을 유일한 취미로 삼고 있는 민주주의 신봉자이며, 대고모는 독재자를 등에 업고 자신의 지위를 유지하려는 한심한 왕을 추종하는 사람으로, 보수적이고 사회적인 변화를 두려워하는 인물로 그려진다. 또한 아버지는 사회가 갑자기 불안해져서 일터에서 쫓겨나면 어떡하나 전전긍긍하는 소시민적인 성향을 가진 인물로 등장한다. 소극적이고 병약한 어머니, 의지가 굳고 역사의식이 있는 스타마티나 아줌마의 인물 형상도 주목할 만하다. 특히 멜리아의 집에서 가정부일을 하고 있는 스타마티나 아줌마는 이 작품에서 비중있는 인물로 그려진다. 스타마티나 아줌마는 1922년 터키군에 의한 스미르나 함락 때 가족을 잃고 구사일생으로 살아난 인물로 이 작품에서 멜리아가 지닌 '동심' 편에 서서 니코 오빠와 아이들을 돕는다. 멜리아보다 두 살 위인 언니 미트로는 구구단을 못 외워 할아버지에게 더러 혼이 나기도 하지만 예쁜 얼굴을 뽐내기도 하고 동생의 말과 행동을 유치하다고 타박하기도 하는, 요즘 시쳇말로 '공주병 환자'로 그려지고 있다. 즉 이 작품에 등장하는 각 인물들은 평면적이지 않고 아주 개성적인 형상들을 하고 있다.

이런 인물들에 둘러싸인 멜리아에게 사회적 변동의 기미는 쉽게 포착되지 않는다. 다만 할아버지가 잘못 돌아가고 있는 세상에 대해 탄식을 하는 말로, 어른들의 카드놀이 장면 속에 가끔씩 튀어나오는 이해 못할 말들로 암시가 될 뿐이다. 그런데 여기서 한가지 주목할 것은 작가가 시장이나 주교 같은 인물들과 어울리는 대고모와 아버지를 한 축으로 놓고, 그와 반대로 그들과 절대 어울리지 않으며 고대 그리스 책만 읽는 할아버지를 다른 한 축에 놓음으로써 앞으로 닥치게 될 독재체제에 각기 다르게 반응하는 인물들 사이의 긴장감을 미리부터 암시하고 있다는 것이다. 그것은 독재체제와 무관하게 가장 가까운 곳에 놓일 법한 한집안 사람들이 사실은 독재체제로 말미암아 서로 얼마나 먼 거리에 놓일 수 있게 되는가를 암시하는 복선처럼 여겨진다.

이야기는 가족들이 여름휴가를 떠나면서 더 넓은 무대로 공간 이동이 이루어진다. 멜리아 가족 모두는 라마가리라는 섬으로 휴가를 가는데, 작가는 시원한 여름을 보내는 장면의 묘사에 주력하려는 것이 아니라, 어린 멜리아의 눈을 통해 당시 그리스의 현실을 드러내 보이는 데 더 역점을 두고 있는 것 같다. 그 현실은 다름아닌 가난하고 비참한 라마가리 사람들의 삶이다. 그곳에는 남편이 식구들의 유일한 목숨줄인 배를 팔아 자신의 병을 고쳐주려 하자 그만 낭떠러지에서 떨어져 죽은 아르테미스 엄마의 슬픈 사연이 있고, 먼 바다 속으로 해면을 잡으러 갔다가 잠수병에 걸려 팔다리를 못 쓰게 된 마놀리 아버지의 비참한 삶이 있으며, 식구들을 먹여살리기 위해 불법으로 고기를 잡다가 감옥(경찰관들에게 돈을 주는 사람들은 잡혀가지 않고 돈 없는 사람들만 가는 감옥)에 갇힌 오딧세우스와 오로라 아버지의 억울한 이야기가 있다. 멜리아는 라마가리에 사는 아이들의 현실을 일찍부터 잘 알고 있는 듯 보인다. 또한 멜리아는 이런 슬픈 현실을 살아가는 동무들의 삶을 머리로 이해하려 하기보다 이미 가슴으로 따뜻하게 받아들인 듯 보이는데, 라마가리 아이들 또한 그 못지않게 넉살좋고 천진하게 멜리아와 한덩어리가 되어 논다. 이런 아이들의 노는 모습을 보면 절로 건강한 기운이 느껴져 자못 흐뭇한 느낌이 들 정도이다. 이것을 가능하게 한 힘은 무엇일까? 바로 니코라는 인물에게서 나오는 힘이었다. 니코 오빠는 아테네에서 대학에 다니는 학생으로 멜리아와 미트로에게 있어 우상이다. 그는 아이들이 지니고 있는 상상력을 언제나 너그럽게 수용하며 더욱 넓게 확장시켜주는 인물이다. 그의 태도는 아이들의 우상이 될 만한 충분조건으로 기능한다. 이는 라마가리의 다른 가난한 아이들에게도 마찬가지였다. 그는 '디모크러씨(democracy)'[1]가 애인이라고 말하는, 80년대식으로 말하면 의식화된 대학생이고 작품에 나오는 대로 말하면 "볼셰비끼주의자"이지만, 아이들에게는 더없이 재미있고 마음씨 좋은 형이자 오빠였다.

아이들은 그런 니코를 따르고 좋아하지만, 어른들 가운데 그를 불온시하고 위험한 인물로 여기는 이들이 적지 않았다. 그가 순진한 아이들에게 쓸데없이 민주주의나 자유에 대해서 입을 놀리는 '주의자'라고 믿는 때문이었다. 우선 집안의 대고모는 사사건건 그의 말과 행동에 잔소리를 하며, 시장과 주교로 대표되는 이른바 '파시즘의 옹호자'들은 그를 감시해야 할 대상으로 점찍어둔다.

어느날 니코는 아이들에게 스페인에서 파시스트정권에 대항해 싸우는 전사들의 이야기를 들려주고, '우리끼리만 아는 비밀'로 하자고 다짐한다. 그러나 이야기는 곧 거짓말쟁이이자 골칫덩이인 피피쨔에 의해 파시즘 옹호자들에게 알려진다. 파시즘 옹호자들은 어느날 멜리아 식구들이 묵고 있는 별장에 와서 대고모에게 그런 말을 함부

1) 작품에서 니코 오빠는 '디모크러씨'라는 약혼자를 만나러 읍내에 나간다고 말한다. '디모크러씨'는 멜리아의 새끼고양이 이름이기도 하다.

로 하는 니코를 그냥 두지 않겠노라고 협박을 한다. 어른들의 말을 엿들은 아이들은 화가 나서 배신자 피피짜를 혼내주려고 바닷가 모래밭으로 끌고 간다. 아이들이 피피짜의 팔과 다리를 잡고 몸에 뜨거운 모래를 덮기 시작했을 때, 아이들 머리 위로 커다란 그림자가 다가와 멎었다. 니코였다. 니코는 배신자요 고자질쟁이인 피피짜에게는 전혀 화를 내지 않고 오히려 아이들을 무섭게 꾸짖었다.

"산 사람을 파묻어 버리려고 하다니 이게 무슨 짓들이냐? 이건 파시스트놈들이나 하는 짓이다."

"누구라구요?"

"민주주의와 자유라는 걸 믿으려고 하지 않는 그 검은 셔츠의 악당놈들 말이다. 모든 사람들을 자기들 생각대로만 움직이게 하려고 하는 놈들이지!" (106면)

이 장면에서 살필 수 있는 것은 파시스트들에게 이른바 '주의자'로 낙인찍힌 니코의 인간됨됨이다. 그는 파시스트들에게는 위험하고 불순한 인물이었는지 모르지만 실상은 그 누구보다 폭력을 혐오하는 평화주의자요, 따뜻한 인간의 마음을 가진 젊은이였다. 작가는 어린 멜리아의 눈을 통해 이 세상을 둘로 나누어놓고 자꾸만 편을 가르려드는 파시스트들(이 세상을 이분법적인 잣대로 보려는 어른들)과 따뜻하고 정의로운 한 젊은이의 모습을 대비시켜서 동심의 내면에 있는 따뜻한 인간주의를 북돋우고 있다.

어쨌든 이제 이야기는 독재정치가 시작되는 싯점으로 넘어간다. 1936년 8월 4일, 드디어 두꺼비같이 생긴 사람이 그리스에 독재정치의 마수를 본격적으로 뻗기 시작했다. 독재자가 등장하고 멜리아에게는 당장은 아무런 일도 일어나지 않는다. 그렇지만 아버지는 딸들에게 "말조심해야 한다" "민주주의라는 말을 입 밖에 내서는 안 된다"는 따위 다짐을 주고는 만약 그것을 지키지 않을 때는 자신이 은행에서 일자리를 잃게 될지도 모른다고 일러준다. 깜깜한 독재시대가 시작된 얼마 뒤 결국 파시스트들에게 감시 대상이었던 니코는 한때 아이들의 즐거운 놀이공간이었던 풍차간으로 숨어들지 않으면 안되는 신세가 된다. 그리고 어느날 그런 니코를 몰래 만나러 가던 멜리아는 한 남자가 순경에게 끌려가며 피투성이가 되도록 매를 맞는 장면을 눈앞에서 생생히 보게 된다.

언덕 꼭대기에 다다라 다시 작은 계곡을 향해 내려가는 길로 마악 접어들려고 하는데 갑자기 누군가 고함치는 소리가 들렸습니다. 우리는 놀라서 뒤를 돌아다보았습니다. 조금 떨어진 곳에 순경 두 사람이 한 남자를 앞세우고 걸어가고 있었습니다. 그 남자가 발을 질질 끌며 느릿느릿 걸음을 옮기자 순경들은 그의 어깨와 머리를 마구 때렸습니다. 겁에 질려서 우리들은 나무 덤불 밑으로 들어가 숨어서 바라보았습니다. 우리들에게는 그 사람들이 꼭 날개 부러진 풍차간으로 가는 것만 같았습니다. 그 남자가 비명을 지르기 시작했습니다. 그 비명 소리는 계곡 전체에 울려 퍼졌습니다. 그러나 순경들은 그 남자를 더 심하게 매질했습니다. 갑자기 남자의 머리에서 새빨간 피가 솟구쳐 얼굴로 마구 흘러내렸습니다. 나는 그렇게 많은 피를 흘리는 것을 여태껏 한 번도 본 적이 없었습니다. 나는 더 보지 않으려고 그만 눈을 감아 버렸습니다. (144면)

이 끔찍한 사건은 결국 멜리아를 앓아눕게 만들지만, 그에게는 더욱 고단한 앞날이 기다리고 있었다. 그것은 공교롭게도 독재정치가 시작되기 전 언니 미트로와 멜리아가 그렇게 가고 싶어하던 '학교'(미트로와 멜리아는 그때까지 할아버지 밑에서 글을 배웠다)에 그들이 입학하면서부터 벌어진다.

그들이 간 학교는 카라나시스 교장이 운영하는 사립학교였다. 카라나시스는 입으로는 이익을 남기고자 하는 데는 관심이 없는 것처럼 떠벌리지만, 사실은 독재자의 앞잡이 노릇을 하며 많은 아이들을 자신의 학교에 받아들여 온갖 이익을 취하려는 인물이다. 그는 부유한 가정의 아이와 가난한 가정의 아이들을 철저히 차별하며, 아이들에게 거짓 교육을 시키는 데 앞장서는 인물이다. 그는 자신의 학교를 새로운 독재자가 만드는 최초의 '청소년연맹 지부'로 만들려는 욕심을 가진 인물이기도 하였는데, 그는 한마디로 아이들을 바르게 길러내는 교육자라기보다 아이들을 앞세워 자신의 돈벌이와 출세만을 바라는 비열한 인간이었던 것이다.

그런 사람이 운영하는 학교에 간 멜리아에게 즐거운 일이 생기기는 어려운 일이었다. 멜리아는 그곳에서 허영심에 들떠 청소년연맹 단장이 되려는 언니 미트로와 점점 사이가 벌어진다. 미트로는 마치 독재자의 검은 마술에 걸린 꼭두각시처럼 변해가고, 멜리아는 그런 언니와 그 어떤 마음속 비밀 이야기도 나눌 수 없는 처지가 되고 만다. 독재자는 가장 친했던 두 어린 동심을 자신이 만들어놓은 '이분법의 세계'에 꼼짝없이 가두어놓고 만 것이다. 그뿐만이 아니었다. 독재자는 하수인들을 내세워 양심적인 기자를 신문사에서 내쫓고, 할아버지에게서 고대 그리스 책들을 빼앗아 불사르기까지 한다. (뒤에 언니 미트로는 청소년연맹이 얼마나 우스꽝스러운 단체인가를 깨닫고 그곳에서 나오게 되지만 어린 동심이 받은 상처는 이루 말할 수 없이 큰 것이었다.)

동심—따뜻하고 온전한 세계에 대한 열망

그러나 이 작품은 독재체제의 쓸쓸한 단면을 보여주는 데서 머무르지는 않는다. 바로 그 속에서 따뜻한 인간의 연대가, 따뜻하고 온전한 세계를 꿈꾸는 사람들의 유대가 또한 끊임없이 이루어지고 있음을 다음과 같은 인물들의 대사를 통해 이렇게 보여주고 있기 때문이다.

"그리스가 다른 나라를 침략하려고 했으니까 그때는 그리스가 나빴단다." 알렉시스 아버지가 말씀하셨습니다.

나는 깜짝 놀랐습니다. "그렇지만 우리는 그리스 사람이잖아요! 어떻게 적의 편을 들 수가 있어요?" 나는 알고 싶었습니다.

그러자 알렉시스의 아버지께서 무척 이상한 일들을 설명해 주셨습니다. 그리스가 만약 다른 나라를 침략하려고 전쟁을 선포한다면 우리는 마땅히 그 다른 나라를 도와 지켜야 하고 식민지가 되지 않도록 해야 한다고 하셨습니다. (249면)

파시스트들에게 반역자로 몰린 해직기자 알렉시스의 아버지가 멜리아에게 들려주는 말이다. 이런 말은 이분법적인 세계관으로 세상을 보려는 독재자들에게는 도무지 이해할 수 없고 용납하기 힘든 말이지만, 동심에게는 이내 더없이 아름답고 신선한 가르침으로 다가온다. 멜리아는 이런 가르침 속에서 진정으로 동심의 편에 서서 독재자들과 싸우는 일이 얼마나 아름답고 숭고한 일인지를 어렴풋이 깨닫게 된다.

작품의 결말은 결국 어떻게 되는가? 파시스트는 자신들에 맞서 끝까지 선한 의지를 잃지 않으려는 인간들을 자꾸만 멜리아 곁에서 떼어놓는다. 겉으로만 보면 멜리아와 연대하는 동심의 인간상들은 세상과 맞서서 이기기는커녕 무릎을 꿇거나 어디론가 떠나가는 모습으로 그려지고 있다. 이를테면 작품 끝에서 동무 알렉시스의 아버지는 독재자들의 손에 끌려 감옥으로 가고, 니코 오빠 또한 그리스에서 더이상 머물지 못한 채 멀리 스페인으로 떠난다. 그렇다고 그들이 멜리아의 마음속에 심어진 자유에 대한 강렬한 열망과 진정한 동심까지 사라지게 할 수 있을까. 그럴 수는 없는 노릇이었다. 오히려 그런 열망과 동심은 멜리아의 내면에 더욱 깊숙이 자리잡을 뿐이었다.

> 내가 작가가 될 수 있다면, 나는 행복한 이야기를 쓰겠습니다. 나는 니코 오빠와 들고양이 이야기를 쓰겠습니다. 그러나 나는 날개 부러진 풍차간이나 새장이 가득한 조그만 방에 오빠가 숨어 있어야 하는 이야기는 쓰지 않겠습니다. 또 응접실 바닥에 다쳐서 쓰러져 있는 들고양이 이야기도 쓰지 않겠습니다. 나는 두 눈이 모두 밝은 푸른빛을 한 들고양이를 타고 니코 오빠가 돌아오는 이야기를 쓰겠습니다. 들고양이와 사람이 함께 나는 방법을 발명해서 그들은 날아서 돌아올지도 모릅니다. 제일 먼저 그들은 라마가리로 우리를 찾아올 것입니다. 그런 다음 오빠와 들고양이는 세계 곳곳 여러 나라로 날아갈 것입니다. 가는 곳마다 그들은 어린이들이 "에포, 에포!(멜리아가 언니 미트로와 만든 암호로 좋다 또는 행복하다는 뜻의 말—인용자)" 하도록 만들 것입니다. (280~81면)

스페인에 간 니코 오빠를 그리며 멜리아는 이렇게 속으로 다짐한다. 그리고 작품은 끝을 맺는데, 결국 멜리아의 독백은 그가 독재자의 횡포에 굴복하는 존재가 아니라 안온하고 따뜻한 세계를 열망하는 넉넉한 존재임을 나지막이 웅변한다. 다시 말해 멜리아의 독백은 어른이 갈라놓은 세계를 따뜻하고 온전한 세계로 되돌리려는 꿈을 가진 아름다운 동심의 목소리로서 잔잔하지만 넉넉한 힘을 지닌 울림으로 우리에게 다가오는 것이다.

나는 앞에서 그리스 역사에 대해서 일목요연하지 못한, 그래서 장황하기만 한 머리글로 시작했으나, 사실 이 작품을 끝까지 다 읽고 난 분이라면 이 동화를 굳이 그리스만의 이야기로 국한해 읽을 필요는 없겠다는 생각을 누구나 했을 것이다. 이는 시대적 배경이나 공간적 배경이 지니는 어떤 특수성을 가리고 보더라도 독재 혹은 폭력이 동심과 행복한 인간의 삶을 어떻게 짓밟을 수 있는지를 아주 또렷하게 보여주는 작품으로 다가오기 때문이다. 맑은 동심을 더러운 독재정권의 앞잡이나 하수인으로 전락시켜 이리저리 끌고다니는 역사를 우리는 그리스 못지않게 겪었거니와, 그 역사가 어린 동심들에게 어떤 비참한 상처를 주는지를 우리는 이미 잘 알고 있지 않은가.

작가 알키 지는 이 폭력의 실체를 어린 동심의 눈을 통해 성급하고 치우치지 않은 어조로 차분하게 펼쳐 보여준다. 어느 한구석에서라도 작가는 흥분된 목소리를 내놓는 적이 없다. 오히려 독재정권에 의연하게 맞서는 어른들과 어린이들을 통해 폭력의 비열함과 왜소함을 드러내고 미래에 대한 낙관적인 전망을 보여줄 뿐이다. 이 작품이 우리에게 주는 감동은 바로 그런 의연함(따스한 인간주의)에 기인한 것이라 보는데, 우리는 실체를 또렷이 드러내지 않고 알게 모르게 삶을 파괴하는 독재정권에 맞서 어린이와 어른, 어른과 어른, 어린이와 어린이의 따뜻한 유대(폭력에 맞서려는 의지, 폭력에서 느끼는 공분에 기인된 유대)를 보여주는 대목에서 묵직한 감동을 받게 된다. 이런 유대감이야말로 구부러진 역사를 바로 이끌어가려는 힘이요, 동심이 가지는 참모습이 아니겠는가.

참된 민주주의란 결국 무엇이겠는가. 서로가 서로를 미워하지 않고, 해치지 않고, 인간의 존엄을 지켜주는 사람들 사이에서 저절로 피어나는 꽃이 아니겠는가. 『니코 오빠의 비밀』은 새삼스럽지만 잘 지켜지지 않는 진리를 일깨우는 훌륭한 작품이다.

우리는 무엇을 할 것인가

> 20세기 세계사는 전쟁과 국가폭력의 광란 속에서 온갖 거짓과 우상, 신화가 난무하는 가운데 인류가 스스로 범하고 겪어온 비극의 자화상을 그려왔다.
>
> 그렇다면 이러한 세계사적 비극의 자화상 속에서 우리나라의 20세기 역사, 특히 현대정치사는 어떠한가? (…) 돌이켜보면 우리 현대사의 흐름은 해방의 격한 감격과 분단의 참담한 아픔, 전쟁의 폐허에서 시작해 인간 파괴적인 독재로 점철되었다. '대한민국은 민주공화국이다'라는 말이 무색할 정도로, 우리의 현대정치사는 지배와 저항의 무한쌍곡선으로 이루어진 국가폭력의 역사이자 '살(殺)의 정치사'였다. (…) 이러한 시대적 분위기 속에서 우리 사회는 감시의 눈이 번뜩이는 거대한 감옥으로, 질식의 사회로 변해갔다. (『한국 현대정치의 악몽—국가폭력』, 책세상 2000, 11면)

나와 비슷한 시기—유신 시대—에 유년시절을 보냈다고 보이는 조현연이란 이는 이렇게 쓰고 있다. 그렇다면 그는 과연 유년시절에도 자신이 속한 사회가 질식할 것만 같은 거대한 감옥이란 생각을 했을까? 이는 얼핏 유치한 질문처럼 들릴는지 모르겠지만, 나에게는 꽤나 궁금하고 중요한 물음이다. 앞에서도 살펴본 바와 같이 어른들이 국가폭력이라 일컫는 폭력은 아이들이 지니고 있는 동심에 얼마만큼 영향을 끼칠 수 있는가, 과연 동심은 국가폭력의 실체를 어른의 과도한 개입 없이도 얼마만큼 깊이 느낄 수 있는가, 이런 문제는 아동문학을 공부하는 나에게 제법 중요하고 어쩌면 근원적이기까지 한 문제이기 때문이다.

이 물음에 답하기 위해서는 먼저 그 시대를 그린 우리 아동문학 작품을 찾아 읽을 필요가 있을 것이라 생각한다. 국가폭력이 난무하는 시대를 배경으로 그 시대를 살아가는 동심의 모습이 과연 어떠했는지 알려주는 문학작품, 이런 작품 속에 등장하는 동심은 '거대한 감옥'을 과연 감옥처럼 여기고 있는가, 그리고 그 감옥 밖의 '따뜻하고 안온한 세계'를 과연 그리워했을까를 살펴보는 것은 아주 흥미로운 일에 속할 것이다. 그러나 안타깝게도 지난 시대를 그린 우리 작품 가운데서 국가폭력과 동심이 만나 어떤 일이 벌어지는가를 자상하게 그려놓은 작품은 쉽게 발견할 수 없다. 우선은 많은 우리 아동문학 작가들이 과연 지난 20세기 현대사를 '국가폭력의 역사'로 규정하고 있는지조차 의문일뿐더러, 작가들이 마음속으로 그렇게 인정하고 있다 할지라도 작품으로 성실히 그려내려는 작가는 아주 드물었던 것이 우리 아동문학의 현주소가 아니었나 싶다. 꼭 유신시대뿐만 아니라 해방기나 6·25, 4·19, 5·16, 광주민주화운동 그리고 군부통치 기간까지의 숨막히는 현대사를 거치면서 국가폭력이 동심에 어떤 영향을 끼치는지 또렷이 보여준 작품이 우리에게는 아직 그리 많지 않다. 우리 현대사가 동심에게만큼은 아무런 피해도 주지 않은 진정으로 '어린이를 위한 시대'였기 때문인가. 그 시대를 살아가던 동심은 모두 국가폭력에서만큼은 홀로 자유로울 수 있는 존재였기 때문인가. 물론 그런 것은 아닐 것이다.

알다시피 그런 작품이 활발하게 나오지 못한 배후에는 국가폭력이 동심에 어떤 영향을 끼치는가를 차마 말할 수 없게 하는 '외부 환경'이 도사리고 있기 때문이다. 여기서 말하는 외부 환경이란 국가폭력의 다른 이름일 것이다. 국가폭력은 우리 사회 전체를 숨막힐 듯한 감옥으로 만들었을뿐더러 함부로 그 감옥에 대해 말할 수 없도록 사람들의 입을, 동심의 입을 막았던 것이다. 입이 틀어막힌 상태에서 작가들이 쉽게 택할 수 있는 길이란 이미 예정된 한가지 길—70년대 교과서 예문에서 잘 나타나듯 국가폭력에 순응하고 옹호하는—뿐이었다. 국가폭력에 길들여진 문학이 우리 구부러진 현대사에 대응하는 아동문학의 '이상한 주류'가 된 것은 다 이런 이유에서다.

이러한 구부러진 길을 돌이켜보는 싯점에서 새삼 기대하는 것은 국가폭력이 동심에게 어떤 고통을 주는가, 동심은 또한 그 고통을 어떻게 극복하는가를 아름답고도 또렷하게 보여주는 작품이다. 우리 현대사가 굴곡 없는 평탄한 길을 걸어오지 못했던 것은 누구나 인정할 수 있는 사실이고, 국가폭력은 동심에게 폭력의 꼭두각시가 되기를 강요하기도 했던 것도 부인할 수 없는 사실이다. 이런 말도 되지 않는 폭력이 행해지던 때, 우리 아동문학이 동심의 편에 서서 부지런히 그려내지 못했다면 이제부터라도 마땅히 나서서 그려야 옳지 않겠는가. 물론 지나간 역사를 어른의 처지에서 가르치겠다는 목적에서가 아니다. 동심은 어떤 시대를 살건 폭력에 길들여지거나 피해를 받아서는 안된다는 당연한 믿음을 우리 스스로 새삼 가다듬기 위해서이며, 어쩌면 20세기가 드리운 그늘의 일부를 자신의 운명으로 받아들인 채 살아가는 이 시대의 동심들에 대한 최소한의 예의이겠다는 생각이 들기 때문이다.

〈『어린이문학』 2001년 2월호〉

소설가가 쓴 동화 한 편

손창섭 「싸움 동무」

1

1950년대, 전쟁 뒤의 쓸쓸한 삶을 그린 여러 작가 가운데 손창섭이라는 작가를 한번 떠올려보는 것은 어떨까. 그의 소설에서 특히 기억에 남는 것은 뭐니뭐니 해도 거기 나오는 인물들이다. 소설 속 주인공들은 한결같이 못나빠지고 불구인 삶을 산다. 그들은 세상이라는 상투를 냅다 틀어쥐고 걸판지게 호령을 지르는 사람들이 아니다. 세상의 등을 치는 쪽에 서 있기보다 세상에게 오히려 알량한 등을 내밀고 있는 불쌍한 존재들이다. 그의 소설 제목에도 있듯이 그들은 모두 이를테면 '잉여인간'의 삶을 산다. 세상에 나가 온갖 깜냥으로 제몫을 다하려고 설치는 잘난 인간들이 아니라 있어도 그만 없어도 그만인 못난 인생들을 살고 있다. 그들은 왜 그렇게 못난 인생들을 살고 있을까. 그것은 저들이 모두 6·25라는 전쟁을 호되게 겪은 때문이다. 소설 속의 인물들은 그 전쟁에서 어떻게든 목숨만은 살아났지만, 목숨 대신 소중한 삶의 끈들을 송두리째 잃은 사람들이다. 마치 몸만 살고 영혼은 죽은 사람처럼. 그래서 그들의 삶에는 어떤 윤기나 생기 같은 것이 없다.

손창섭은 그의 소설에서 즐겨 다루던 이런 인물들의 말과 행동을 통해 전쟁이 남긴 상처를 너무나 또렷하게 우리 앞에 드러내놓은 작가이다. 그래서 1950년대를 떠올릴 때 그의 이름을 함께 떠올리는 것은 그리 낯선 일이 아니다. 그런데 혹시 그 손창섭이라는 이가 아이들을 위한 동화를 썼다는 사실을 알고 있는 분은 얼마나 될지 궁금하다. 그는 소설가로 일반에게 널리 알려져 있는 사람이지만 동화작가로는 거의 아는 이가 드문 작가가 아닌가 한다.

그런데 이원수가 4·19 뒤에 쓴 「자유민주적인 문학에의 노력」[1]이라는 글에는 분명히 손창섭의 이름이 나온다. 이원수의 이 글은 4·19가 아동문학에 미친 영향을 논한 글이면서 이원수의 문학정신이 4·19의 정신과 하나가 된 모습을 엿보여주는 귀한 글이다. 이원수는 여기에서 '진리나 정의보다는 그릇된 도덕률에 굴복하는 것을 미덕으로 그린 작가들이 4월혁명을 똑바로 반성하지 않는다면 아동문학에 가해자밖에 안 될 단계에 서 있음'을 경계하고 있다. 이원수는 바로 뒤에 4·19 이후 나온 바람직한 문제작들 몇을 소개하는데, 이 가운데 한 작품이 바로 손창섭의 「싸우는 아이」다.

지금 내가 가지고 있는 책이 바로 「싸우는 아이」를 표제로 한 동화책이다. 1991년 새벗사에서 간행된 것으로 장편 분량의 소년소설 「싸우는 아이」와 단편동화 여섯 편이 실려 있는데, 작품이 쓰인 것은

---

1) 동아일보 1960년 12월 21일자; 이원수 문학전집 30 『아동과 문학』, 웅진출판 1984.

대부분 1950년 후반부터 1961년 사이다. 모든 작품들이 내 눈에는 만만치 않지만, 여기서 다룰 작품은 맨 뒤에 실린 「싸움 동무」이다. 손창섭의 다른 작품들을 모두 다 제쳐두고 굳이 이 자리에서 「싸움 동무」를 꺼내든 데 별다른 뜻은 없다. 자리가 허락된다면 장편 분량의 「싸우는 아이」를 더 언급하고 싶은 생각이 없지 않지만, 여기에서는 「싸움 동무」만을 가지고 이야기해보도록 하자. 나는 이 작품 하나만으로도 지금 동화를 쓰는 작가, 아동문학을 대하는 모든 어른들에게 시사하는 점이 많을 것이라고 본다.

2

앞에서 조금 장황하게 손창섭 소설에 나오는 인물들의 이야기를 꺼냈지만, 그의 소설에 강한 인상을 받은 사람일수록 그의 동화를 대할 때 소설과 동화의 세계가 다르다는 느낌을 우선 받을 것이다. 우선 소설 속에 나오는 인물들은 전쟁이 준 심한 상처에 아파하는 사람들이지만, 동화에 나오는 인물들은 건강하고 꿋꿋한 동심을 지닌 인물들이 많다. 소설 속에 나오는 병든 어른들에 견주어 동화 속에 나오는 주인공들은 모두 똘망똘망한 기운이 느껴지는 인물들이다. 등장하는 인물이 이렇게 다르다면 얼핏 동화에서는 전쟁 뒤의 아픈 현실이 슬쩍 가려지고 그저 가벼운 웃음이나 주는 즐거운 세계를 그리지 않았을까 생각하기 쉽지만 오히려 그 반대다. 소설만큼 절망적인 세계는 아니지만, 동화 속에 그려지는 세계 또한 당시 현실에 엄연히 그 뿌리를 두고 있는 것이다. 다시 말해 그는 소설 속의 현실과 동화 속의 현실을 따로 차별해 그리지는 않았다. 다만 소설에서는 현실에 맞서는 인물이 나오지 않지만, 동화에서는 현실과 맞서는 인물이 등장하는 것이 다를 뿐이다. 소설 속 어른은 세상과의 싸움에서 늘 지거나 상처받고 때로는 싸움을 피하는 데 견주어, 동화 속 동심은 세상과의 싸움에 꿋꿋이 맞서며 결국 그 싸움에서 이기고 만다.

「싸움 동무」에 나오는 주인공은 덕기다. 그는 부모 없이 누나와 산다. 작품 속에 자상한 설명이 없어 그의 부모가 어디에 있는지 왜 그가 누나와 단둘이 사는지 까닭을 또렷이 알 수는 없지만 당시 시대상에 비추어볼 때, 아마 두 남매는 전쟁중 고아가 된 오누이가 아닌가 싶다. 누나는 직장에 나다니고 덕기는 아직 학교에 다니는 소년이다. 이야기는 덕기가 새로 이사를 가서 만난 아이들과 갈등을 겪다가 끝내 화해하는 줄거리를 담고 있다.

덕기가 새로 이사간 동네, 그곳에는 버르장머리 없는 아이들이 많았다. 이 가운데도 골목대장인 체하며 뻐기는 문수란 아이가 있다. 문수는 부하처럼 따르는 아이들을 데리고 덕기를 찾아와 그를 날마다 귀찮게 군다. 덕기를 제 부하로 만들자는 수작이다. 그렇지만 덕기는 누구의 부하가 되고 싶지 않았다. 힘이 세다고 또 누구의 대장이 되고 싶지도 않았다. 그런 덕기의 속마음도 모르고 문수는 걸핏하면 덕기를 만만히 보고 으스대었다. 문수 패들은 누나가 직장에 가고 없는 틈을 타 덕기네 집에 몰려와서는 자기 집이나 다름없이 멋대로 까불어댄다. 경대 위에 놓여 있는 화장품 뚜껑을 모조리 열고서는 킁킁거리며 냄새를 맡는 것은 보통이고, 책상 서랍까지 제멋대로 빼보려 한다. 덕기가 말리면 문수는 "요게 왜 째째하게 굴어" 하고는 힘껏 덕기의 옆구리를 찔렀다. 한번은 방안에서 노래도 부르고 말타기도 하며 놀다가 점심때가 되었다. 그들은 덕기 허락도 없이 부엌에 가서는 점심밥을 들고 들어와 먹었다. 그 다음날부터 점심때만 되면 제멋대로 부엌에 나가서는 점심밥을 뒤져가지고 들어와 먹곤 했다.

한번은 동네 아이들이 연못 얼음판으로 썰매를 타러 나간 일이 있었다. 싫다는 덕기는 억지로 끌려가다시피 나갔는데, 막상 나가보니 썰매는 하나뿐이었다. 그런데 그 썰매를 문수 혼자 도맡아 타는 것이다. 어쩌다 한번씩 싫증이 나야 아이들에게 주는데 겨우 연못 둘레를 한 바퀴 돌아오게 할 뿐이었다. 문수는 나중에는 새끼를 주워다가 썰매에 매놓고는 앞뒤에서 썰매를 끌고 밀라고 호령까지 한다. 숨이 차고 땀이 흐를 때까지 문수 뒤를 밀어주던 덕기는 더는 참을 수가 없어 그 자리를 박차고 홱 돌아선다. 이내 문수는 부하처럼 부리는 아이들을 시켜 덕기를 막으려 한다. 그러나 문수 부하들은 덕기의 당찬 기세에 슬그머니 기가 꺾여 그를 막지 못한다. 덕기는 얼음판을 떠나 당당히 집으로 돌아오고야 말았다.

문제는 그 다음날 일어났다. 문수가 덕기를 혼내주려고 다시 덕기네 집을 찾아온 것이다. 문수는 덕기더러 자기 앞으로 나와 잘못했다고 용서를 빌라고 다그친다. 덕기가 방안에서 꼼짝하지 않자 문수는 급기야 신발을 신은 채 방안으로 들어와 덕기를 힘껏 떠밀었다. 이내 문수 부하들까지 주르르 따라 들어와서 덕기를 둘러싼다. 덕기는 그들에게 잘못했다고 빌지는 않았지만, 상황은 이미 항복한 것이나 다름없이 되었다. 문수는 거만하게 덕기를 굽어보며 이렇게 말한다. "그럼, 오늘부터 너도 내 부하다. 또 한번 내 명령을 어기면 용서없다. 알지?"

그들은 덕기 방에 그대로 눌러앉아서 한동안 떠들썩하게 놀다가 문수의 명령에 따라서 씨름판을 벌였다. 방에다 이불을 펴놓고 그 위에서 씨름을 하는 것이다. 덕기는 문수 부하 셋을 차례로 이긴다. 덕기는 마지막으로 문수와 붙었다. 몇차례 밀고 밀리고 하다가 문수도 그만 픽 하고 쓰러진다. 그러자 보고 있던 아이들이 일제히 손뼉을 친다. 화가 난 문수는 대번에 손뼉 친 아이들의 따귀를 후려갈긴다. 그리고 다시 한번 해보자고 덕기에게 덤벼들었다. 이번에도 문제없이 덕기가 이겼다. 그런데 넘어가면서 문수의 머리가 벽에 쪼이게 된다. 문수는 두 손으로 머리를 싸쥐고 죽는 시늉을 했다. 덕기가 미안해서 다가가 붙들어 일으키려는데 문수는 발길로 덕기를 힘껏 걷어찼다. 그리고는 뛰어일어나서 덕기를 마구 때리고 차고 했다.

덕기는 그만 더 참을 수가 없었다. 같이 덤벼들어서 결국 문수를 굴복시키고야 만다. 문수는 덕기 앞에 무릎을 꿇고 사과를 하고, 아이들은 덕기를 대장으로 하자고 떠든다. 그러나 덕기는 거북스러운 얼굴로 이렇게 대답했다. "난 대장도 되고 싶지 않아. 그리고 부하 노릇도 하고 싶지 않아. 그저 우리들은 인제부터 사이좋게 지내면 되는 거야."

여기까지가 이 동화의 줄거리다. 줄거리만 보아도 짐작할 수 있듯이 손창섭은 이 동화에서 마치 아이들의 생활이나 심리를 세세히 꿰뚫고 있는 듯 보인다. 그런 까닭에 작가가 주려는 교훈이 겉으로 드러나지 않고 이야기 속에 잔잔히 배어 있다는 느낌을 가지게 된다. 더욱 돋보이는 것은 살아있는 인물들의 창조다. 심지가 굳고 올곧은 주인공 덕기, 제 힘 하나만을 믿고 남을 못살게 구는 문수, 힘센 동무에게 붙어 그의 비위를 살살 맞추는 병걸, 힘센 동무의 앞잡이 노릇을 하는 창호 들이 모두 우리 곁에 살아있는 아이들같이 느껴진다. 장편 「싸우는 아이」에서도 그런 모습이 엿보이지만, 손창섭의 동화에 나오는 아이들은 작가의 관념 속에서 대충대충 그려진 인물이 절대 아니다.

이 동화가 나온 것은 1959년이다. 당시 시대상을 떠올린다면 그릇된 권력을 휘두르는 이와 권력에 굴종하는 이, 또다른 한편에서 권력에 맞서는 이가 등장하는 이 이야기 구도는 마치 당시 어지러운 사회현실을 빗댄 것 같은 생각이 들기도 한다. 이원수는 앞에 소개한 글에서 4·19 이후 우리 아동문학이 "천사주의에서 현실적인 아동 대중의 문학으로", "동심 세계와 실생활을 결부시키며", "낡은 어용 교육주의에서 자유민주적인 인간 교육으로" 지향해가는 아동문학 본연의 길에 들어섰다고 말하고 있거니와, 손창섭은 이미 4·19 이전부터 아동문학에서 그러한 자세를 꿋꿋이 지닌 작가가 아니었나 하는 생각도 해본다.

알다시피 1950년대는 반공주의와 상업주의가 아동문학을 온통 주름잡던 시대였다. 또한 당시 아동문학은 동심주의를 표방한 작가들이 이른바 교훈성을 내세우며 어린 동심들에게 '반성하는 동심상'을 강요하던 시대였다. 당시 그 대열에 앞장을 서던 작가들의 작품을 읽어보면 유독 '앞으로 무엇무엇을 절대 하지 않겠습니다' 식의 반성을 강요하는 주제의 글들이 많다. 지금까지도 흔히 아이들은 일기글의 맨 끝줄에 앞으로는 잘하겠다느니 앞으로 무엇은 절대 하지 않겠다느니 하는 그릇된 관용구를 집어넣는 버릇이 있는데, 이 그릇된 글쓰기 버릇은 혹시 50년대 동화 작가들의 작품 속에서 비롯된 것은 아닐는지 모르겠다. 50년대 작가들이 이렇게 구부러진 길을 걷고 있을 때, 그러나 소설가 손창섭은 앞서 밝힌 대로 아동문학의 곧은 길을 정확히 꿰뚫고 꿋꿋이 걸었던 사람이었다.

3

손창섭의 이런 문학세계는 그러나 1961년 뒤로 더 이어지지는 않는다. 지금까지 알려진 바로는 손창섭은 아동문학에서 두 편의 장편과 십여 편 남짓한 단편을 남긴 것으로만 되어 있다. 그의 올곧은 문학정신에 견주어 꾸준한 작품활동이 이어지지 못한 것이 못내 아쉬움으로 남지만, 그가 남긴 주옥 같은 작품들은 시대 모습이 많이 변한 지금까지도 우리 아이들에게 감동을 줄 수 있으리라 나는 생각한다. 장편 「싸우는 아이」를 비롯하여 이 자리에 소개하지 않았지만 그의 단편동화 가운데 「꼬마와 현주」 「장님 강아지」 「돌아온 세리」 같은 작품들은 모두 요즘 아이들의 정서를 너끈히 품어안을 힘을 가지고 있는 것으로 보인다.

늦은 감이 없지 않지만 우리는 얼마 전부터 우리 아동문학의 전통에서 성인문학을 하는 작가들이 아동문학에도 열정을 쏟아왔던 것을 반갑게 확인하고 있다. 특히 일제시대 이태준이나 현덕 같은 소설가, 분단 뒤 백석 같은 시인들이 아동문학 쪽에서 보여준 열정은 아동문학의 훌륭한 귀감이 되고도 남음이 있다고 입을 모으고 있는 터다. 그런 빛나는 전통이 4·19를 전후로 하여 잠시나마 손창섭 같은 작가에게서 다시 살아났음을 확인하는 것은 우리의 또다른 즐거움이다. 그러나 우리에겐 이 말고도 아직도 시대의 어둠에 묻혀 겉으로 드러나고 있지 않은 작품이 많이 남아 있다고 본다. 그 빛을 되살려 다시 동심들 앞에 내어놓는 것이 지금의 아동문학을 걱정하는 모든 이들의 숙제가 아닐까 한다.

〈『우리 말과 삶을 가꾸는 글쓰기』 2000년 4월호〉

울타리를 허무는 동심의 문학

『산적의 딸 로냐』와 「바닷가 아이들」에 대하여

1

유신시대 후반, 당시 내 또래 남자아이들을 매료시킨 만화영화는 뭐니뭐니해도 「마징가 제트」였다. 지금 생각해보면 집 어른들에게 꾸지람을 들어가며 멀쩡한 공책 귀퉁이에 나는 참 무수히도 많은 마징가 제트 머리를 그렸던 것 같다. "기운 센 천하장사, 무쇠로 만든 사람……" 하고 시작되는 주제가 또한 얼마나 나의 심금을 울리는 노래였던가. 그러나 마징가 제트의 매력은 뭐니뭐니해도 악당과 싸워이기는 그 통쾌한 결말에 있었다. 헬 박사의 사주를 받은 아수라 백작은 갖은 수단을 써서 마징가 제트를 이겨보려 한다. 그래서 마징가 제트는 언제나 위기에 빠지는 것이지만, 결국 씩씩하게 그 위기를 벗어나고 오히려 선제공격을 했던 아수라 백작은 초라한 패배자가 된 채 물러가고 만다.

그런데 선과 악이라는 이 선명한 대결 구도를 나는 종종 현실과 대비시켜 보려는 버릇이 있었다. 현실이란 바로 북한 괴뢰집단과 마주한 남한 사람들의 처지였다. 내 눈에는 어쩐 일인지 세계 정복이라는 가당치도 않은 삶의 목표를 지닌 헬 박사는 음흉한 음모를 꾸며 늘 선한 우리 남한 사람들을 해치려는 김일성 도당으로 보였고, 김박사와 쇠돌이는 그런 괴뢰도당에 용감히 맞서 싸우는 우리들의 영웅쯤으로 비쳤다. 마징가 제트가 그 늠름한 모습으로 헬 박사의 로봇을 사정없이 망가뜨릴 때, 나는 마치 못된 북한을 응징하는 우리 편의 승리를 보는 것 같아 마음속으로 적잖이 통쾌했다.

그러나 마징가 제트를 보며 늘 안타까웠던 점 한가지가 있었으니, 그것은 바로 만화 속에 등장하는 '시설' 하나가 우리 현실에는 실제로 존재하지 않는다는 사실이었다. 그 시설은 마징가 제트가 감추어져 있는 광자력 연구소에 설치된 투명 방공막이다. 헬 박사는 천하무적 로봇 마징가 제트를 망가뜨리는 것이 자기 목적을 이루는 최선의 길이라 믿고 연구소에 미사일을 쏟아붓는다. 그러나 연구소는 헬 박사의 공격을 받으면서도 털끝 하나 피해를 보는 일이 없다. 왜냐하면 헬 박사의 공격이 시작되려고 하면 그 연구소 위로는 순식간에 투명 방공막(아마 특수 재질로 된 유리막이었을 것이다)이 쳐지기 때문이다. 그것을 부술 수 있는 미사일을 악당 헬 박사는 갖고 있지 못했다. 이 장면을 볼 때마다 나는 우리나라가 발전하여 온 나라를 덮을 수 있는 투명 방공막 같은 것을 가지면 얼마나 좋을까 생각하며 한숨을 폭폭 내쉬고는 했다. '북한이 미사일을 발사하기 전에 우리나라가 빨리 그런 방공막을 만들어야 할 텐데' 하는 생각은 「마징가 제트」를 볼 때마다 내 어린 마음을 조바심으로 들뜨게 했다.

돌이켜보면 나는 나이에 걸맞지 않게 전쟁에 대해 지나친 공포심을 지니고 있지 않았나 생각한다. 그 공포심이 어디에 뿌리를 두고 있었는지 지금 속속들이 헤아리기는 힘들지만, 이른바 분단이라는 우리 겨레의 질곡과 연결되어 있었다는 것은 쉽게 짐작이 가는 일이다. 조금 과장되게 말해서 분단은 철없는 아이가 단순한 만화영화 하나조차 마음놓고 볼 수 없도록 세밀하고도 철저한 '통제'를 가했던 셈이다. 그러나 당시 어린 나이의 내가 그런 통제 씨스템을 간파하기란 불가능한 일이었다. 그저 어린 마음속에는 우리 남한이 북한을 하루바삐 무찔러야 한다는 비장한 애국심과 적대의식만이 똘똘 뭉쳐 있었을 뿐. 그런데 여기서 한가지 유념해야 할 사실은 그때 어린 마음속에 똬리를 틀고 앉은 적대의식이 전쟁에 대한 공포심을 해소해주기는커녕 오히려 그것을 더욱 부추겼다는 것이다. 투명 방공막이 빨리 설치되었으면 하고 조바심을 낸 것은 내가 북한에 대해 승리감이나 우월감보다 공포심을 더 많이 지니고 있었다는 증거가 된다. 어린 마음속에 팽배해 있던 그 적대의식은 결과적으로 내게 통쾌한 승리감 대신 공포심을 더 많이 안겨다주었던 것이다.

2

몇해 전에 「공동경비구역 JSA」란 영화가 화제가 된 적이 있다. 새로운 것이 지나간 것을 떠밀어내는 속도가 하도 빠른 세상이라 어느새 이 영화를 한물간 영화로 생각하실 분들이 더러 있을지 모르겠지만 나에게 있어 이 영화가 내뿜던 매력은 아직도 생생하기 그지없다.

영화 「공동경비구역 JSA」를 볼 때마다 나는 언제나 따뜻하고도 뭉클한 느낌을 어쩌지 못했다. 나는 이 영화를 꼭 세 번 보았는데(한번은 영화관에서, 또 한번은 비디오로, 그리고 마지막 한번은 공중파 텔레비전을 통해서), 세 번을 연거푸 보면서도 영화에 대한 느낌은 크게 바뀌지 않았다. 처음 보았을 때 느낌이 여전했을뿐더러 오히려 시간이 지나면 지날수록 그 느낌을 엉뚱하게 아동문학과 관련된 글로 정리해보고 싶다는 욕구 같은 것이 생겼다. 영화에 등장하는 남북한 병사들의 모습은 그저 판문점 공동경비구역에서 보초를 서는 군인들로만 보이지는 않았다. 그들은 오히려 아동문학에 등장하는 어린 주인공들에 더 가까워 보였다. 그들이 어울리던 북한 초소 또한 내가 보기에 예사로운 공간은 아니었다. 그곳은 아동문학에 나오는 주인공들이 뛰어노는 일종의 팬터지 공간이라는 생각이 자꾸만 들었다. 멀쩡한 영화를 이처럼 나는 왜 하필 동화작품으로 읽고 싶었을까?

그것은 무엇보다 '도끼 만행 사건'의 현장이자 분단을 상징하는 비극적인 장소로 각인되었던 판문점이 동심을 지닌 남북한 병사들로 인해 화해의 공간으로 변할 수 있다는 꿈 같은 설정 때문인 듯싶다. 지뢰를 밟은 남쪽 병사를 살려주는 북쪽 병사의 모습이나 호시탐탐 남침 기회를 엿보는 저 늑대들의 소굴을 제 발로 찾는 남쪽 병사를 우리들은 현실에서 과연 상상이나 할 수 있었던가. 적어도 유년시절부터 굳어진 우리 머릿속에서 그런 장면을 상상한다는 것은 불가능한 일이었다. 그러나 영화는 그런 일을 대수롭지 않게, 그러면서도 설득력있게 해낸다. 그것이 너무나 자연스러워서 우리는 저도 모르게 마치 '준비된 관객'처럼 그 영화를 별 거부감 없이 지켜본다. 북한 초소에서 남북한 병사들이 '형' '동생' 하며 따스한 우애를 나누는 것을 외려 흐뭇하게 지켜보는 것이다. 우리가 그럴 수 있는 것은 결국 그 장면이 우리가 마음놓고 상상하지 못했던 그러나 언제부턴가 마음속으로 갈구했던 따뜻한 장면, 눈물나는 장면이었기 때문이 아니겠는가.

남북한 병사들은 서로에게 총부리를 겨누는 대신 총알을 빼내어 공기놀이를 하거나, 총싸움을 하는 대신 닭싸움을 하며 낄낄거린다. 그 모습은 영락없이 천진한 아이들이 노는 모습이다. 그래서 그들이 서로 놀고 있을 때의 그 시공간만큼은 아버지의 이데올로기(분단 이데올로기)가 침범할 수 없는 아이들만의 시공간, 팬터지 공간이 된다. 네 명의 병사가 서로를 보듬고 감싸주며 아름답게 어울리던 그 공간은 아버지가 물려준 전쟁에 대한 공포심에 시달려야 했던 아들 세대가 가까스로 일구어낸 평화의 공간, 상상력의 공간이라 할 만하다. 그러나 다른 한편으로 그곳은 냉엄한 현실에서는 결코 있을 수 없는 공간이기에 이미 생겨날 때부터 부서지기 쉬운 조건을 안고 있는 공간이기도 하였다.

이미 말한 것처럼 등장인물들은 제 의지대로 하고 싶은 일을 하는 존재라기보다 '아버지의 눈을 피해' 숨어서 노는 천진한 아이들일 뿐이어서, 힘을 가진 아버지의 눈을 속인 댓가는 이내 처절한 결말을 불러오고야 만다. 아이들은 두 아버지(들)에 대항하여 싸우는 것이 아니라 다시 각자 아버지 편으로 돌아가야(한쪽 아버지 편을 들어야) 하는 절박한 상황에 빠지고 만다. 형 아우로 너나없이 지내던 네 사람의 병사는 금세 자기 아버지 편으로 돌아가 서로에게 총부리를 겨누게 된다. 이것은 서로에 대한 적대감 때문이라기보다 금기를 어긴 자에게 가해지는 처벌에 대한 두려움 때문이다. 그 두려움 때문에 아이들은 서로에게 총질을 하게 되고, 막내 노릇을 했던 한 아이(북한군 병사)가 그만 그 와중에 절명하고 만다. 북한군 오중사의 맏형 다움은 여기서 돋보인다. 그는 자신을 희생하며 침착하게 남한 병사들의 안전을 도모한다. 두 명의 남한 병사는 북한 초소를 탈출하며 곧 비상 싸이렌이 울리고 양측 군인들은 가공할 화력을 상대방 쪽을 향하여 퍼붓는다. 사건은 미궁 속에 빠지고, 결국 진실을 말하지만 않는다면 살아남은 자들은 어떻게든 '금기를 어긴 처벌'만은 면할 수 있게 되었다. 그러나 때론 살아 있는 것이 죽느니만 못한 일이 있게 마련이다. 아버지가 지닌 뻔뻔스럽고 강인한 이데올로기를 체득하기보다 순수하고 여린 동심의 내면을 지니고 있던 남한의 두 병사들은 살아 있다는 죄책감에 시달리다 결국 자살로 삶을 마감하고 만다. 이 영화는 판문점의 병사들이 이데올로기와는 무관하게 언제든 한핏줄로 만날 수 있는 가능성을 보여준 영화가 아니다. 그만큼 우리 분단 현실이 말랑말랑해졌음을 보여준 영화가 결코 아니다. 다만 이 영화는 아버지가 아들에게 내린 금기의 그물이 아직도 얼마나 질기고 단단한지를 오히려 역설적으로 보여주고 있는 영화일 뿐이다.

영화는 그렇게 쓸쓸한 결말로 끝나지만 그럼에도 네 명의 병사가 순정한 아이들로 만나 놀던 그 상상력의 공간은 우리에게 포기하기 어려운 미련 같은 것을 남긴다. 영화는 그 공간이 아직도 건재한, 분단 이데올로기를 삶의 철칙으로 삼고 살아가는 아버지의 손에 의해 아직은 깨지고 부서지기 쉬운 공간일 뿐임을 보여주지만 다른 한편으로 그것이 앞으로 우리가 부지런히 만들어가야 할 공간임을 또한 나지막하게 역설하고 있는 듯 보이기 때문이다.

3

아스트리드 린드그렌(A. Lindgren)이란 스웨덴 아동문학 작가가 있다. 얼마 전에 작고했다는 소식을 들으며 왜 그이에게 그 흔한 노벨상 같은 것이 주어지지 못했는가 내심 안타까웠던 적이 있다. 린드그렌은 누구나 아는 것처럼 『내 이름은 삐삐 롱 스타킹』(*Pippi Långstrump*, 햇살과나무꾼 옮김, 시공주니어 2000)를 지은 작가다. 『내 이름은 삐삐 롱 스타킹』의 자세한 줄거리가 생각나지 않는 분이라 해도 주근깨투성이의 빨강머리 삐삐의 형상을 어렴풋이나마 기억하고 있는 분이 많을 줄 안다. 삐삐는 기성관념이나 어설픈 어른들의 도덕을 아주 통쾌하게 배반한 어린이였다. 우리가 이 작품에 대해 열광할 수 있었던 까닭은 아버지가 지니고 있는 이데올로기에 대해 반기를 들 줄 아는 삐삐의 시원시원하고도 통쾌한 행동 때문이었다. 우리는 삐삐의 그런 행동에서, 비록 대리만족에 불과했을지 모르지만, 어떤 해방감 비슷한 것을 누려본 적이 있다.

이 자리에서 언급하고 싶은 린드그렌의 또다른 작품 하나가 있다. 그것은 바로 『산적의 딸 로냐』(*Ronja Rövardotter*, 이진영 옮김, 시공주니어 1999)라는 작품이다. 이 작품은 분단을 숙명으로 짊어진 채 살아가야 하는 우리들에게 예사롭지 않은 암시를 던지고 있어 주목되는 작품이다. 이 작품의 주인공인 로냐는 제목 그대로 산적의 딸이다. 로냐는 아버지이자 산적 두목인 마티스의 사랑을 한몸에 받으며 자란다. 그러나 얼마 뒤 로냐는 아버지를 배반한 이유로 집을 뛰쳐나가게 된다. 로냐는 아버지를 어떤 일로 배반했나? 아버지와 원수지간인 산적 두목의 아들 비르크를 좋아하게 된 때문이었다.

원수 집안 사이 청춘남녀들이 '이루어질 수 없는 사랑'을 나누다가 비극적인 결말을 맞는 이야기 구조는 서양 이야기에서 이미 낯익은 것이지만, 이 작품은 그런 비극적인 결말을 따라가지 않는다. 오히려 그런 비극적인 결말을 비웃기라도 하는 것처럼 밝고 따뜻하게 끝난다. 작품의 이런 결말은 로냐의 호기심 많고 모험심 강한 성격과 관련되어 있는데, 로냐의 이런 성격은 거칠지만 단순한 산적 두목인 아버지 마티스의 마음을 움직여서 결국 원수의 자식 비르크와 그리고 도저히 인정할 수 없었던 원수 보르카(비르크의 아버지)와 화해하도록 만든다. 이 시점에서 앞서 살펴본 영화 「공동경비구역 JSA」를 견주어보는 것은 흥미롭다. 로냐와 비르크는 영화에서처럼 처음에는 아버지의 눈을 피해 만난다. 그러나 도저히 화해할 수 없는 아버지들에게 그 사실을 들키고 난 뒤 집에서 그만 쫓겨날 신세가 되자, 둘은 아버지 편으로 각자 나뉘어 돌아가는 것이 아니라 아버지를 동시에 떠나는 길을 택한다. 이를테면 "내게는 아이가 없다"는 마티스의 진술은 "빨갱이와 어울린 자식은 자식도 아니다"는 진술과 흡사한데, 로냐는 그에 기죽지 않고 "내게 아빠가 있던가?" 하며 아버지의 집을 떠나 비르크와 함께 곰굴로 향하는 것이다.

비르크와 로냐가 아버지(들)의 집을 떠나 지내게 된 '곰굴'은 사람을 잔인하게 해치는 숲의 무법자 수리 마녀가 출몰하는 곳이고, 걷고 뛰고, 물건을 나르고 만들고, 힘들게 이 일 저 일을 하지 않으면 안 되는 곳이다. 아버지의 이데올로기를 거스른 댓가로 손수 몸을 움직여 일하지 않고서는 살아갈 수 없는 곳이다. 그러나 그곳은 다른 한편으로 아버지의 이데올로기에 간섭받지 않는 자유로운 공간(「공동경비구역 JSA」에 나오는, 아버지의 눈을 피해 만든 그 부서지기 쉬운 공간이 아닌)이기도 했다. 둘은 때로 사소한 일로 다투기도 하지만, 아름다운 그 공간에서 마음껏 자연과 호흡하며 스스로를 성장시킨다.

그러나 그곳이 아무리 아름다운 공간이라 해도 아이 둘이 모든 것을 해결해나갈 수 있을 만큼 풍요롭고 넉넉한 공간은 못 되었다. 로냐는 때론 남자처럼 억세지만 따뜻하고 현명한 어머니 로비스(로비스는 정말 멋진 여성이다!)에게서 도움을 받는다. 로냐의 어머니 로비스는 아버지 마티스와 달리 '원수의 자식'과 어울리는 로냐를 부정하지 않는다. 로비스는 로냐를 오히려 따스하게 감싸며 딸과 아버지 사이에 생긴 골을 메우기 위해 애쓴다. 즉 아버지가 딸을 얼마나 소중한 존재로 여기고 딸 또한 아버지를 얼마나 그리워하고 있는지를 일깨워준다.

두 아이가 아버지의 집을 떠난 후 계절이 소리없이 바뀌어 겨울이 가까워오기 시작했다. 곰굴에서 겨울나기는 거의 죽음을 각오하지 않으면 안될 만큼 위험한 일이어서 아이들은 다시 집으로 돌아가야 할 처지가 된다. 때마침 마티스가 로냐를 찾아오고 로냐는 아버지를 따라 비르크와 함께 집으로 간다. 로냐가 비르크를 함께 데리고 집으로 들어가는 것은 아버지의 이데올로기에 '항복'한 때문은 물론 아니었다. 로냐는 아버지에게 고개를 숙인 것이 아니라 소중한 아버지의 존재를 깨닫고 아버지를 어느새 끌어안게 된 때문이었다. 아버지 비르크 또한 딸이 자신에게 얼마나 소중한 존재인지를 깨닫고 딸과 화해한 때문이었다. 작품의 결말은 결국 어떻게 되나? 서로를 원수처럼 여기던 두 아버지까지 결국 화해하는 것으로 끝이 난다. 두 아버지가 화해하게 된 이유는 총독의 군사들에게 쫓기는 산적 생활의 절박함 같은 것이 공동 관심사로 떠오른 때문이기도 하였지만, 결국 그 화해를 이끈 것은 말할 것도 없이 두 아이가 지닌 순정한 동심의 힘 때문이었다.

결국 『산적의 딸 로냐』가 보여주고 있는 행복한 결말은 「공동경비구역 JSA」에서 본 순정한 동심의 좌절과는 분명 색깔을 달리하고 있다. 영화에 나오는, 아이들이 아버지의 눈을 피해 만든 그 부서지기 쉬운 공간은 『산적의 딸 로냐』에 나오는 곰굴 근처의 그 자유로운 숲에 견주면 그저 안쓰러운 느낌을 줄 만큼 초라하다. 따지고 보면 린드그렌에게는 아버지의 이데올로기를 거스르고 뛰쳐나가 더욱 성숙한 인격을 가꾸고 돌아올 만한 공간이 넉넉하게 주어졌던 반면에 「공동경비구역 JSA」에는 그런 공간이 애초 어디에도 존재할 수 없었다. 분단 이데올로기는 도무지 그런 여유롭고 풍요로운 공간을 이땅의 아이들에게 허락할 수 없었던 것이다. 이런 이유에서 우리는 린드그렌의 상상력이 「공동경비구역 JSA」의 그것보다 무조건 뛰어나다고 말해서는 안된다고 본다.

4

분단이라는 주제는 이미 우리 아동문학이 즐겨 다룬 주제였다. 분단이 끼치는 고통, 분단이 할퀴고 간 상처, 분단이 낳은 비극—이런 주제로 헤아릴 만한 작품들이 우리에게는 많다. 분단으로 얼룩진 고통과 상처, 비극적인 슬픔을 드러내는 그런 작품들의 이면에 분단을 극복하려는 의지가 모두 숨겨져 있음은 우리가 이미 주지하는 바다. 그러나 좀더 엄밀히 말해서 그런 문학은 분단의 경계를 지우는 문학, 분단 이데올로기(아버지가 만든 금기)를 통쾌하게 넘어서서 화해의 공간을 창조해내는 데까지는 이르지 못했던 것이 아닌가 싶다. 두말할 것도 없이 그런 화해의 공간을 만들어낼 여지가 우리 작가들에게는 쉽게 허용되지 않았기 때문인지도 모른다.

그럼에도 권정생의 단편 「바닷가 아이들」(『바닷가 아이들』, 창작과비평사 1991)이 보여주는 공간은 분단으로 얼룩진 비극적인 슬픔의 공간이기보다 그 분단을 넘어서는 화해의 공간으로 다가온다. 해주 근처의 바닷가에 사는 이북 아이 태진은 아버지 몰래 혼자서 배를 타고 놀다가 그만 이남의 경기도 자라섬까지 떠밀려 내려온다. 그런 태진을 자라섬에 사는 동수가 우연히 발견하게 되면서 이야기가 전개되는데, 말하자면 이 작품의 공간은 아버지의 이데올로기에 지배당하던 두 소년이 결국 서로가 지닌 순수한 마음을 확인하고 화해하는 공간으로 기능한다.

우연한 실수로 아버지의 집에서 떨어져나와 낯선 곳에 오게 된 태진은 호기심보다 두려움을 느낀다. 그는 자기 또래 아이 동수에게 호기심을 보이기는커녕 적대감을 갖고 그 자리에서 빨리 벗어나려 한다. 그는 낯선 곳이 두렵기도 하거니와 자신의 존재가 밝혀지면 아버지 집으로 다시 돌아갈 수 없을지도 모른다는 생각에 동수에게 마음을 열지 않는다. 태진의 그런 태도를 금방 헤아릴 수 없던 동수는 "너를 간첩으로 신고해서 커다란 집 다섯 채를 살 수 있는 상금을 받아야겠다"고 을러대며 상처를 주기까지 한다. 그러나 결국 둘은 곧 사이좋은 동무가 된다. 아버지가 내려준 금기('아무것도 믿어서는 안 된다'는 이데올로기)는 두 아이가 지닌 동심을 지배하기에는 결국 그 힘이 모자랐던 때문이다. 둘은 감자를 나누어먹고 알몸뚱이로 헤엄을 치며, 나란히 앉아서 똥을 누어보기도 한다. 둘은 대견하게도 아버지의 이데올로기가 침범하지 못하는 화해의 공간을 스스로 창조해낸다.

그러나 그 화해의 공간은 역시 로냐와 비르크가 만들어낸 공간—아버지끼리도 화해시키는 힘을 지닌 공간—으로까지 확대되지 못한다. 그것은 어른들에게 알려져서는 안되는 비밀스러운 공간, 곧 「공동경비구역 JSA」에서 아버지의 눈을 피해 만들어냈던 부서지기 쉬운 공간과 오히려 가까운 범주에 속하는 공간이었기 때문이다. 따라서 동심의 좌절이라는 비극적인 결말을 불러오지 않기 위해서는 서둘러 그 공간을 지우고 두 아이는 다시 원래의 자리(아버지의 집)로 돌아가야만 했다.

> "잘 가, 태진아!"
> "잘 있어, 동수야!"
> 태진이의 거룻배는 점점 바다 저쪽 북쪽으로 멀어져 갔습니다.
> "태진아……!
> 구름 속에 가리어졌던 달이 빠져나와 바다를 비추었습니다.

태진이의 배는 이제 보이지 않고 망망한 바다에 파도 소리만 밀려왔습니다.

'하느님, 우리 태진이를 무사히 집으로 돌아가게 해주셔요. 그리고 어서 속히 만나게 해주셔요.'

동수는 바닷가 모래 위에 털썩 주저앉았습니다. 무릎을 모두어 머리를 묻었습니다. 눈자위가 더워지며 눈물이 자꾸 쏟아져 내렸습니다. (104면)

동수와 태진이가 어른들의 눈치를 보지 않고 만나는 날 이 대목은 오래된 사진처럼 빛이 바래리라 나는 보는데, 그런 날이 오기 전까지는 이런 대목을 우리는 덮어놓고 감상적이라고 탓할 수는 없을 것이다. 영화에서는 아이들이 만들어낸 화해의 공간이 어른의 개입으로 인해서 처절하게 파괴되고 마는 데 비해, 이 작품에서는 오히려 그 공간이 두 아이의 마음속에 꿋꿋이 살아남은 듯 보이기 때문이다. 아이들의 마음속으로 고스란히 옮겨진 그 화해의 공간은 어른들이 만들어내는 분단과 대립의 논리에는 쉽게 고개를 숙이지 않을 것이다. 나는 오히려 그 화해의 공간이 어른들이 쌓아놓은 그 높다란 울타리를 넘어서 그것을 허무는 힘으로 작용할 것이라 믿는다.

〈『동화읽는어른』 2002년 9월호〉

동심 · 현실 · 꿈

『문제아』와 『괭이부리말 아이들』에 대하여

들어가는 말

원종찬의 『아동문학과 비평정신』(창작과비평사 2001)을 다시 꺼내어 읽습니다. 이 책 맨 앞에 나오는 글 「한국 아동문학의 어제와 오늘」에서 원종찬은 우리 아동문학의 중요한 전통을 현실주의라고 밝히고 있습니다. 우리 아동문학이 현실주의 전통을 갖게 된 것은 무엇보다 우리 역사가 불구의 근대를 살아온 때문이라고 적고 있지요. 저자의 표현을 빌리자면 현실주의는 "엄정한 현실과의 정직한 교섭"(15면)에서 우러나온 우리 아동문학의 독특한 성격이라 요약할 수 있겠습니다. 우리가 잘 아는 작가—방정환 · 마해송 · 이주홍 · 이원수 · 현덕 · 권태응 · 이오덕 · 권정생—들은 말하자면 이 현실주의 계보를 잇는 대표적인 작가들이 됩니다. 그런데 분단 이후 우리 아동문학은 현실주의 전통을 제대로 이어받지 못했다는 것이 원종찬의 진단이지요. 원종찬은 분단 뒤 우리 아동문학은 현실주의 전통을 꿋꿋하게 잇는 대신 그릇된 통념을 키워왔다고 꼬집습니다. 그 통념이란 크게 두 가지, 동심주의와 교훈주의라는 것이지요. (뒤에 교훈주의의 변종으로 나타난 속류사회학주의를 덧붙였으니 이것을 포함하면 모두 세 가지가 되겠습니다.)

사실 동심주의나 교훈주의에 대한 비판은 벌써부터 꾸준하게 이루어지고 있습니다만 저는 새삼스레 원종찬의 글을 통해 우리 아동문학사를 좀더 간명하게 파악할 수 있게 되었어요. 그리고 다른 한편으로 이 글을 읽으며 '현실주의란 과연 무엇인가?' 하는 질문을 스스로에게 하게 되었습니다. 우리 아동문학의 전통이라 할 만한 '현실주의의 실체는 과연 무엇인가?' 이런 물음을 저 스스로에게 자꾸만 묻게 되었다는 것이지요. 물론 원종찬은 현실주의와 더불어 이와는 엄격히 다른 교훈주의, 동심주의, 속류사회학주의에 대한 간략하고도 핵심적인 개념 정의를 하고는 있습니다. 그러나 그것을 제 것으로 삼으려면 다만 밑줄을 치는 데서 그쳐서는 안되겠지요. 다시 제 스스로 그것들을 정의 내려봐야 하겠고 이것이 실제 작품 속에 어떻게 드러나는가를 검증해봐야 하겠다는 생각이 들어요.

현실주의는 동심주의 · 교훈주의와 어떻게 다른가

현실주의라는 말을 생각하다 보면 자연스레 동심이란 말이 떠오릅니다. 꼭 현실주의가 아니더라도 교훈주의, 동심주의를 생각할 때도 역시 동심이란 말은 똑같이 떠오릅니다. 왜 이 말이 떠오르는가? 제가 아동문학이 동심을 그리는 문학이라는 생각을 하고 있기 때문에 그런 것 같습니다. 어른문학과는 다르게 아동문학에서는 동심이란 말이 화두가 된다고 저는 봐요. '동심을 그리지 않은 작품을 굳이 아동문학이라 부를 까닭이 뭐가 있겠는가' 이런 생각이 자꾸만 드니까 아동문학의 올곧은 전통이라 할 수 있는 현실주의 아동문학에서는 동심을 과연 어떻게 다루었는가, 교훈주의 · 동심주의에서는 또한 동심을 어떻게 다루었는가 하는 것이 관심거리가 되더란 말이지요. 그래서 아동문학에서 이 동심이란 말을 끊임없이 탐구해나가지 않으면 안되겠다는 생각을 했습니다.

원종찬이 밝혀놓은 현실주의 계보를 잇는 작가들의 작품을 가만히 살펴보니 동심이 지니는 특성이 대개 다음과 같은 것으로 모아지는 것을 느낄 수 있었어요. 즉 그 작품들에서 드러나는 동심은 이지러진 것보다는 완전한 세계를 염원하는 마음 혹은 평화스러운 상태를 열망하는 어떤 것이었어요. 그것은 일반인들이 흔히 생각하는 순수한 마음과 크게 다른 것은 아니라는 생각이 들었어요. 그런데 여기서 지나칠 수 없는 것은 그런 완전한 세계를 염원하는 마음이 아동이 발붙이고 있는 현실과 떼려야 뗄 수 없는 관계에 놓여 있더라는 것입니다.

대부분 현실주의 계열의 작품들은 아이들이 지니고 있는 자연적 본성으로서의 동심이 세상에 어떻게 휘둘리는가를 보여주고 있어요. 그런데 동심주의 작가들의 태도는 좀 달라요. 그들은 동심이 세상과 어떻게 관계를 맺는가를 보여주기보다 세상과 단절되어 있는 상태를 그려 보여주려고 애쓰고 있거든요. 이를테면 동심주의 작가들은 세상에서 고립된 존재로서의 동심을 찬양하고 칭송합니다. 그들은 세상과는 전혀 관계를 맺고 있지 못한 동심을 우상화하고, 그것이 불행하고 불완전한 세상에 내려가는 것을 막고 있지요. 더러는 현실과 맞부딪치는 동심을 그려내려는 동심주의 작가들이 있더라도 그들은 동심이 현실과 끝까지 대결하려는 자세를 보여주지 못합니다. 오히려 서둘러 그 싸움을 끝내려고만 들지요. 현실(세상)은 동심을 제멋대로 구부리고 괴롭히고 하는데 작가는 안 그런 것처럼 서둘러 뚜껑을 덮고 이내 커튼을 쳐버리지요. 현실주의 작가들과 동심주의 작가들의 커다란 차이점은 바로 이렇게 동심이 세상과 철저히 맞서는 모습을 보여주는가 보여주지 않는가에 있습니다.

현실주의 작가들과 교훈주의 작가들의 차이점은 이와는 좀 다른 말로 설명을 할 수 있습니다. 현실주의 작가들과 교훈주의 작가들은 겉으로 보아서는 모두 동심이 세상과 어떻게 반응하는가를 보여주려는 것처럼 보여요. 그러나 두 부류는 사실 큰 차이점을 가지고 있습니다. 그 차이점이란 다른 것이 아니라 동심을 끝까지 믿느냐, 믿지 못하느냐 하는 기준으로 또렷하게 갈라집니다. 이를테면 현실주의 작가들은 동심이 지니는 자연적 본성의 힘을 믿고 그 힘이 세상과 맞서는 모습을 끝까지 보여주기 위해 애쓰지요. 그러나 교훈주의 작가들은 동심이 지니는 힘을 도무지 믿지 못합니다. 그가 믿는 것은 오로지 어른인 자신이 지니고 있는 신념이나 가치관일 뿐이지요. 그는 동심이 지니고 있는 힘을 세밀히 탐색해서 그것이 세상과의 싸움에서 어떻게 이겨나가는가를 그려 보이는 것이 아니라, 자신이 지니고 있는 힘을 동원해서 세상과 대리싸움을 벌이는 데만 골몰합니다. 그러다 보니 작품 속에 등장하는 동심은 꼭두각시가 되거나 허수아비가 될 따름이지요. 결국 교훈주의는 동심주의와 마찬가지로 현실주의와 아주 다른 곳에 놓여 있는 어떤 것이 됩니다.

끝으로 현실주의 계열의 작품이 지니는 특성으로 한가지 더 덧붙일 것이 있는데요. 그것은 바로 동심이 현실과 맞서서 대개는 그것을 견디고 이겨내는 장한 결말을 보여주더라는 것입니다. 우리에게는 흔히 현실주의를 다만 동심이 세상과 만나 어려움을 겪는 것만으로 축소해 보려는 경향이 있는 것 같습니다만 이는 잘못된 견해라고 생각합니다. 오히려 현실주의는 우리에게 어떤 꿈을 제시합니다. 여기서 꿈이란 다만 허황한 백일몽이나 근거 없는 낙관과는 다른 것이지요. 그것은 동심이 세상과의 싸움에서 어떻게든 맞서 거짓 승리가 아닌 진정한 승리(다만 한줌의 희망에 불과한 것일지라도)를 얻는 것을 말합니다. 보기를 들어볼까요. 일제시대 현덕의 「나비를 잡는 아버지」는 식민지 현실에 휘둘리는 동심의 삶을 보여주는 것 같지만 결국 작품은 그렇게 끝나지만은 않습니다. 동심은 그것을 이겨내는 장한 결말을 보여주지요. 그런 장한 결말은 물론 동심이 세상과 처절한 싸움을 했기에 가능해진 것입니다. 그래서 우리는 작품의 결말에서 뭉클한 감동을 얻는 것인데요. 현실을 등진 동심주의나 어른이 나서서 대리싸움을 벌이는 교훈주의에는 그런 진정한 감동이 느껴지지 않지요. 그 속에 진정어린 현실이, 꿈이 들어 있지 않기 때문입니다.

『문제아』의 미덕과 한계

지금까지 저는 현실주의가 동심주의나 교훈주의와 어떻게 다른가를 살펴보았습니다. 앞말이 너무 길었다는 생각이 없지 않은데요. 이제 본론으로 들어가서 제가 읽은 두 작품, 박기범의 『문제아』(창작과비평사 1999)와 김중미의 『괭이부리말 아이들』(창작과비평사 2000)을 살펴보도록 하겠습니다. 이 작품들은 공교롭게도 모두 가난한 처지에 있는 서민 아동의 현실을 그리고 있습니다. 서민 아동의 현실을 그리고 있을 뿐만 아니라 앞서 제가 말씀드린 현실주의의 특성과 얼마간 합치되는 성취를 보이고 있기도 하지요. 그래서 어쩌면 원종찬이 말한 우리 아동문학의 명예로운 전통——현실주의 계보를 잇는 작품들——에 이것들을 끼워넣더라도 큰 무리는 따르지 않겠다는 생각을 해보았는데요. 무엇이 그러한지 한번 살펴보기로 하겠습니다.

『문제아』를 먼저 보지요. 보는 이에 따라 의견이 조금 엇갈리기는 하겠지만 저는 이 작품집에서 돋보이는 작품을 「독후감 숙제」「문제아」로 꼽고 싶습니다. 이 두 작품이 지니는 미덕은 무엇보다 동심이 세상과 만나 어떻게 관계를 이루고 이 관계가 어떻게 소망스러운 꿈으로 승화되는지 잘 보여주는 것에 있다고 보는데요. 우선 이 작품들은 가난한 아이들의 삶을 소재로 하고 있어요. 그렇지만 가난한 아이들을 그리고 있다고 해서 곧바로 현실주의 작품이라 치켜세울 수는 없겠습니다. 이런 소재를 다룬 작품은 얼마든지 우리 둘레에 있어왔고 앞으로도 있을 테니까요. 더 중요한 문제는 소재가 어떤 것이냐가 아니라 그 소재를 어떻게 다루고 있는가 하는 것이겠지요.

「독후감 숙제」의 주인공 '나'를 둘러싼 세상의 모습을 보세요. 작품의 공간은 주로 집과 학교일 뿐인데 이곳에서 주인공이 만나는 세상의 모습은 아주 또렷하고 실감이 나지요. 저는 작품 속에 나오는 주인공의 어머니야말로 '세상'의 모습을 잘 보여주는 인물이란 생각을 했는데요. 이 작품 속에 나타난 어머니의 말이나 행동은 위선적이지도 교훈적이지도 않고 현실에 아주 가깝다는 생각을 했습니다. 또한 주인공이 다니는 학교의 모습——친구들이나 교사의 모습——도 세상의 모습을 아주 잘 보여주고 있다고 생각했어요. 순수한 동심을 지닌 주인공 '나'는 그런 세상과 버거운 관계를 맺어나가지요. 저는 이 관계를 다른 말로 '싸움'이라 부르고 싶은데요. 작가는 동심과 세상이 치르는 이 싸움을 대강대강 마무리하고 이야기를 끝내지는 않습니다. 이를테면 주인공 '나'는 생활에 찌들어 툭하면 욕을 하고 짜증을 내는 어머니와 관계를 맺어가는데, 이때 세상의 모습을 하고 있는 어머니는 자신이 놓여 있는 자리에 걸맞게 섣불리 아이를 다독거리거나 감싸거나 하지 않습니다. 아이가 지니고 있는 곱고 따뜻한 심성에 쉽게 동조하거나 선의를 베풀지 않지요. 이것은 우리의 삶이 말 그대로 호락호락한 것이 아니라는 것을 보여줍니다. 가난한 가정에서 자라나는 아이 또한 그런 세상에 대해 쉽게 토라지거나 투정을 부리지 않습니다. 모든 것을 속으로 삭이면서 묵묵히 견뎌나갈 뿐이지요. 묵묵히 견뎌나가는 아이의 모습 속에서 우리는 현실과 대응하는 동심의 모습을 엿보게 됩니다. 이 작품의 결말은 어떻게 되나요? 현실과 대결하던 동심은 결국 세상과의 싸움에서 작은 승리를 거두게 됩니다. 동심은 조금도 움직일 것 같지 않던 어머니의 마음을 따뜻하게 풀어놓지요. 억척스럽고 뻣뻣하기만 하던 작은 세상(어머니)이 동심의 넉넉하고 따뜻한 마음씨에 감복하고 손을 내밀게 되는 것입니다. 이런 결말은 어찌 보면 우리 현실이 지니고 있는 모순을 해결하는 데 큰 힘이 되지 못한다는 아쉬움을 주지요. 어머니가 딸을 끌어안고 운다고 해서 그들을 둘러싼 현실이 얼마만큼 달라지겠는가 하는 생각도 가지게 됩니다. 그러나 저는 오히려 이런 결말이야말로 이 작품이 지니고 있는 매력이라는 생각이 듭니다. 어머니가 딸과 따뜻한 소통을 하는 장면을 보면 왠지 그것이 그들을 둘러싼 쓸쓸한 현실을 이기는 진정한 힘이 될 것 같다는 믿음을 갖게 되니까 말이지요. 그 힘은 막연한 공상에서 비롯된 힘이 아니라 버거운 현실에 기반한 힘이기에 그러할 것입니다. 이 작품에서 얻은 감동은 바로 그런 힘이 지니고 있는 울림 때문이겠지요.

표제작인 「문제아」 또한 이런 미덕을 지닌 작품이라 할 만하지요. 이 작품에 나오는 주인공 '나'를 보세요. '나'는 안온하고 따뜻한 세상에서 살아가는 존재가 아니라 폭력적이고 쓸쓸한 세상 속에 살아가는 존재입니다. 세상은 끊임없이 이 아이에게서 무언가를 빼앗아

가려고 덤비지요. 아이는 그런 세상에 깜냥껏 맞섭니다. 그런데 이것이 또다른 세상의 벽과 만나는 원인을 제공하게 되지요. 자신을 지키기 위해 싸웠던 이 아이에게 세상은 엉뚱하게 '문제아'라는 낙인을 찍습니다. 그러나 아이는 그런 세상에 어떻게든 맞서 다시 제 삶을 꾸려가지요. 제 속에 담고 있는 동심을 끝끝내 잃지 않으면서 말입니다. 이 작품에서 눈여겨볼 것은 무엇보다 동심을 대하는 작가의 태도가 아닐까 생각합니다. 작가는 동심을 끝까지 믿고 따릅니다. 앞서 살펴본 것처럼 작가가 동심을 믿지 못하면 현실과 어설픈 화해를 하거나 작품 속에 섣불리 교훈을 들이대게 되는데요. 그러나 이 작품에서는 그런 모습이 엿보이질 않습니다. 작가는 동심으로 하여금 세상과 어설픈 화해를 하게 하지 않고 끝까지 대응하도록 해서 결국 그것이 어떤 희망을 얻게 되는지 보여줄 뿐이지요.

지금까지 『문제아』 속에 실린 두 작품이 지니는 미덕을 간략하게 살펴보았는데요. 이들 두 작품을 제외한 작품들은 과연 어떨까요? 기법 면에서 다른 작품들과 구별되는 「어진이」라는 작품은 논외로 친다 하더라도 그밖의 작품들이 모두 「문제아」나 「독후감 숙제」를 능가하거나 비길 만하다는 생각은 잘 들지 않아요. 작가는 이 작품집에 실린 대부분의 작품에서 일인칭 시점을 사용하고 있어요. 일인칭 시점이란 작품에서 이야기를 말하는 사람, 즉 이야기를 끌어가고 행위의 주체가 되는 당사자가 '나'인 경우를 말하는데요. 이것이 앞서 살펴본 두 작품에서 쓰여질 땐 아주 간결하고 적절하다는 느낌을 줘요. 어른이 쓴 동화 작품을 읽고 있다는 생각이 들기보다 마치 쓰고 싶은 마음이 간절해서 쓴 아이의 일기를 읽는 듯한 착각이 드는데요. 그런데 주인공 자신의 이야기가 아니라 주인공 둘레 어른들의 이야기를 일인칭으로 들려줄 때는 아무래도 진정성에서 좀 멀어진 느낌을 줍니다. 어른들의 이야기를 들려주는 일인칭인 '나'는 아무래도 작가가 자신의 목소리를 전달하기 위해 설정한 인물 같다는 생각이 들고, 그래서인지 작품 속에 들어 있는 이야기가 감동으로 와닿지 않고 교훈으로 와닿는 경우가 적지 않아요. 앞으로 작가는 이런 문제에 대해서도 좀더 깊이있는 고민을 해주었으면 좋겠다는 생각이 듭니다.

『괭이부리말 아이들』의 미덕과 한계

김중미의 『괭이부리말 아이들』에서 우선 눈에 띄는 것은 아이들의 가정입니다. 이 작품에 나오는 아이들을 보세요. 왜 동수나 동준이는 불행한가? 왜 숙자는 늘 얼굴에 그늘이 져 있나? 명환이는 또 왜 그런가? 이것은 그들의 가정이 온전하지 못한 때문이지요. 그렇다면 그들의 가정이 온전하지 못한 것은 또 무엇 때문인가요? 그들 부모의 개인적인 불행과 무책임 때문인가요? 꼭 그런 것만은 아니지요. 작가가 꼭 집어서 작품 속에 그 까닭을 밝히고 있지는 않지만 우리는 그것이 우리 사회가 드리운 어떤 그늘 때문이란 걸 어렵지 않게 짐작하게 됩니다. 어쨌든 이 작품 속에 나오는 아이들은 대부분 온전하지 못한 가정에서 자라납니다. 동수 형제의 어머니는 일찍 집을 나가 소식이 없고 그들 형제를 돌보던 아버지마저 생활고를 이기지 못해 다시 슬그머니 집을 나가 그들은 고아 아닌 고아가 되지요. 숙자 자매 또한 어머니가 집을 나가버려 아버지와만 살게 됩니다. 뒤에 어머니가 다시 돌아오지만 이번에는 아버지가 부두 노동을 하다가 그만 사고로 목숨을 잃게 되지요. 명환이는 술만 먹으면 폭력을 휘두르는 아버지 때문에 말을 더듬는 버릇까지 생겼고 결국 집을 나와 거리를 떠돌게 됩니다. 이 아이들이 사는 현실은 말 그대로 세상에 휘둘리기 아주 좋은 조건에 놓여 있는 것이지요.

그렇다면 우리가 눈여겨볼 것은 과연 그런 현실에 있는 아이들이 세상과 어떻게 관계를 맺으며 살아가는가 하는 것이 되겠는데요. 다시 말해 작가는 아이들의 현실을 세상과 얼마만큼 타협시키는가 혹은 얼마나 세상과 싸우도록 하는가 하는 점을 따져 묻는 것이 되겠습니다. 작가는 온전한 가정을 잃어버린 아이들이 안온하고 따뜻한 집을 열망하고 이것을 이루기 위해 함께 힘을 합치고 서로를 보듬는 과정을 그려가는 것으로 슬기롭게 풀어가고 있습니다. 아이들은 가정 파괴의 고통을 처절하게 혹은 담담하게 겪으며 다른 한편으로 안온한 공간인 '집'을 염원하게 되는데요. 따뜻한 집을 염원하는 아이들의 모습은 아이들이 함께 모여 따뜻한 밥을 나누어 먹는 장면에서 잘 드러납니다. 아이들의 얼굴이 이때만큼 환하고 부드럽게 펴진 적이 없지요. 언젠가 원종찬도 이 작품을 평하는 자리에서 온 식구가 둘러앉아 밥 먹는 장면에 대해 인상적인 이야기를 썼는데, 이 밥 먹는 장면은 이를테면 아이들이 염원하는 가장 평화롭고 완전한 세상을 상징하는 것이지요.

이런 아이들의 열망을 북돋워주는 이는 다름아닌 영호라는 청년과 김명희 선생입니다. 이 가운데 영호는 착한 천성을 지닌 젊은이로 가정을 잃어버리고 쓸쓸한 삶을 사는 아이들을 거두어 돌보는데요. 작가는 그를 무조건 헌신적이고 이상적인 존재로만 그리지 않고 그 역시 아이들의 체온에 의지하려 하고 안온한 집을 염원하는 인물로 그리고 있어요. 어떤 의미에서 보면 영호 또한 집 잃은 고아인 셈이지요. 그런데 이 작품에서 아무래도 걸리는 인물은 김명희 선생이 아닐까 싶어요. 김명희 선생이야말로 이 작품에서 아이들이 염원하는 열망—온전한 '집' 만들기—을 돕는 비중있는 인물인데요. 그는 괭이부리말 아이들의 삶을 돌보기 위해 지긋지긋하게만 여겼던 그곳으로 다시 돌아오게 되지요. 저는 과연 김명희 선생의 이 선택이 진정한 현실의 모습인가 고개를 갸웃거리게 됩니다. 어쩌면 작가는 동심이 현실과 밑바닥까지 내려가 싸우는 것에 초점을 맞추기에 앞서 그 현실을 쓰다듬고 위로하는 것에 더 마음을 쓴 것은 아닌가 하는 아쉬움이 들지요.

저는 앞에서 진정한 의미의 현실주의는 동심이 세상과 치열한 싸움을 벌여 마침내 그것을 견뎌내게 하고 한줌의 희망 같은 것을 얻게 하는 것이라 말한 바 있는데요. 『괭이부리말 아이들』에서는 동심이 현실과 싸움을 하는 과정이 조금은 가려져 있고 감추어져 있다는 생각이 들어요. 그러기에 이 작품을 끝까지 읽고 나면 마음이 따스해져오면서도 한편으로 석연치 않은 마음이 없지 않지요. 모쪼록 작가는 동심이 세상과 싸우는 모습을 좀더 드러내어서 그 싸움 뒤에 오는 희망이 한결 튼튼하고 찰진 무엇이 되도록 했으면 좋겠다는 생각이 듭니다.

맺는 말

아동문학에 새바람이 불고 있습니다. 이 새바람은 언뜻 그동안 정체되었던 아동문학판에 새로운 기운이라도 불어넣어줄 것처럼 제법 흥청거리지요. 아동문학이라면 생전 거들떠보지도 않던 출판사들이 너도나도 나서서 동화책을 내기에 바쁘고, 덩달아 아동문학을 하려는 지망생들이 계속 늘어나고 있습니다. 얼마 전까지만 해도 기껏해야 이원수·이주홍·권정생 들의 동화집을 읽는 것이 동화 공부의 전부라고 생각했던 저 같은 사람도 이제는 더이상 그런 작가만을 끼고 있을 수는 없게 되었습니다. 날마다 새 작품들이 주체할 수 없을 만큼 쏟아져나오기 때문이지요. 어디 우리 신간뿐이겠습니까. 이름도 생소했던 외국 작가들의 동화책이 계속 번역되어서 나오고 한편에서는 팬터지에 대한 논의도 제법 분분합니다. 이렇게 쏟아지는 신간들과 새로운 논의들을 좇아가다 보면 어느새 그동안 걸어왔던 길마저 흐릿하고 앞이 보이지 않기 일쑤이지요. 이 어지러운 시대를 두고 사람들은 아동문학의 부흥기가 왔다고 하는 것일까요?

그러나 솔직하게 말하면 아동문학에 부는 이 새바람은 제게는 아직 미덥지 않습니다. 뭔가 미진하고 의심스러운 구석이 여기저기 엿보입니다. 아동문학 동네의 이 흥청거림은 무엇보다 아동문학의 주인공인 아이들에게서 자연스럽게 흘러나오는 웃음을 담고 있어야 하겠는데 과연 그러한가 걱정이 앞섭니다. 이 흥청거림 속에는 혹시 아이들의 웃음보다 장삿속으로 분주한 어른들의 목소리가 더 많이 들어 있는 것은 아닐까요? 갑자기 끓어오른 아동문학판의 달뜬 분위기가 제게는 그저 어색하고 두렵기만 합니다.

이런 의미에서 저는 박기범의 『문제아』와 김중미의 『괭이부리말 아이들』을 의미있는 눈으로 지켜보고 싶습니다. 이 작품들은 무엇보다 '엄정한 현실과의 정직한 교섭'을 핵심으로 삼는 현실주의를 지향하고 있기 때문이지요. 그들은 아직 신인이기에 작품에서 완숙한 성취를 거두었다고는 보기 어렵습니다. 그러나 이들의 발걸음이 예사롭지만은 않기에 당분간 이들에게 든든한 기대를 걸어도 좋겠다는 생각을 해봅니다. 모쪼록 이 두 작가가 우리 아동문학의 길을 환히 밝히는 등불이 되어주기를 진심으로 빕니다.

〈『우리 말과 삶을 가꾸는 글쓰기』 2001년 8월호〉

아동문학을 바라보는 새로운 관점

마리아 니꼴라예바의 『용의 아이들』을 읽고

처음 『용의 아이들』(*Children's Literature Comes Of Age*, 마리아 니꼴라예바, 김서정 옮김, 문학과지성사 1998)을 손에 들었을 때 나는 상당히 설레었다. '아동문학 이론의 새로운 지평'이라는 부제가 붙어 있는 이 책에 깜빡 넘어가지 않은 사람이 사실 얼마나 있겠는가. 그러면서도 속으로는 슬그머니 걱정이 되었다. 딱딱하고 따분한 이론서라면 이걸 다 언제 읽지 하는 생각이 들었기 때문이다. 그러나 이 책을 읽으며 나는 내가 기대했던 것 이상으로 많은 공부를 하게 되었다. 이 책은 스웨덴이라는, 비록 우리에게 잘 알려져 있지 않은 다른 나라의 아동문학을 논한 글이긴 하지만 이땅의 아동문학을 공부하는 사람들이 귀담아 들어야 할 말을 곳곳에 담고 있다. 그 귀한 말들은 우리가 신념처럼 가지고 있던 어떤 생각을 다지게 하기도 하고 바꾸게 하기도 한다. 우리 아동문학에 대해서 더 깊이 고민하게 하고 새삼 되돌아보게 한다. 그런 뜻에서 이 책은 우리 아동문학을 새롭게 들여다보게 하는, 이른바 잘 닦인 '창문'이라고 본다. 그 창문을 통해 내가 어설프게 들여다보고 생각한 문제들을 이 자리에서 간단히 풀어보도록 하겠다.

아동문학은 문학이다

아동문학 하면 우리 주변엔 아직도 '아이들이나 읽는 하찮은 문학'으로 낮추어 보고, 그걸 '교육적으로나' 이용해먹으려고 하는 어른들이 많다. 그런 작품을 쓰는 작가들이 그렇고, 그런 책을 만들어내는 출판업자들이 그렇다. 학교에서 아이들을 가르치는 교사들이 그렇고, 아이를 기르는 부모들이 그렇다. 아직도 아동문학을 '문학'으로 보려는 사람들이 우리 주위에는 그리 많지 않다. 이런 싯점에 『용의 아이들』은 우리에게 아동문학 책을 윤리나 교육을 목적으로 하는 책으로 보지 말자고 새삼 제안한다. 글쓴이는 아동문학을 '문학 텍스트'로 놓고, 그것을 담론으로 해석한다. ('문학 텍스트'가 강조되는 아동문학 속에는 따라서 당연히 전래동화가 배제된다.) 성인문학에서는 벌써부터 하고 있는 일을 이제부터라도 시작하자고 글쓴이는 말한다. 아동문학을 문학으로 놓고 보자는 이 말은 당연한 말이기도 하고 우리에게도 그리 낯선 말은 아니다. 그것을 문학으로 쓰고, 문학으로 아이들에게 읽히고, 문학으로 비평하고 연구하는 일을 우리가 다만 게을리했을 뿐이다.

세계아동문학이라는 허깨비

'근대성' 하면 우리는 쉽게 주눅이 든다. 아동문학사를 이야기할 때도 서양 아동문학사는 저리 역사가 긴데 우리는 이렇게 짧다고 한탄한다. 서양 아동문학에는 이리 훌륭한 전통이 있는데 우리는 이렇게 빈약하다고 한탄을 한다. 그런데 이 책을 읽다 보니 참 재미난 사실이 하나 있다. 우리가 서양이라고 한꺼번에 뭉뚱그려 말하는 저들도 사실은 서로를 너무 모르고 있다는 점이다. 그들 사이에서조차 서로의 작품은 전혀 보편적이지 않다. 우리는 과연 '서양 아동문학'에 대해 얼마나 제대로 된 정보를 가지고 있는가 슬그머니 의심이 생겼다. 우리가 알고 있는 서양문학이라는 것도 결국은 미국이나 일본식으로 개조된 아동문학이 아닐까. 원작에서 너무나 멀어진 그 '싱거워빠진 냉동식품'들은 도대체 어떤 유통구조를 거쳐 우리에게 들어온 것일까. 우리는 이 싯점에서 '세계아동문학'이라는 허깨비를 몰아낼 필요성을 느낀다. 그리고 진정으로 우러러봐야 할 '문학 전통'을 우리 문학사에서 찾아낼 필요성을 느낀다. 아스트리드 린드그렌이 스웨덴에서 유명하고 존경스러운 작가로 대접받는 만큼 이땅에서도 우리 손으로 우리의 존경스러운 작가를 찾아내야 하는 것이다.

아동문학은 성인문학과 대등한 문학인가, 열등한 문학인가

이오덕의 「열등의식의 극복」(『시정신과 유희정신』)을 지금 다시 꺼내어 읽으면 참 비참한 생각이 든다. 글에 비친 이땅의 아동문학 작가들 모습이 너무나 비굴하고 추하기 때문이다. 아동문학을 성인문학과 견주어 더욱 쓰기 어려운 문학으로 아는 일이 왜 우리 작가들에게는 그리 어려웠을까. '나는 아이들을 위해 성인문학보다 더 하기 어려운 아동문학을 하고 있다'는 자부심을 왜 갖고 있지 못했을까. 이런 물음은 '지금 여기' 작가들에게도 여전히 유효할지 모른다. 그렇다면 작가들이여, 이 책에서 말하는 다음과 같은 말에 귀를 기울여보자. 그리고 새삼 자부심을 가져보자.

> 그것〔아동문학〕은 발신자와 수신자가 언제나 서로 다른 두 사회에 속해 있는 아주 드문 텍스트 타입 중의 하나라는 것이다. 발신자와 수신자는 자기 나름대로의 경험과 선험과 기대를 가지고 있다. 아주 희귀한 예를 제외하고는, 아동문학은 수신자와 같은 그룹에 있는 사람, 즉 어린이에 의해 씌어지지 않는다. 이것은 예술형식으로서의 아동문학이 어떤 면에서는 성인문학보다 훨씬 복잡하다는 것을 의미한다. (91~92면)

> 어린이 책은 더 적은 정보를 전달할지 모르지만, 더 많은 정보를 생성한다. (95면)

성인문학보다 더 복잡한 예술형식을 가진 아동문학! 아동문학이 성인문학보다 더 복잡한 예술형식이라는 이 말에 전적으로 수긍하는 태도를 갖는 것이 아직도 열등의식에 시달리는 우리 작가들이 지녀야 할 신념이다. 아동문학을 어떤 이는 성인문학의 꽃이랄 수 있는 시의 경지에 견주기도 하지 않는가. 한 줄의 시가 복잡한 예술형식으로 받아들여지듯 아동문학 또한 복잡하고 많은 정보를 생성해내는 고급 예술형식이다. 이땅의 작가들은 아동문학이 단순히 정보를 전달하는 낮은 차원의 글이 아니라 정보를 더 풍부하게 생성하는 고급 문학임을 잊지 말자.

기호학으로 풀어본 아동문학사

문학과 관련된 책을 여러 권 읽었지만, 나는 이 '기호학'에는 아주 주눅이 든다. 기호학 하면 우선 문학을 풍부하게 해석해내기 위한 잣대로 보기보다는 수학의 기호나 복잡한 공식이 먼저 떠오르기 때문이다(나의 무식함이라니!). 3장 '기호학의 관점에서 본 아동문학의 역사'에서 나는 이 때문에 한참을 멈칫거렸다. 그러나 막상 책을 다 읽고 보니 이 3장이 제일 재미있었던 듯싶다.

이 글에서 글쓴이는 1960년대부터 90년대까지 전개된 스웨덴 아동문학사를 유리 로뜨만(Y. Lotman)이 제시한 '문화의 기호학'이라는 방법론을 빌려와 설명한다. 여기서 핵심적으로 꼭 짚고 넘어가야 할 기호학 용어는 세 가지다. 중심코드, 변방코드, 분기점이 바로 그것이다. 중심코드란 말 그대로 그 시대의 중심이 되는 문학 패턴이다. 이것은 '유행'이라는 말과는 분명한 차이점이 있다. 문학적인 주류랄까, 시대적으로 변하는 문학의 큰 흐름이랄까 하는 뜻을 담고 있는 말이다(예를 들면 1925년부터 35년 사이는 카프가 주도하는 문학이 우리 문학사에 있어 '중심코드'가 된다). 변방코드는 중심코드와 상대되는 개념이다. 변방코드란 다시 말해 새로운 중심코드에 의해 변방으로 밀려난 문학 패턴을 말한다(1920년대 초반의 로만주의는 그 뒤에 나오는 프로문학에 의해 밀려났다. 앞의 용어를 빌리자면 20년대 로만주의는 프로문학에 의해 변방으로 밀려난 '변방코드'인 셈이다. 결국 문학 패턴은 중심코드 → 새로운 중심코드 등장 → 이전 중심코드의 변방코드로의 전락 → 새로운 중심코드 생성이라는 단계를 역동적으로 순환하며 나아가게 된다). 마지막으로 분기점을 설명하기로 하자. 분기점이란 새로운 중심코드가 생겨나기 시작한 싯점 또는 그 중심코드를 생겨나게 한 작품이나 작가를 의미한다.

이 기호학 잣대로 스웨덴의 아동문학사를 논의하는 것이 참 흥미롭다. 글쓴이에 의하면 1960년대와 70년대 스웨덴 아동문학의 중심코드는 사회주의 경향의 작품들이었다. 사회성이 짙은 작품들이 이 시기에 중심코드를 차지하고 있었던 것이다(아마도 60년대 유럽에서 일어난 좌파 운동의 영향 같다). 이때만 해도 이른바 상상적 코드라 부르는 팬터지 형식의 작품들은 주변부에 머물러 있었다. 그러나 1973년 린드그렌이 『라이온하트 형제』(*Bröderna Lejonhjartä*)[1]를 써내면서 상황은 달라진다. 사회적 코드로 씌어진 문학은 점점 변방으로 밀려나고 그 자리에 대신 상상적 코드가 들어서게 되는 것이다. 다시 말해 '1973년, 린드그렌, 『라이온하트 형제』' 이 세 가지 것들은 앞서 말한 변방코드에서 중심코드로 변화하는 분기점이 되어준 것이다.

'코드'라는 말은 진정한 팬터지와 팬터지 이전의 경이담(모험이야기, 마술적인 힘을 빌린 단순명쾌한 옛이야기)을 구분짓는 잣대가 되어주기도 한다. 글쓴이는 진정한 팬터지 코드란 단순명쾌하기보다는 겹쳐 있고, 또렷한 이야기이기보다 불분명하고, 고정적이기보다 유동적인 코드를 말한다고 적고 있다. 모험이나 마술은 경이담 코드에서는 언제나 중심의 자리를 지키고 있었지만, 이것이 팬터지로 옮겨오면서는 큰 의미를 지니기보다 그저 현실을 반영하는 도구나 장치로 쓰인다고 한다. 팬터지 이전에 나온 수많은 경이담 속 주인공들은 역사에 아무런 영향도 끼치지 못하는 '시간 여행'을 하고 말지만, 팬터지 속 주인공들은 시간 여행의 수동적인 관찰자가 아니라 역사를 변화시키는 행동까지를 하는 '시간 이동'을 한다. 시간 이동을 하

1) 국내 번역본은 김경희 옮김 『사자왕 형제의 모험』, 창작과비평사 1983.

는 주인공들은 역사를 변화시키려는 의지 때문에 자연 '망설임'의 모습을 독자에게 보여주게 되고, 독자에게 스스로 선택의 기회를 제공하게 된다. 다시 말해 현대 팬터지란 주인공이 환상의 세계로 들어가 한판 결판진 싸움을 벌이거나 한상 잘 차려진 먹을거리를 신나게 먹다 나오는 단순명쾌한 이야기가 아니다. 주인공은 선과 악이 혼재된 팬터지(현실) 안에서 수없이 망설인다. 그 망설임 끝에 선택하는 주인공의 길찾기 여정을 그린 이야기, 그것이 비로소 진정한 팬터지라는 것이다. 팬터지 속의 주인공들은 종전의 이야기 주인공들이 회귀적 여행을 하고 마는데 비해 단선적 여행을 한다. 종전의 주인공들은 숱한 모험을 하긴 하지만 결국 제자리로 다시 돌아오는 데 비해 단선적 여행을 하는 팬터지 주인공들은 불확실한 결말을 보여주고 이야기를 끝낸다. 불확실하다는 것은 결국 그 끝이 닫혀 있기보다 열려 있는 것을 의미하고 독자들에게 깊이있고 흥미로운 질문을 던진다는 뜻을 지닌다.

대강 이런 논의를 따라가며 내가 머릿속에 두었던 것은 얼마 전 읽었던 린드그렌의 작품 『라이온하트 형제』다. 그 작품을 아주 재미있게 읽은 기억을 떠올리니 이 3장의 이야기들이 머릿속에 쏙쏙 잘 들어왔다. 『라이온하트 형제』는 이 책과 이 책을 읽는 나를 끊임없이 연결해주는 다리였다. 이 다리를 통해 나는 스웨덴의 이 세심한 아동문학가의 말을 많은 부분 내 식으로 소화할 수 있었으며 또 받아들일 수 있었다. 글쓴이의 표현을 빌리자면 『라이온하트 형제』야말로 나와 『용의 아이들』 사이의 의사소통을 가능케 하는 의미있는 '코드' 였던 것이다.

서사에서 다성부로

4장으로 넘어가면 '서사에서 다성부로'라는 제목의 글이 나온다. 여기서 서사란 무엇인가? 그리고 다성부(polyphony)란 무엇인가?

우선 서사란 무엇인지 알아보자. 서사란 선명한 시작과 끝이 있고, 도입 상황, 갈등, 클라이맥스와 해결이 있는 고전적인 플롯을 가진 이야기를 말한다. 서사에는 장르를 결정짓는 확고한 배경이 있고, 사건은 시간 순서에 따라 일어나고, 등장인물들은 뚜렷한 역할을 맡고 있으며, 언제나 선명한 메시지와 교훈적인 목적이 있다. 쉽게 말해 서사란 우리가 흔히 생각할 수 있는 보편적인 이야기 구조다.

그렇다면 다성부란 무엇인가. 다성부라는 개념은 러시아 학자 미하일 바흐찐(M. Bakhtin)에서부터 나온 것이라고 한다. 이것은 서사처럼 현실을 있는 그대로 반영하는 거울이 아니다. 오히려 현실을 왜곡하고 수백 개의 그림 조각으로 쪼개놓고 독자로 하여금 짜맞춰보도록 도전시키는, 구부러진 거울 같은 것이다. 다성부의 가장 전형적인 특성은, 작가의 목소리가 등장인물들의 목소리 뒤로 사라진다는 점이다. 작가의 입장을 나타내는 뚜렷한 의사 소통로가 없기 때문에 많은 부분이 암묵적으로, 말없이 남게 되는 특징을 갖는다. 다성부 소설에서는 자신의 의견이나 논평이나 등장인물의 행동에 대한 판단을 표현하는 성인 서술자를 거의 찾아볼 수 없다. 기본적인 이야기 구조인 플롯은 다성부에서는 다 붕괴되어버리고, 시작도 끝도 없고 절정과 대단원을 향한 논리적 전개도 없는, 뒤죽박죽으로 흩어진 모자이크 조각 같은 이야기만 남아 있게 된다. 이렇게 적고 보면 서사보다 다성부가 그저 명쾌하지 않고 혼란스러운 이야기라는 인상만을 갖게 된다. 글쓴이는 다성부를 더 자세히 보여주기 위해 덧쓰기 서술, 모호한 일인칭 서술자, 꼴라주, 다중적 결말 같은 다양한 실험적 서술양식들을 지닌 실제 작품을 보기로 들며 설명을 진행한다.

덧쓰기 서술의 한 예를 보자. 우리가 종전에 알고 있던 서사 양식으로 한 아이의 이야기를 그린다고 해보자. 만약 작가가 '일기 쓰기 형식'으로 이야기를 그려나간다면 그는 표면적인 서술 방식으로밖에 이야기를 끌고나갈 수 없다. 작가는 이야기를 이끌어가며 그 이야기 속에서 어쩔 수 없이 자기 목소리를 내게 된다. 그 이야기는 그래서 깊이있는 차원을 가진 이야기라기보다는 뭔가 억지스럽고 강압적인 느낌을 우리에게 던진다. 작가의 말을 전달하기 위한 장치로서의 '일기 형식'이 독자에게 뭔가 어색한 느낌을 주는 것이다. 반면에 다성부적 양식으로 씌어진 '일기 쓰기'에는 그것과는 다른 어떤 내적인 구조가 있다. 그 책은 '이 방법 이외의 다른 방식으로는 씌어질 수가 없었겠구나 하는 느낌'을 독자에게 던진다. 다시 말해 서사 양식은 '껍데기 서술'에 그치기 쉬운 반면에 다성부 양식은 '껍데기 속에 들어 있는 진짜 인물들의 말'을 우리에게 이야기해줄 수 있다는 것이다. 인물들이 하는 말은 물론 자상한 작가처럼 올바른 것을 구별하거나 또렷한 현실을 이내 보여주지는 못한다. 대신 등장인물의 마음속 구부러진 거울에 비친 현실을 통해 독자로 하여금 스스로 판단하게 하고 깨닫게 할 뿐이다. 결론적으로 다성부는 서사보다 더 '흥미롭고 풍부한 내용을 지니게 된다.

4장의 내용을 요약하면 대강 위와 같은 이야기로 압축되는데 솔직히 3장보다 이해하기 어려웠다. 글쓴이는 이 장에서 여러 작품을 인용하는데, 이 작품들에 대한 사전 정보가 없으니 그 내용을 소화해내기가 여간 어렵지 않았던 것이다. 어쨌든 나는 이 장에서 스웨덴 아동문학의 모습이 서사적 소설에서 다성부적 소설로 옮아가는 도정을 자세하게 살펴볼 수 있었다. 글쓴이는 이 자리에서 다성부적 소설이 지니는 미덕과 장점을 자상하게 열거한다. 그 열거 뒤에 또 한가지, 다성부적 소설을 흉내 낸 '얼치기 문학'에 대해서도 비판을 잊지 않는다. 다성부적 소설이라도 정말 '고급스런 문학'인가 아니면 '얄팍한 문학인가' 하는 점을 그는 빠뜨리지 않고 짚고 넘어간 것이다.

시공간, 그 밖

앞서 말한 '코드'라는 기호학 용어 말고도 전래동화와 팬터지를 구분짓는 또하나의 잣대가 있다. 그것은 바로 '시공간'(chronotope)이라는 개념이다. 전래동화에서는 한 세계의 구조로 된 시공간이 존재한다. 그러나 팬터지에는 두 세계의 구조로 된 시공간이 존재한다. 현대 작가들은 바로 팬터지에서 나타나는 이 복합적인 시공간을 통해 이야기를 전개해나간다는 것이 5장 '아동문학에서의 시공간'에서 글쓴이가 말하는 요지다. 글쓴이는 이런 요지 뒤에 구체적인 작가, 작품 들을 거론하며 실제 아동문학 작품의 시공간이 어떻게 변화해왔는지를 보여준다.

시공간에 관한 논의를 하는 장에서 또하나 빼놓을 수 없는 용어는 러시아 비평가 미하일 예프스쩨인(M. Epstein)이 제시한 키노타입(kenotype)과 아키타입(archetype)이다. 아키타입이 고전적인 작품에 나타나는 원형이라면 키노타입은 현대 아동문학에 등장하게 된 새로운 이미지를 뜻한다. 이를테면 고전 아동문학 작품에 등장하는 '말〔馬〕'은 현대 아동문학 작품에 나타나는 '자전거'에 대비된다. 다시 말해 말이라는 아키타입은 오늘날 자전거(모터싸이클, 자동차, 경주용 보트, 스케이트 보드)라는 새로운 이미지인 키노타입에 자리를 내주게 되었다. 전화나 테이프 리코더, 워크맨, 타자기 들도 이 키노타입의 새로운 보기이다. 그렇다면 글쓴이는 왜 아동문학 연구에서 키노타입이라는 개념을 적용하려 하는가. 그것은 키노타입이 단순히 현대 환경의 요소라는 인상만을 던져주는 데 머무르지 않고, 그 자체가 이미 시공간 구조의 일부분이고, 그러므로 특정 장르와 결합되며, 강력한 상징적 의미를 전달하는 힘을 지녔다고 믿기 때문이다. 글쓴이는 키노타입이라는 개념을 현대 아동문학에 적용시키면 전통적인 장르 카테고리 안에서는 규정짓기 어려운 텍스트들의 특별한 양상을 인식할 수 있다는 믿음을 가지고 있다.

시공간에 대한 논의를 전개한 5장에 이어 나오는 6장 '아동문학에서의 상호텍스트성'과 7장 '아동문학에서의 메타픽션'의 논의 또한 전통적인 카테고리 안에서 쉽게 해석할 수 없는 작품—①아이러니, 패러디, 은유로 이루어진 작품 ②이전 텍스트를 직간접적 인용을 하고 있는 작품 ③책 자체나 책 쓰는 일에 대해 기술한 작품, 그 창조의 과정 자체를 묘사하면서 글쓰기의 본질을 탐구하는, 자기 자신에 대해서 설명하는 작품—들을 상호텍스트성(intertextuality)과 메타픽션(metafiction)이라는 개념을 가지고 자상하게 살피고 있다. 상호텍스트성이나 메타픽션 역시 다름아닌 성인문학에서 따온 개념들이다. 글쓴이는 90년대 아동문학이 성인문학 못지않은 상호텍스트성이나 메타픽션의 모습을 보여주고 있다고 밝히면서, 그 개념에 들어맞는 실제 아동문학 작품들을 상세히 해석해내고 있다. 그러나 분명한 입장과 뜨거운 열정을 지니고 쓴 이런 글들을 읽으면서도 나는 솔직히 자꾸만 낯선 느낌이 들었다. 이것은 우리 아동문학의 모습에 얼마나 들어맞는 잣대일 것인가. 이런 잣대에 걸맞은 아동문학

작품을 과연 우리에게서 얼마나 찾을 수 있을 것인가.

책을 덮고 나서

앞에서도 잠깐 언급했다시피 우리 아동문학은 '근대성'이라는 개념에서조차 아직도 자유롭지 못하다. 아동문학의 역사가 근 80년이 다 되어가는 동안에도 우리는 여전히 서양문학에 훨씬 뒤져 있다는 열등감에 사로잡혀 있다. 이런 실정이지만 나는 이 책을 오히려 거꾸로 아주 자유롭고 편하게 대하고 싶다. 그저 당당하게 읽고 싶다. 이 책을 읽으며 우리는 제발 또하나의 열등감을 가슴에 새겨두는 못난 짓을 하지 말자. 이것을 서양에서 수입된 또하나의 '선진 문물'로 받아들이고 목매는 어리석음을 범하지 말자.

우리가 이 책에서 배워야 할 것이 있다면 그것은 자기 겨레가 만들어낸 아동문학의 전통을 깊은 애정을 가지고 대하려는 연구자의 진지한 자세가 아니겠는가. 우리도 그들처럼 80년 동안 쌓아온 우리 아동문학의 유산 가운데 빛나는 전통이 무엇인지를 지금부터라도 꼼꼼히 되짚어보자. 그리고 앞으로 나아가지 못하고 뒷걸음질치는 이땅의 아동문학이 새롭게 나아갈 길을 다 함께 고민해보자. 그런 노력과 고민만이 이 책을 값지게 소화하는 자세라고 나는 굳게 믿는다.

찾아보기

ㄹ

ㅁ

ㅂ

ㅅ

ㅇ

아동문학의 현실과 꿈

초판 1쇄 발행/2003년 3월 20일
초판 3쇄 발행/2013년 11월 28일

지은이/김제곤
펴낸이/강일우
편집/김이구 신수진 김태희 김민경 박상육
펴낸곳/(주)창비
등록/1986. 8. 5. 제85호
주소/413-120 경기도 파주시 회동길 184
전화/031-955-3333
팩스/031-955-3399(영업), 3400(편집)
홈페이지/www.changbikids.com
전자우편/enfant@changbi.com

ISBN 978-89-364-6313-7 03810

* 책값은 뒤표지에 표시되어 있습니다.